講談社文庫

集団左遷

江波戸哲夫

講談社

目次

第1章　人事通告　9
第2章　逡巡《しゅんじゅん》　30
第3章　発足式　53
第4章　私的事情　73
第5章　人海戦術　97
第6章　前途多難　124
第7章　減給処分　146
第8章　横取り　170
第9章　特集記事　187
第10章　電話ラッシュ　217

第11章　大口商談　239
第12章　スパイ　264
第13章　値引き交渉　282
第14章　現行犯　303
第15章　背信の心境　325
第16章　焦り　332
第17章　尾行　354
第18章　プロポーズ　374
第19章　契約破棄　383
第20章　自暴自棄　408
エピローグ　420

『集団左遷』――おもな登場人物

篠田《しのだ》　洋《ひろし》　三有《さんゆう》不動産に新設された首都圏特販部の本部長。

花沢浩平《はなざわこうへい》　第二営業部長。営業部担当課長だった。

柳田敏夫《やなぎだとしお》　第三営業部長。病身の妻の面倒をみている。

滝川《たきがわ》　第四営業部長。派手でお洒落《しゃれ》。

南野俊一《みなみのしゅんいち》　第一営業部長。企画部の辣腕《らつわん》だった。母親と二人暮らし。

今村春子《いまむらはるこ》　首都圏特販部の総務要員に篠田が引き抜いた。

横山《よこやま》　三有不動産副社長。

上岡《かみおか》　常務。営業本部長。

織田《おだ》　企画本部長。

三宅《みやけ》　総務部長。

菊川《きくかわ》　三有不動産社長。

原《はら》　俊子《としこ》　「住宅情報ウイークリー」編集長。

芳野《よしの》　銀行支店長。

小中光治《こなかこうじ》　ジャストタイム社長。立志伝中の人物。

鹿児島三郎《かごしまさぶろう》　安売りチェーン店パスぽーとを展開する横浜商事社長。

井出《いで》三郎　新町田《しんまちだ》不動産社長。

真野《まの》　治《おさむ》　阪神エレクトロン東京支社担当役員。

篠田秀子《ひでこ》　篠田の妻。

篠田太郎《たろう》　篠田の長男。美術大学をめざしている。

柳田良子《よしこ》　柳田の病身の妻。

花沢幸子《さちこ》　花沢の妻。

花沢真由美《まゆみ》　花沢の長女。

集団左遷

第1章　人事通告

その日、篠田《しのだ》秀子《ひでこ》は夫、洋《ひろし》の日記をその机の引出しの奥に見つけた。

長い間の呆然《ぼうぜん》自失からようやく立ち直り、洋の部屋を少しずつ片づけ始めていたときだった。

数冊のはち切れそうに膨《ふく》れあがったファイル用バインダーの後ろに、二冊の薄っぺらな大学ノートが、押しつぶされるように挟まれていた。

それを初めて目にした途端、

(これだわ)

と、天啓でも受けたかのように全身で一気に了解した。

その存在を秀子は以前からうすうす感じていた。思い浮かべる度《たび》に胸がドキドキした。部屋じゅうを探して見つけ出し、のぞいてみたいと思ったことも一度や二度ではなかったが、その度に、

（そんなはしたないことを……）

と思う気持ちがそれを控えさせた。それに盗み見したら後悔するようなことが、書かれているかもしれない、と思いもした。

その日の夕方見つけ、一度手にしたが、中をぱらぱらとしただけで、また元の所に置いた。息が荒くなるような気がした。

間もなく帰ってきた太郎《たろう》と夕食をとり、食後の後片づけをしている間も、上の空だった。テレビに目をやっていても、ストーリーはさっぱり頭に入らず、そんなことに鈍感な太郎から、

「お母さん、変だよ。もうそろそろしっかりしてもいいじゃないか」

などと言われてしまった。

太郎が自分の部屋に入ってから、秀子は洋の部屋に行き、ノートを取りだして畳の上に置いた。表紙には何のタイトルも書かれていない。しかしその中に夫の癖のある文字が、びっしりと詰まっているのはもう確認してあるのだ。

ためらい、ためらい、ノートに手を延ばし、恐る恐る中を開いた。しかし、読みたいような読みたくないような、気持ちが二つに引き裂かれるようだった。しかし、目に飛び込んでくる一行二行を拾っているうちに、我を忘れそのノートに引き込まれていった。

時々、胸が締めつけられるように痛み、心臓が動悸《どうき》を速め、体じゅうから汗がにじんだが、そのことを自覚しないほどノートに引き付けられていた。

夜中の一二時を過ぎてからノートを開き、読み終えたとき、窓のカーテンの隙間《すきま》から差し込む初夏の朝日が、かすかに部屋の中を明るくし始めていた。

読んでいる間じゅう目から涙が絶えず流れていた。初めは机の上のティッシュペーパーで拭《ぬぐ》っていたが、やがてそんなことは気にしなくなった。鼻水も止めどもなく垂れていたがこれも流れるに任せた。涙や鼻水が意識に上らなくなっていた。

一睡もしないまま朝を迎え、太郎を学校にやってからも、その日記の衝撃が秀子の体じゅうを駆けめぐっていた。

頬《ほお》のあたりはぽっぽと熱いのに、背中には悪寒《おかん》があり、なんだか発熱しているような気がした。茶の間に座っていても台所に立っても、

(こうしてはいられない)

という衝動が絶えず心をかき乱した。

五時を過ぎて夕闇が迫って来たころ、太郎が帰るまでに買物に行っておかなきゃ、と玄関に出た途端、

(あの日記、首都圏特販部のみんなに見てもらおうかしら)

と思いついた。日記は一月一八日から始まっていた。

1月18日

頭に来た！

横山《よこやま》の糞《くそ》ったれめ。

今日からこのメモを付けておく。なるべく克明にだ。さもないとまたあいつに騙《だま》されかねない。

昼前あいつから呼び出しがあり、嫌《いや》な予感がしたが、副社長室に行った。

あいつ、久しぶりに近くで見たが、いっそうブクブクと肥えて醜くなっていた。あいつの人間性の醜さがツラや下腹の贅肉《ぜいにく》に表れていやがった。

「二月一日より東京本社に首都圏特販部というのを設けることになった。ついては君にそこのキャップをやってもらいたい」

と横山は気持ち悪いネコ撫《な》で声を出した。何を言っているのかすぐには分からなかった。

その後およそこんなやり取りになった。

「首都圏特販部？　なんですかそれは」

「三有《さんゆう》不動産の起死回生策だよ。君に期待している」

「どんなことをやるんですか」

「部員は五〇名、うまくいったら、きみはたちまち役員になれる」

「仕事はどんなことですか？」

「大丈夫、君ならやれるさ。君の実力はおれが一番よく知っている」

「どんなことを」

「それは企画本部長の方で把握しているから、そっちで聞いてくれるか」

「その五〇名とはどんなメンバーか、もう決まっているのですか」

「優秀なメンバーが集まるぞ」

「どんな人ですか」

「それも企画本部長に聞いてくれ」

今こうして書いていても、横山の態度が変だったことが分かる。あいつ、具体的なことは何ひとつ言わず、一度もおれをまっすぐに見なかった。

横山とこんにゃく問答をしながら、社内で噂《うわさ》されていた合理化のことが頭をかすめた。常務会で、三有不動産では社員が一〇〇〇人は余っているといわれているという。それを整理するために、この首都圏特販部をでっち上げたのか、という気もした。

その後すぐ昼休みになって社内食堂に行った。何を食べたんだったか、さっぱり思い出せない。ただ、噛《か》みしめても噛みしめても、何の味もしなかったということだけが、記憶に残っている。だらしないものだ。

飯の後、屋上に上った。冷たい風が強く吹いて、空はすっかり晴れ渡り、遠くまで視野が開けていた。高いところから東京のごみごみした街を見下ろしていたら、悟りに似た気分を感じた。

これが辞め時だ、と思った。もうあれから七年が経《た》つ。一〇年は頑張ろうと思っていたが、そんなに自分の時間を浪費しなくてもいいだろう。もうおれも若くはないという気がしきりにした。

昼休みが終わるとすぐに、企画本部長の部屋を訪ねた。織田《おだ》は部屋に小さなパターマットを敷き、パッティングの練習をしていた。その手を止めないまま、こんな会話になった。

「横山副社長が、企画本部長に聞くようにということだったので来ました」

「何のことだ」

「首都圏特販部のことです」

「ああ、ああ。資料ができている」

渡された資料がこれだ。

「首都圏特販部について」
1．設立趣旨、首都圏の土地及びマンション、オフィス在庫の圧縮（詳細は別記資料による）
1．圧縮目標、初年度六〇億円（第一期三月末日までに一〇億円）
1．人員、各部署推薦の五〇名
1．予算、初年度一二〇〇万円（交通費、通信費程度）
1．発足、九三年二月一日
1．本部長、総務部担当部長、篠田洋
読みおえて聞いた。

「別記資料はどこにあるのですか」

「マル秘だから文書化してないんだ」

「と言いますと」

「私が今、口頭で言うから、君の頭の中にメモしてくれ……」

それから織田は都心三区や西新宿などに塩づけされた数ヵ所の土地と、売れ残った首都圏のマンション、分譲住宅、空き室の増えたオフィスビルの名前を口にした。

「それを圧縮するというのは、どうしろということですか？」

「土地は転売、オフィスはテナントを探す、マンション、分譲住宅は販売だよ」

「そんなことできるはずがないじゃないですか」

「難しいことは分かっている。だから常務会で、辣腕《らつわん》の君に部長をやってもらおうということになった」

「無理ですよ。あんなもの今後一年間は売れっこないことを、本部長ならご存じでしょう。土地の方は三年も売れないかもしれない」

「とにかく三有不動産始まって以来のピンチなんだ。そんなことは言っていられない」

「人員の五〇名というのは、もう選抜されているのですか」

「そこに書いてあるとおり、各部署から選ばれるので、まだの所もあるし決まっている所もある」

「決まっている所では、どんな人が……」

「後できちっとしたリストを作るが今私が記憶しているのは、花沢浩平《はなざわこうへい》、柳田敏夫《やなぎだとしお》、それに……」

（ふざけるな）

と思わず言いそうになった。何が優秀なメンバーだ。二人とも三有不動産の問題児とされている奴らだ。

総務部に戻ると三宅《みやけ》が、

「篠田さんいかがでした？」

とおれのことをのぞきこむような目をした。こいつ首都圏特販部のこと知っているなと思った。

「いやあ、ちょっと」

と言っただけで何も答えなかった。不愉快だった。

三宅のずるそうな顔を見ながら、

（どうせおれはそんなもの引き受けない。明日は辞表をお前に叩《たた》きつけてやる）

と腹の中で言い、なんだかスッキリした気分になった。

七年前、夫が開発部から総務部に異動させられたとき、秀子は夫から、

「横山に飛ばされたが、一〇年は三有にいるからな」

と言葉少なに聞かされた。

「何もそんな先のことまで、決めなくてもいいじゃない。一〇年て長いわよ」

と言ったが、内心では夫の好きにすればいいと思っていた。夫はまだ三八歳で元気にあふれ、自分は三四歳、四捨五入すればまだ三〇歳なのだ。いくらでも人生のやり直しがきくような気がしていた。夫の仕事は秀子にとって、ベールの向こうにあるものだった。おぼろげにしか見えなかった。もっとはっきり知りたいという気も起きなかった。夫に関心がないわけではなかったが、職場のことには関心はなかった。

夫が三有不動産の開発部にいて、地上げをやっていることは知っていた。しかしそれが、時には老いた地主などを、やんわりと脅したり、すかしたりしなくてはいけない仕事とは知らなかった。納得ずくだったはずのある地主が引っ越して間もなく精気が抜かれたようになり病死したのを、夫が気に病んでいるとは知らなかった。ましてそうした人々の人生を狂わせたことに対する贖罪《しょくざい》の意識が、夫を一〇年間、総務部で左遷の身に甘んじさせようとしているとは想像だにできなかった。

その日以降、それまでは朝七時過ぎに家を出たら何時に帰ってくるか分からなかっ

た夫が、毎日六時半には帰ってくるようになった。同時にどこか張りつめたものを表情にもしぐさにもみなぎらせていた夫が、急に無表情になった。

(少しくらいあたしに八つ当たりでもしてくれた方がいいのに)

と秀子はその無表情をつらく思ったが、夫はそうはしなかった。

一月ほど経ったら、一五センチも厚みのある碁盤を買ってきて、

「アマチュア名人になってやる」

と、秀子を見て笑った。

当時、篠田はアマチュア初段くらいの腕前だった。名人になるにはそれより八、九ランク上の、プロに近い力が要求されたから、とうてい無理な目標だったが、何やら通信教育の教材を買い込み、週に二度ほどどこかの囲碁教室に通い始めた。

普通の男だったら左遷されればイライラしたり悄然《しょうぜん》とするだろうに、囲碁に打ち込むようになるとはたくましい男だと、秀子は驚いた。一方でそんなものなのかもしれないとも思った。

長男の太郎が生まれるまで、自分も大手企業で働いていたのに、秀子は職場の男たちの生態についてすっかり忘れてしまっていた。

1月20日

昨日のことを書く。

型通りの辞表を書き、スーツの内ポケットに入れて出勤した。

これで横山との腐れ縁も切れるとさばさばした気がしていた。

会社の玄関に入るとき、その足で三宅に辞表を渡して退社するつもりだった。

廊下で花沢に会ったが、彼は親しげにおれを見た。彼の名前が織田の挙げたメンバーの中にあったことを思いだした。

昔、窓際族という言葉が流行《はや》ったが、花沢のことは何と呼んだらいいだろうか。

肩書は営業部担当課長と偉そうだが、仕事はほとんどやっていない。そのことは総務のおれの所まで知れ渡っていた。年はもう五四、五歳だろう。部下を持つどころか、自分より一回りも年下の課長の春山《はるやま》に馬鹿にされ、いつもクモの巣の張ったような、くすんだ表情をしていた。

「篠さん、すげえな」

すれ違いざま花沢が言った。

「何ですか」

「あれですよ、よろしく頼みます。みんな期待していますから」

首都圏特販部のことだとすぐ気がついた。みんな期待していますって、あんなインチキを真に受けているのかと不思議な気がした。

しかし花沢のその言葉で、辞表をすぐには出しそびれ、昼休みに彼を会社の外に連れだした。

かなり遠くの喫茶店まで歩いていった。

「花沢さん、あれって国鉄清算事業団ですよ」

おれは露骨にそう言った。

「まあ、そう言わんでください。私はどこに行ったたって今よりいい」

花沢はそう言ってから変な話を始めた。

「春山のやつ私に探偵をつけた。私がどんな営業活動をしているのか、調査させてクビにしようと考えたんだ。それに気がついたのはつい最近だから、それまでパチンコ屋に入りびたったり、日比谷《ひびや》公園で日向《ひなた》ぼっこしていたのまで、みんなばれてしまった。中小企業診断士の資格をとろうと、短期実力養成講座に通っていたのも知られた。このあいだ呼び出されて最後通牒《つうちょう》を受けたんだ」

会社の最後通牒は、懲戒免職ではなく依願退職にしてやるから、辞表を書けというものだった。退職金も定年前加算をしてくれるという。

「書いたらいいじゃない。私もそのつもりです」

と言ったら、

「早まってはいけない。会社が放り出すというのなら仕方ないが、それまでは机にしがみついてもいた方がいい。毎月、名目で六〇万円、ボーナスも月割にすれば二〇万円、こんな金をくれるところないでしょう」

だと。依願退職にならないで放り出されたら、退職金だってもらえなくなり、元も子もないのに、そこにまで考えは回っていないのだろうか。

そんなやり取りがあった後、春山は首都圏特販部に行くのなら、辞めなくてもいいと言い出したという。

「だから期待しているんだ。篠田さんが本部長だって言うし」

「私はあんな辞令を受けない」

「どうして……？」

「不良在庫の圧縮が部の目標だというが、そんなことできっこない。五〇人の余計者をあそこに集めて、できもしないことに難癖つけて放り出すつもりだ」

「やってみなくては分からない」

「不動産屋ならだれでも分かるでしょう」

こんなやり取りに、おれは少しくたびれた。時間切れで会社に戻ることになったが、別れ際、花沢は、

「いいですか、絶対に早まらないでください。五〇人の運命がかかっているのですから」

と怒ったような顔で言った。

花沢は、篠田秀子が夫の日記を見つけた一週間後にそれを手渡された。秀子から連絡があったときは、身の縮む思いがしたが、読み始めると、食事も取らずに、引きこまれるように読み耽《ふけ》ることとなった。

自分に関する記述の所どころでは傷ついたが、書かれている中身への興味の方がずっと強かった。そしてあのことに一行も触れていないことにむしろ驚いた。篠田は本当にあのことを知らなかったのだと信じられない気がした。

(五〇名の運命がかかっているなんて言ったかな)

そこのところの花沢の記憶はあいまいだった。

当時の花沢は営業第三課長の春山賢治《けんじ》との闘いに疲れ果てていた。

それまで勤めていた中堅不動産から三有不動産に引っ張られたのは、もう二〇年前

になる。三有不動産は財閥系不動産の一つとしてぐんぐん業績を伸ばしつつあった。花沢はそこで腕利《うでき》きの開発部員として働くことが期待されていたのだ。

それがどこで間違えたのか、最初に肩叩きを受けたのが三年前。まだバブルが弾《はじ》けきってはいなかったから、よほど会社に嫌われたものだ。

（ついていなかったんだ）

七年前に中央区での大きな再開発のプロジェクトチームに入れられて、地上げに関わったが、花沢が担当した数件の地権者は誰も彼も頑迷で、散々てこずった。

もっと若いころだったら空き家に泊まりこんで、そこから地権者に夜討ち朝駆けすることだってできたのに、そんな元気はすっかり失っていた。こちらに迫力がなくなれば、地上げなんかできるはずがない。訪ねても訪ねても相手は花沢のことを軽くあしらって、その説得に応じようとしなかった。

しだいに地権者の所に、花沢の足は向かわなくなった。

そんなときある事件が起きた。花沢が担当していた中華ソバ屋が火事になり、逃げ遅れた幼児が大火傷《おおやけど》を負ったのだ。マスコミはその事件にわっと飛びつき、「地上げ屋の放火」とおどろおどろしく報じた。ある新聞は、花沢を名指しこそしなかったが、担当者が疑わしいと書いた。その数日後、電気器具の漏電《ろうでん》による失火と原因が知れたが、そのことを報じ、花沢の名誉を挽回《ばんかい》したのはほんのベタ記事だった。

そのときから、花沢は地上げをすることがまったくできなくなってしまった。やたらとゴネたり、計算高い腹芸を使う地権者と、丁々発止とやりあう気力がなくなってしまった。

しかしその事件は単なるきっかけで、本当はもう四八歳にもなっていた年齢のせいだったのかもしれない。

中年も半ばになって、自分が人生のスピードをローギアに入れたくなってきたときに、ゆっくりした速度で営《いとな》まれている地域の暮らしを壊す側に回るなんて馬力は、もう花沢に残っていなかったのだろう。

地上げをできない開発部員は使いものにならないと営業部に回されたが、ここでも仕事をする気力をまったくとり戻せなかった。

バブルが弾けて以降、オフィスビルの需要は急速に冷えこみ、三有不動産の持っているビルにも空き室が多くなってきた。

会社は一所懸命、営業部の尻を叩くがテナントがいないのは、三有不動産だけじゃない。あれだけ一極集中と騒がれた都心のオフィス需要がふっとかき消えてしまった。

花沢は営業に行くと称して、さぼることを覚えた。会社を出ても、どうしても顧客の所に足が向かわない。喫茶店にいりびたり、安い映画館でうたたねをし、パチンコ屋を転々とした。それが思いもかけぬほど金食い虫なのに驚き、やがては街角の公園のベンチで時間をつぶすようになった。

その公園に通いつめるようになると、たちまち二、三人の顔見知りができた。自己紹介をしたわけでもないのに、お互いの置かれている立場を察知するようになる。いずれも腕の悪い営業マンかオフィスに居場所のない企画マンというところだ。ある日、中で一番若い男が、退屈のあまり奇妙な提案をした。

「みんな会社での一番みじめな体験の自慢話をしませんか」

皆は一瞬ひるんだ顔をしたが、その若い男が自分から話し始めた。

「ボクは某総合商社でコンピュータシステムを売っているのですが、コンピュータのことなんてさっぱり分からないんです。得意先を訪ねてもセールストークがまるでできない。先方から聞かれたことに何も答えられないのですから……。元の自動車に戻してもらいたいのですが、人が余っていましてね、とても無理なんです。契約が取れないものですから、課長がボクのこと馬鹿にして本名は呼ばず、あだ名で呼ぶんですよ」

自嘲《じちょう》的に彼が紹介したあだ名はオオモリだった。賞与の査定の悪いこの男は節約のため昼飯は大もりしか食べなかったからだ。

ところがある日、新入社員の一人がオフィスで大声で彼のことをオオモリさんと呼んだ。その新入社員は彼の本名がオオモリと思っていたのだ。一瞬の沈黙と失笑、やがて、オフィス中の爆笑となってしまったという。

オオモリの話を聞きながら、花沢は自分にも似たようなみじめな経験があったなと、すっぱい胃液が込みあげてくるような不快感を味わっていた。

それは花沢が出先から、オフィスに帰ってきたときだった。

春山が、

「花さん、今日はどこへ行ったんですか」

と聞いてきた。

「ああ、M社ですよ」

いつものことだから、予《あらかじ》め用意していた得意先の名前を答えた。その途端、周りからどっと笑いがあがった。

「――くん」春山が女子社員に声をかけた。

「さっき花沢さんにどっかから電話がかかってきていたね」

「えっ、ええ」

彼女はためらいがちに言い、もう一度周囲の笑いが盛りあがった。花沢は嫌な予感がして、体じゅうがかっと熱くなるのを感じた。

「どこだった」

「サウナ・ヘラクレスと言ってましたが」

花沢はめまいを感じた。さっきまでそこにいたのだ。

「花さん、サウナ・ヘラクレスに社員手帳を忘れたらしいよ」

春山の声が遠くで響いた。

その時以来、春山はいっそう厳しく花沢の毎日を管理するようになった。

花沢が配属された当初、春山は一回り年上の担当課長に気を使っていたが、しだいにそうではなくなった。

「花さん、今日は――に行ってあの話を進めてください」

などと花沢に細かな指示を出すようになった。花沢はその半分以上を無視した。まさかクビにはできまいと春山をなめていた。

「なんで行かないんですか」

「あそこは見通しがないから」

「じゃあ、今日はどこへ」

「××へ行きましたよ」

たまに訪ねた先を何度にも分けて営業活動実績とした。

業を煮やした春山は探偵に依頼して、花沢の行動を調査し、れっきとした証拠を突きつけて、追い出そうと決心した。それを知らずに花沢はサボり惚《ほう》けていた……。

篠田の日記を見ながら、花沢は篠田の潔《いさぎよ》さに舌を巻いていた。いや、眩《まぶ》しいものにさえ感じた。自分は仕事をやる気もないのに、会社を飛び出す度胸もなく、途方に暮れていた。それであんなことに……。

第2章　逡巡《しゅんじゅん》

1月20日（承前）

いつの間にか、会社中に首都圏特販部のことが広まっているようだ。どこに行っても好奇の目で見られた。

おれのスーツの内ポケットに、まだ辞表が入っている。花沢のことがあって、なんだか出しそびれた。どういうわけか、会社の方もおれに何も言ってこない。立ち消えになっていいと、思っているわけではあるまい。

昼休み、「コーヒー園」に行ったら、滝川《たきがわ》が近づいてきて、よろしくお願いします、と変な笑い方をした。独特な存在感があって、東京本社内でも何かと目立つ奴だが、おれはこいつの派手なお洒落《しゃれ》が気に入らない。とくにキザな幅広のネクタイが胸くそ悪い。髪も長すぎるし、全体にどうにも軽薄に見えて仕方ない。

午後から仕事にかこつけて、粟島《あわしま》のところを訪ねた。

粟島が自営の広告プロダクションを始めたのは、もう何年前になるだろう。

六年か？　七年か。

始めるときに、おれに一緒にやらないかと言っていたが、まだその気があるかもしれないと思った。別に当てにしているわけじゃないが。いや少しは当てにしているかも……、自分でもよく分からない。

あいつのオフィスを見る度に、独立というのも楽ではないと思う。お世辞にもきれいとは言えない、塗料のはげた廊下の天井の端の蛍光灯がチカチカしていた。

それも二本ともだ。

「おれ辞めようかと思うんだ」

と言ったら、すぐに、

「時期が悪い」と粟島は言った。

この不景気で、編集を引き受けていたPR誌が二つも廃刊になり、アド粟島も潰《つぶ》れかけている由《よし》。

首都圏特販部の話には、「乗れ乗れ」と言った。

「体《てい》のいいクビ切りだぜ」と言ったら、「本当に切られるよりいい、切られるまではしがみついていろ」なんて言った。

あいつずいぶん弱虫になりやがった。しかしおれなんかに想像できないほど、苦労しているのかもしれない。頭がずいぶん薄くなり、シワも多くなっていた。

会社に戻ったとき、おれとすれ違うように、横山が役員専用車で出ていった。おれの姿を認めたくせに知らん顔をしていた。

むかっ腹がたった。

あいつ、おれが首都圏特販部を引き受けた方が困るのか、断って辞表を出した方が困るのか。分からん、分からん。

1月22日
昨日、今日と二日続けて会社を休んだ。

昨日は一日中、第六期の棋聖戦の棋譜を並べた。

藤沢秀行《ふじさわしゅうこう》はやっぱり凄《すご》い。無から有を生みだす発想――壮絶。

碁打ちはいい、闘いの相手がいつもごまかしのきかない自分で、シンプル。それだけじゃない。深い、千変万化、自由で、本質的だ。おれはなんでサラリーマンなんかになったかな。秀子も碁を覚えりゃいいのに、あいつは勝負事には少しも関心がない。


昼過ぎ、花沢が家に訪ねてきた。おれが玄関に出ていくと、深々と頭を下げた。その手に一升ビンを下げていた。その後、部屋に通してこんなやりとり。

「篠さん、辞めないでください」

「どうするか、まだ決めていない。今考えているところだ」

「あそこに行くと噂されている人に、話を聞いてみたけど、皆やる気です。皆、篠さんが昨日から休んでいるのを心配している、このまま会社を辞めてしまうのではないかと。そうなったら話が宙に浮いてしまう」

「それじゃ花沢さん、部長をやったらいいじゃない」

「私じゃ無理です」

「私だって同じです」

「なんでそんなことを言うのか。私には本当にそれだけの力量はない。篠さんにはあるじゃないか」

花沢は昔の私の仕事を数えあげた。花沢自身そのころ三有不動産にいなかったのだから、誰かに聞いたに違いない。少しオーバーでくすぐったい気がしたが、訂正もしなかった。

「それじゃ、私と横山のことも知っているでしょう。私はあいつにトンビに油揚をさらわれるのはもうご免だ」

そしたら、花沢は言った。

「篠さん、副社長に目にもの見せたいのでしょう。副社長は篠さんが、これを引き受けないで、辞めた方が喜びます」

「どうして」

「そうに決まってます。皆そう思っている」

花沢は理由は言わずに、決然とした口調で言って帰っていった。

本当にそうなのだろうか？

夕飯のとき、秀子に家にいくら貯金があるか聞いたら、

「えっ、どうして」

と驚いた顔をした。辞めるかもしれないと言うと、

「食べていくだけなら一年や二年は平気だけど、太郎の学費がどうなるやら

……。国立に行ってくれるといいのですが」

と不安そうな顔になった。

おれのことは何も心配しないのに、太郎の学費は心配なのだ。

確かに太郎を一人前にするまではおれの責任に違いないが、最近の大学ときたら、なんでまあこんなに学費が高いのだろう。

1月25日
出社してすぐに織田のところに行った。

どんな人間をもらえるか、交渉してみて、会社の腹を探ってから、どうするか決めても遅くないと思ったのだ。

「出てきたか、心配してた。皆がこのまま辞めるんじゃないかと噂していたんでな」

と奴は言った。

「その方がよかったですか」

「そんなことはない、君に期待しているんだから」

と言ったが、腹の中は分かったものじゃないと思った。

「首都圏特販部の人材ですが、リストできましたか」

と言うと、一枚の紙切れを出してきた。人名がワープロで打たれていた。

それをじっくり見て改めて落胆した。おれの知っているかぎり、新組織の戦力に
なりそうな人間の名前は一つもなかった。花沢でさえましな方だ。

リストへの不満は何も言わず、

「南野《みなみの》くん、くれませんか」

ゆうべから考えていた名前を言った。こいつなら力になる。

織田は「それは無理だ」と渋った。

「そんな露骨に新組織に落ちこぼればかり集めると、反乱が起きますよ」

と脅かすと、

「落ちこぼれなんかじゃない、多士済々《たしせいせい》だ」

と強弁した。とにかく南野をくれと言って、

「君が口説《くど》いて、南野くんが同意したらいいだろう」

という言葉を引き出した。南野のような企画部の辣腕《らつわん》が、とうてい応じるはずが
ないと思っているのだろう。

夕方、南野を「酔虎伝」に誘った。奥の小部屋なら人に聞かれることはない。

南野は首都圏特販部の話は、とうに知っていた。

「君、一緒にやらないかな」

単刀直入に言った。しばらく黙っていたが、

「あそこは国鉄清算事業団でしょう」

と言った。おめでたい花沢とは大違いだ。

「そうかもしれない、そうじゃないかもしれない。どっちにしろ、君らが開発して在庫になったものを捌《さば》くんじゃないか。本来なら、君らがやるべき仕事ともいえる」

こう言ったら、南野はぐらりときた。そうくる奴だと思っていた。

「……もう行く人は決まっているのでしょう」

「織田さんは君がＯＫすれば、来てもらって構わんと言っている」

長いこと黙っていてから、

「一晩考えさせてください」

と言った。

「君はやるよ、企画で無責任じゃないのは君だけだ」

おれはダメ押しをしてやった。きっとやると思う……？　分かるものか。

1月26日
朝、南野がおれのところに来て、

「やらしてください」

と他の奴に聞こえないような声で言ってくれた。正直、嬉《うれ》しかった。急に首都圏特販部に意欲が出た。

すぐに織田の所に行った。

ところが織田はおれの顔を見るなり、

「篠田くん、昨日の件はご破算にしてくれ」

と言った。つまり、南野が同意したら仲間に入れてもいい、と言ったことを撤回するというのだ。

「そんなの、めちゃくちゃだ」

おれは大きな声を出してしまった。役員室にいた秘書らが一斉にこっちを見た。

「役員会でダメだということになった」

「副社長ですね」

織田は黙っていたが、表情はそれを肯定していた。

そこでおれは横山の所に行った。横山はおれを見て、おれが頭に来ているのも知らず、嬉しそうににやにやしながら言った。

「威勢がいいな」

その後こんなやりとりになった。

「南野はどうしてダメなんですか」

「彼は企画部で頑張ってもらう」

「企画なんていま開店休業でしょう」

「そう馬鹿にしたもんじゃない」

「とにかく彼をください。彼もOKしてくれている」

「ダメだ、役員会の決定なんだ」

そこでおれは横山に近づいて小声で言った。

「南野をくれないなら、私は首都圏特販部をおろしてもらう」

「それは残念だ、皆、期待しているのに。花沢なんかこの間、おれの家に酒持って挨拶《あいさつ》に来た」

花沢の馬鹿め、おれのところだけでなく横山のところにまで行ったんだ！

「辞めるに当たって会社に置き土産《みやげ》を残していきます」

「何のことだ」

「S市での事件の真相を皆に伝える」

「………」

「墓まで持っていくつもりでした」

「何のことだ」

「副社長のお宅が社内随一の豪邸だということは、誰もが知っています」

「何を馬鹿なことを言うのか」

「私がその話を会社じゅうにバラまけば、半数は信じるでしょう。とりわけ社長は信じるはずだ。明日までにいい返事がいただけなければ決行する」

横山は表面上ほとんど顔色を変えなかった。しかし、明日、どう出るか。あの野郎、おれの言葉を振り切れるほど肝《きも》が座っているだろうか。おれも首都圏特販部を引き受けるなら一度、S市に行ってこなきゃいかんな。

篠田の日記は花沢の次に、南野俊一《しゅんいち》のところに回されて来た。

南野は、篠田が自分を「酔虎伝」に誘った日のことをはっきりと記憶していた。昼過ぎから小雪がちらつきかけた寒い日だった。「酔虎伝」は寒々しいほど空いていた。

南野は三八歳。三有不動産の生え抜《は》きで社歴は一五年になる。南野は篠田が総務部の担当部長になる前に、企画部にいたときにも、営業部にいたときにも、社内で有数の辣腕だったことはよく知っていた。営業部のときは直接の上司ではなかったが、近寄りがたいような先輩として仰ぎ見ていた。

七年前に篠田が東京本社の総務部に左遷させられたとき、それが何のせいか、さっぱり分からず奇妙に思った記憶がある。何か会社の上の方で変なことが起きているのだと思った。横山の忌避に触れたのだと、噂をする者がいたが、南野は半信半疑だった。

南野もその後間もなく東京本社に転勤となり、バブルの最盛期に都心を東奔西走させられ、いくつもの地上げを手がけた。今ではその三分の一が不良在庫となり、三有不動産の経営を圧迫していた。

そのことは、いつも南野の良心をちくちくと刺していた。時々、夜中にがばっと飛び起きて考えこんでしまうこともあった。

地上げはその土地の下に、多くの人の穏やかな暮らしを飲みこんでいる。南野は自分がその尖兵《せんぺい》になっていたという自覚がある。それを鎮魂《ちんこん》するには、とにかくビルを建てるしかない、それがすっかり頓挫《とんざ》しているのに、みんななぜ平気なんだろう、と不思議に思うことがあった。

首都圏特販部を急にでっちあげたことが、人員削減のための会社の陰謀であることは確信していた。しかし篠田に、

「首都圏特販部はきみらがやるべき仕事だ」

と言われたとき、その通りだと心底納得した。

今も中央区でほとんど中断している、規模の大きな再開発に張りつけられているが、焼け跡のような地上げの現場を見る度に、

(こんなことをしている場合じゃない)

と居ても立ってもいられない気になった。

(これまで仕上げた物件は少しでも在庫を処分しなきゃ仕方ない)

と心が急《せ》かされた。

篠田の誘いはある意味で渡りに船だった。

今の南野にとって、首都圏特販部が結局うまくいかず、三有不動産をクビになったとしても、半ばそれは望むところだった。こんなに物件が動かないのなら、もう不動産稼業から足を洗ってしまおうと、迷っていたところなのだ。

南野はまだ身軽な独身だった。

高円寺《こうえんじ》の2DKマンションに母親と二人で暮らしている。家計は南野の給料でやっていて、南野の身の回りのことは母親がやってくれる。四、五年前までは、

「早く孫の顔を見せてよ」

と、うるさかった母親も今では何も言わなくなっている。

篠田に誘われた夜は午前様になったが、いつもどおり、母親、邦子《くにこ》は起きて待っていた。

「お袋」と南野は母親をそう呼ぶ。

「お茶漬け作ってくれないか」

「いつまでも年寄りをこき使うのね、お前は。作ってくれる人も見つけられないんだから、まったくだらしない。寡婦《ひとり》になったからって、東京になんか来るんじゃなかったわよ。田舎にいれば楽隠居だったのに」

と言いながら、息子の面倒を見るのが嫌そうではない。

手早く茶漬けを作ってテーブルの上に出した邦子が、口を開いた。

「お前、順《じゅん》ちゃん、覚えている？」

「……………」

「太郎兵《たろべい》どんのところの順ちゃんよ」

そうではないかと南野は、頭の中におぼろげなその姿を思い浮かべていた。邦子の口からはよく故郷の近所の家の屋号がでてくる。

「――さんから電話があって教えてくれたんだけど、今ね、中野《なかの》にいるんだってよ、まだ独身だって」

「それで？」

「それでって、お前、懐かしくないの」

「もう、昔々の話じゃないか」

「薄情ね、お前、順ちゃんの家庭教師をやっていたのよ」

「お袋、また余計なことを企《たくら》んでいるんだろう」

「大学三年の夏休みに帰省したとき、順ちゃんが遊びに来たら、お前、見違えちゃって、顔を赤くして、どなた様ですか、だなんて……あの娘、別嬪《べっぴん》だったからね」

邦子はこれまでも何度も南野を冷やかしたエピソードを繰り返す。

「おれ、会社辞めるようになるかもしれないんだから……結婚のことなんか考えてもダメだよ」

「誰も結婚のことなんか言っていないだろう……会社辞めるって何かあったのか

い？」

「別に……」

「別にって、お前会社にいられないようなことでもあったの」

「別に……」

「それじゃ何だって辞めるのよ」

南野は、順子の話をやめさせようと、会社の話をしたことを早くも後悔した。何か言えば言うほどやぶ蛇《へび》だと、口を閉ざした。

邦子の作る本格的な茶漬けは南野のお気に入りだ。猛然たる勢いでそれをかきこんだ。真ん中によく漬かった大ぶりの梅干が入っている。口が曲がるほど酸っぱいが、南野はそれがないと物足りない。

結婚をしたくないわけじゃない。それどころか、誰でもいいから決めちゃおうかと思うこともある。

結婚していないと、何か中途半端な人生を送っているような気がしてしまう。時間を空《むな》しく消費して、取り返しのつかないことになるのではないか、という気になることもある。生活のことは不自由はないが、母親にいつまでも頼り続けているわけにはいかない。時々、無性に柔らかくて甘酸っぱい匂いのするものを抱き締めたくなることもある。

しかし身の回りの誰彼を思い浮かべてみても、誰もぴんともこないのだ。その気になる相手がいない。ぴんともこないでその気にもならないで、偏差値に応じた進学先を選ぶように、連れ合いを決める気にはまだなれない。

布団にもぐり込むと、篠田から言われたことが頭に浮かんできた。

首都圏特販部。会社の陰謀と知りながら、もうすっかり乗ってみるつもりになっている。一割くらいはうまく行く可能性もある。

九割の方の目が出て、体よく追い出されることになるのかもしれない。

(それなら、それでいい)

小さくそう呟《つぶや》いて、寝返りを打ったとたん頭の中にリンゴのほっぺの女の子が浮かんだ。

「お袋、起きている?」と暗がりの中で母親に声をかけた。

「なあに」

「東京に出てきて後悔していないか」

「別に……。何でさ」

「だって、本家も、茶飲み友達もみんなあっちじゃないか」

「……、そんなことないよ、お前の面倒を見にここに来るしかなかったさ」
母親は怒ったように言った。

1月28日
ああ頭痛え。まだ昨日の宿酔《ふつかよい》が残っている。昨日、会社の帰りに南野と花沢を誘って、赤坂《あかさか》に行った。
首都圏特販部の見通しを研究するためだ。
「枝折《しお》り」の二階の小部屋をとった。女将《おかみ》が懐かしがった。もう二年ぶりになる。
最初に、織田からもらった人事リストを二人に見せた。二人で奪いあうようにして見てから、二人とも溜息《ためいき》をついた。当然だ。
南「これは大変だ」
篠「どういうことだ？」
南「営業なんかできそうな人はほとんどいない」
花「私が言うのはおかしいが、落ちこぼればかりだ」
篠「南野くん、ほとんどと言うのは、少しは営業できそうなのがいるのかね」
南「ここにいる三人以外には、滝川さんと、柳田さん、——さんくらいかな」

篠「滝川って、女口説《くど》くくらいしか能がないんじゃないか」
南「女口説ければ、客も口説けるんです」
篠「君は女を口説くのは上手じゃないようだが、いい営業マンじゃないか」
これは余計な台詞《せりふ》だったかもしれない。冗談で切り返してくると思っていたのに、南野は黙ってしまった。
滝川はどうも虫が好かない。仕事はそこそこできるのかもしれないが、大体あんな若者のようなお洒落をするなんて、気が知れない。
篠「柳田ってのは仕事できるのか」
南「新宿第一ビルに××生命を連れてきたの彼だから、半端じゃないです」
篠「そいつがなんで国鉄清算事業団に紛《まぎ》れこんだ?」
南「そういえばここのところ変だ、五時になるとさっさと帰っていく。付き合いが急に悪くなった」
篠「とにかく陣容はこれだけだ。これでやっていくしかない。本当に箸《はし》にも棒にもかからない奴もいるだろうが、たまたま吹溜《ふきだま》りに紛れこんでくすぶっている奴もいるだろう。おれみたいにな」
このときも二人とも笑わなかった。おれは花沢を挑発しようと思った。

篠「花沢さんだって、落ちこぼれと思われているんだぜ」
花「知っています。でも生まれ変わったつもりでやりなおす。今、会社をクビになるわけにいかない」
篠「昔の花沢さんは辣腕だったのに、なんで仕事しなくなったんだ」
花「若いうちなら別だが、この年になっていつもいつも、ぎんぎんにおっ立っているわけにいかない。でもいい女が出てくれば、もりもりと力が入ることもあるだろう」
花沢の辛気《しんき》くさい顔には似あわないたとえ話だったが、花沢は奇妙に深刻で奇妙に素直な口調だった。花沢にとって、首都圏特販部はそんなにいい女なのだろうか。おれにはしょうもない不感症女にしか見えない。おれたちが頑張ったら感じてくれるのだろうか。
篠「南野くんの目から見て、ビルが動きだすのはいつごろからだ」
南「当分無理、この一年間はぼちぼちしか動かないと考えていい」
篠「首都圏特販部は何ができる」
南「そんなこと分からない。営業部だって何にもできないんだから。やってみるしかない」

間もなく首都圏特販部の話はやめてしまった。こんな所で話しても埒《らち》が明かないと思った。それに三人とも普段よりずっと酒が進んで、途中からわけが分からずになってしまった。

急に花沢が泣きだして、部長、私のことを見捨てないでくださいときた。おれも酔っていたから、確か、

「こうなったら、一蓮托生《いちれんたくしょう》だ、潰れるときは三人一緒だ」

なんて馬鹿なことを言った気がする。そしたら、花沢が同期の桜を歌いだした。おれも歌った。南野は多分歌えないのだろう。手拍子を取っていた。

ただただ恥ずかしい三人組に女将も呆《あき》れたろう。


今日、「コーヒー園」で南野に柳田を紹介された。この話はもう社内で公然と動いている。皆に知られないよう遠くの喫茶店まで行くことはない。

近くで見る柳田は髪を刈り上げ、なんだか自衛隊出身者のようだった。四四歳。大阪採用、社歴一二年。営業、開発の両方でかなり実績を上げたことがあると聞かされている。

篠「首都圏特販部に来ることになった感想を聞きたい」

柳「どこへ行っても一所懸命やるだけです」
篠「以前はよく仕事をしたと聞くが、最近スランプだとか。どうしてだ？」
柳「そんなことはない。今の私が実力どおりだ」
篠「毎日、定時退社と聞いたが……」
柳「いけないですか」
篠「いけないという決まりはないが、首都圏特販部では部長をやってもらおうと思っている。そうなるといつも定時退社とはいかない」
柳「管理職は無理です。今のまま部下のいない立場にしておいてください」
南野が口をはさんだ。
「そんなことないでしょう。柳田さんの力はみんなが知っている」
柳「過去のことだ。人は皆年を取る」
南「年なんてことないでしょう。私と変わらないように見える」
柳「君には分からないだろうが、四〇歳過ぎたらがくっとくるのさ」
篠「とにかく、君にやってもらうつもりだ。頼むよ」
柳田は最後までＯＫとは言わなかった。すねている風でも臆病風《おくびょうかぜ》に吹かれている様子もなかったが、部下を持ちたくないなんて、とても理解できない。
人事のリストをいくら見回しても、他に中間管理職の候補はいない。
おれのよく知らない男で力のある奴が飛び出してくればいいが、当分は仕方ない。

第3章　発足式

2月1日
深夜二時。正確にはもう2日だ。秀子も太郎も寝ている。家の中が静まりかえっている。首都圏特販部の発足式が今日あった。誰もおれを出迎えてこの出陣式を祝おうとはしない。詳細は明日書く。眠くて仕方ない。

2月2日
昨日、午前一〇時から、東京本社会議室で発足式があった。

おれと社長、横山、織田が部屋の前の方に座り、部員たちは中ほどから後方にかけて座った。

総務の部屋から椅子を運んで、ようやく全員が座れた。

部屋を埋めつくした奴らを見ているうちに、なんだかイライラした。

三有不動産一二五〇名の内、特別ダメな奴がそこに集められ、集団左遷の儀式が行なわれるというのに、誰もそのことに自覚的には見えなかったからだ。何か楽しいことが起きるかと思っているような、のんびりした顔ばかりだ。時々、南野や花沢と目があったが、さすがに彼らは緊張した顔をしていた。

やがて社長が型通りの挨拶をした。

要旨、以下のごとし。

「皆、知ってのとおり、わが業界は未曾有《みぞう》の大ピンチにある。在庫圧縮は最大の急務となっている。各部から個性的なやり手を抜擢《ばってき》したこの首都圏特販部に、大いに期待している。これがうまくいかないようだと、経営体制を根本的に考え直さなくてはならない」

まあものも言い様だ。社長の言いたかったことは、最後の一言だけだろう。そう、経営体制を根本的に考え直す、つまりおれたちを会社から放り出すということだ。

横山も織田も社長と似たようなことを言った。

最後におれに挨拶が回ってきた。おれもおざなりなことを言うつもりだったが、なんだかむかっ腹が立って、言わずもがなを言ってしまった。以下、要旨。

「社長から大いに期待していると言われたが、諸君は気づいていると思う。首都圏特販部は我々にとって全員解雇への一里塚だ。

これがうまくいかなければ、もう諸君らの椅子は三有不動産の中にはない。

しかし不動産不況はまだまだ続きそうだから、うまくいく可能性も大きくはない。進むも地獄、退くも地獄だ。私は進みつづけるつもりだから、諸君も全力で協力してほしい。

諸君は三有不動産で今まで、必ずしも日の当たる立場にいなかったろう。しかしそれは諸君の能力が足りなかったためとは限らない。人にはいろんな巡り合せがある。そのせいかもしれない。現にこの私もそうだ。力があるのに日が当たらなかった。使い道のなかった力は十分この身に蓄えられている。諸君らもそうであることを期待している」

おれの挨拶に皆、唖然《あぜん》としていた。

社長も横山も渋い面をしていた。あいつら、意図は見え見えなのに、表面だけきれいごとを通したかったのだろうか。

おれが座ったとき拍手をした奴がいる。滝川だった。にやにやしてやがった。芝居見物か何かと間違えたんだろう。

その後、南野と花沢が続けて拍手をした。

そしたら、横山が社長に了解を求めて再度発言した。

「篠田くんの言うようなことをあらかじめ考えているわけではないが、彼はそういう言葉で彼の強い決意を示したのだろう。その決意に敬服する。首都圏特販部が所期の目的を達成し、結果として篠田くんの言うようなことにならないよう、できるだけ頑張って欲しい」

老獪《ろうかい》な奴だ。おれの言葉を逆手《さかて》にとって、所期の目的を達成しなきゃ、クビにするぞ、と念を押しやがった。

滝川には、篠田の日記は南野から回されてきた。南野には花沢から回ってきたと聞かされ、滝川はちょっと啞然としたが、篠田夫人は何も知らないのだから当然だと思い直した。

読み始めて間もなく、篠田が当初、自分に強い悪感情を持っていたのを知り、苦笑いを漏らした。まったく気がついていなかったわけではないが、想像以上だった。

(おれとそう幾つも違わないのに、篠田さんのファッションセンスときたら、まるで爺《じい》さんだったからな)

新宿の喫茶店に呼び出され、南野から日記を渡された滝川は、帰りの電車の中でも駅からマンションまでの路上でも、それから目を離すことができなかった。商店街では何度か人にぶつかりそうになった。部屋に着くと今日も春子《はるこ》が訪ねてきていて、台所に立って何やらガスレンジを使っている。これではもう同棲《どうせい》しているようなものだ。

春子にすぐに日記のことを言った。

「本当？　本当にそんなものがあったの」

春子は心底驚いた顔でそう言った。

「あたしにも見せて」

春子は滝川の手からノートを取ろうとしたが、滝川は、「おれが読んでからだよ」と春子の細い手首をつかんだ。ついでふくらんだセーターの胸を軽く突いた。いやんっ。春子は反射的に両手で胸をおおい、体をすくめた。

滝川はスーツを着たまま、居間の籐椅子《とういす》にすとんと腰を降ろした。これも春子が買ってきたものだ。ノートを拡げたちまちそれに見入った。春子ももう一つの籐椅子をその脇に並べて座り、滝川に寄りかかるようにして、ノートをのぞきこんだ。

「おれが読みにくいじゃないか。ちょっと待ってなよ。それとも、もう一冊、後半の分があるからそっちを先に見るかい。しかし途中から読んでもつまらないだろう」

あなたってけちなんだから、と不満そうに言った春子は、滝川にくっつけた体を離し立ち上がった。

「お食事は?」

「うっ? うん」

もう日記に心を奪われている滝川は、生返事になる。黒々とした髪がたれて、女のように色白の顔の半ばまで覆《おお》っている。

「いらないの?」

「ああ、いや、食べるよ」

目はノートの上から離さない。佇《たたず》んでしばらくその姿を見下ろしていた春子が言った。

「やっぱり、後半の見せてよ」

滝川は返事もしない。

「ねえったら」

春子は後ろから手を回して滝川の目をふさぐ。

「よせよ」

と滝川はようやく春子の方を向いた。

「もう一つの日記見せてよ」

しょうがないな。舌打ちして、滝川はテーブルの上に放りだしてあった小さな鞄から、ノートを取りだして春子に手渡した。

それを手にして、春子は滝川の隣に座りこんだ。ノートは秀子と花沢、南野が何度もめくり返し、すっかり手垢《てあか》にまみれている。滝川もすぐにまた読みかけのページを目で追い始めた。

2月2日（承前）
儀式が終わったのち、おれたちは新しく用意された首都圏特販部の部屋に移動した。七階の食堂だった所をつぶしたものだ。食堂をつぶせば経費削減になるし、おれたちに屈辱的な思いを味わわせることもできるというわけだ。首都圏特販部の構成をメモしておく。

資格でいうと、おれと同格の部長待遇が三人、副部長が一二人、課長が二二人、主任が九人、平が三人。五〇人中、平社員がわずかに三人のおそるべき頭でっかちの集団だ！　しかし誰も部下なしの肩書だけご立派な奴らだ。平均年齢四五歳。ちょうどおれが平均になる。これを一二人ずつ四つの営業部に分け、残りの二人に総務的なことをやらせる。もう一人総務要員に女子社員をもらった。今村《いまむら》春子、これまで何度かその仕事ぶりを見る機会があったが、なかなか気のつくいい子だ。もう三〇歳過ぎだから、いい子はないか。

五〇人の中には大阪本社の人間が一〇人ほどいる。

おれが本部長でラインの長は、

第一営業部長、南野。

第二営業部長、花沢。

第三営業部長、柳田。

第四営業部長は滝川にすることにした。おれは虫が好かないが、花沢も南野もあいつを買っていて強力に推薦した。おれには代替候補は思いつかないから仕方ない。

肩書の大盤振る舞いだが、織田は「好きにしていい」と言っている。どうせ追い出すつもりなのだから、コストがかからないことなら何でもやってくれというのだろう。

組織図を皆に示し、それに沿って各部の配置をきめ、椅子や電話を移動した。各自それぞれ、もとの部署からデスクと椅子を運んだから、社内は騒然となって、他の部署も仕事にならなかったろう。ざまあ見ろ。

大阪の奴らのデスクは総務で用意しておくはずだったのに、それが来ていない。奴らすっかり不愉快そうだった。おれは総務に怒鳴りこんだ。うんと芝居がかって怒った。おれがうんと怒れば少しはみんなが喜ぶと思った。なんだか、ストライクかボールかの判定をめぐって、審判に文句をつける野球の監督のことを思い浮かべた。

今村春子も一緒について来ていて、こっちは穏やかな口調で総務課長と何か話していた。おれは怒鳴っていたから、聞いてやしない。やがて今村春子が言った。

「本部長、午後一番にはデスクが入るということですから……」

さすが今村春子！　やるやる。

これで午前はおしまい。午後から首都圏特販部の全体会議を開いた。

まず各部ごとの守備範囲を決めた。

一部は、三有中央第一ビル、こちらはもう建ち上がったが、まだ入居率八割でしかない。三有中央第二ビルの竣工《しゅんこう》は来年春の予定。テナント募集を始めたばかり。

二部は、与野《よの》タウンズと鷲尾《わしお》タウンズ。三ヵ月かかってまだ半分しか売れていない。この他、埼玉県下の小さなマンション、土地もいくらかある。

三部は、20、21、22、23、24、25ドラゴンマンション。しかしドラゴンの23、24、25は工事をずるずる遅らせているので、今年度中には販売態勢はとれないかもしれない。ましてや第一期目標の三月末にはまるで関係ない。

四部は、千葉、神奈川県内のその他の郊外マンション。これから幾つかが次々と竣工していく。厚木《あつぎ》タウンズ、他に若干の土地もある。

まあよくもバブルに踊ったもんだ。

「春、君のことも出ているぜ」

滝川が手にしたノートを春子の方に突きだした。

ほんとっ、と春子は自分の方のノートを膝《ひざ》の上に置いて、滝川のノートを取ろうと

した。ところが滝川はノートを持った手を離そうとはしない。両手に持って春子の前にノートを拡げ、

「このまま読んでくれよ。取られてしまう」

けちっ、と春子は仕方なくそのままノートをのぞく。

「どこよ……あらっ、なかなか気のつくいい子だって、本部長はよく分かっているじゃない」

「もう婆さんだからいい子はないって言ってるだろう」

滝川は腰を浮かして春子の首筋のあたりに、唇を軽く押しつける。だめだって、と春子は体をひねって唇から逃れる。

しばらく読みふけってから、春子は次のページをめくろうとした。

「ダメ、ダメ。後はぼくが読んでから」

春子は争わずに諦《あきら》めて、

「いいもん、こっちだって凄いんだから」

と自分のノートに戻る。

「そう、それはよかったな」

滝川はもう次のページに目を奪われている。

2月2日（承前）

守備範囲を決めた後、それぞれの部ごとに分けて、物件研究をさせることにした。おれでさえ売らなきゃいけないものの中身をよく知らない。各部に十分に把握させた後、おれは部長たちから説明を聞くつもりだった。部長たちは物件の資料とレクチャー要員とを借りに、三階の営業本部に行った。ところが間もなく戻ってきて、

「協力が得られない」

と口々に不満を言った。以下こんなやり取り。

篠「どういうことだ」

南野が説明した。

南「営業本部は営業本部で独自にやるので、こちらはすべて自前でやってくれというのです」

篠「自前とは？」

南「資料も自分で作れ、説明要員も出せないということです」

篠「馬鹿なことを言うな」

おれはすぐに営業本部長のところに飛んでいった。四人の部長たちもついてきた。

上岡《かみおか》は少し緊張した顔でおれたちを迎えた。この男、常務になったばかりで、最近、急に態度がでかくなっている。

篠「どういうことですか」

上「君らとウチとは同じ会社でもライバルなんだ。切磋《せっさ》琢磨《たくま》しながら物件を捌《さば》いていく。ライバルの助けを期待するなんて甘いぞ。役員会でもお互いに競争して成績を上げるように、ということになっている」

上岡が無表情で言うのを聞いて、がつんと頭を殴られたようなショックを感じた。

会社は首都圏特販部がうまくいかなかったら、それを理由としておれたちを追い出そう、と考えているのではないのだ。最初からうまくいかないような包囲網を作って、強引にいびり出そうとしているのだ。

篠「しかし物件の内容が分からなきゃ販売できっこないでしょう」

上「そりゃそうだな、しかし何もライバルに教えてもらうことはあるまい」

「分かった」と言ってからおれは部長たちに、

「みんな勝手に営業部の中にある資料を探して、自分の部に関係あるものを入手してくれ。パンフレットでも営業資料でも何でもかでもだ」

と言った。頭の中がかっかとしていた。教えてくれないのならかっぱらっていくだけだ。これならライバルの振る舞いとして甘くはあるまい、と思っていた。

南野が最初に営業本部の机が並んでいる間に入りこんだ。後の三人も続いた。それから資料ケースや書類戸棚の中を探し始めた。

上岡は、「何をするんだ」とうろたえたから、「ライバルの武器を略奪するのです」と言った。

部屋には上岡の部下が何人もいたが、さすがに誰もそれを止めようとはしなかった。上岡もそれを阻止するように命じはしなかった。南野は以前にいた営業本部だから、ドラゴンシリーズやタウンズもののパンフレットの在処《ありか》はとうに知っている。あっちこっちかき回し、

「おい、××。あれはどこか」

などと見当たらないものの在処を聞いたりしている。

皆、一束の書類を手にして、首都圏特販部に引きあげた。エレベーターのなかで、これだけじゃ足りないな、と思った。もっと他の方法で物件を調査しなくて

はならない。

部屋に戻るとほとんどの部員たちは、自分のデスクでぼおっとしていた。何かやることを思いつかないのかといらついた。

部屋の一角にパネルで仕切った狭い会議室を作った。そこに部長たちを集め、

「明日から、それぞれの担当物件の仕様を詳しく調べてください」と言った。

部長たちは口々に不平をならした。

花「あれではまったく出ていけよがしだな」

篠「それならそれで、こっちも覚悟が決まって、仕事がやりやすいというものだ」

花「しかしあそこまで協力が得られないと、仕事にならないのじゃないか」

篠「大丈夫さ、かつての同僚たちはそんなに露骨なことはできない。現にさっきだってパンフを向こうからくれた奴もいる。同情してくれる奴もいる。彼らを頼りにしよう」

花「私はそんなの気がすすまない。ライバルの同情なんか嫌だ。自分たちで切り開こう」

篠「花さんの気持ちも分かるが、これは戦争だ。負ければこっちの命がなくなる

のに、そんな見栄をはることはないだろう」

しかし花沢は納得しなかった。花沢はおれと同じくらい頭に来ているようだった。花沢を見直す気になった。本当に今度はおっ立てるものを立てているのかもしれない。

今まで黙っていた滝川が発言した。

滝「戦争って言うけど、武器も持たせてくれないんじゃ、勝てるわけがない。相手は戦闘機に乗っていて、こっちは歩兵だ。手にした鉄砲も玉が入っていないときている」

篠「比喩《ひゆ》は結構だが、そんな元気のでないことを部下に絶対に言うなよ。とにかく与えられた条件の中でやっていくしかないんだ」

そんな評論家のようなことを言う前に、その服と髪型をなんとかしろと言いたかったが我慢した。そんなことは自由だともちろん分かっている。そう言えば最近、太郎が毛を少し染めているようだ。秀子に注意しておかないといけない。自分の子の髪型さえ管理できないで部下に文句言うなんて……。

(今、秀子を呼んで注意したが、おれの気のせいだと言われてしまった。それじゃ本人を呼んでくれと言ったら、今夜は友達の誰とかの家に泊まりに行ったとか。あいつ来年、受験だというのに遊んでばかりいやがって)

南「一度、横山副社長に確かめたらいかがでしょうか?　本当に首都圏特販部にパンフを渡すな、などと指示したのでしょうか、って」

指示したたに決まっていると思った。あいつが首謀者なのだ。そう思いながらも、うまい知恵がわいた。首都圏特販部の全部員の前であいつに問いただしたら、「そんなことは言わない」と答える可能性はある。あいつは大勢の前に出ると急に見栄っぱりになる。

篠「南野くん、副社長を、呼んできてくれないか。ちょっとお聞きしたいことがあると、丁重にな」

おれが行くより南野の方がいいと思った。

少し待ちくたびれたころ、横山がやってきた。おれは皆のいる前で大きな声で言ってやった。

「副社長、お陰様で準備が整いました。みんなその気になってきましたよ」

「そりゃあ、よかった」とあいつも間抜けな笑顔になった。チャンスだと思った。

「ところで営業本部とライバル関係は大いに結構ですが、物件の仕様など基本的な情報については協力しあうということで、いいですよね」

「ああ、いいさ」

横山は口をすべらせた。

「ほら見ろ、花さん。副社長はこうおっしゃっているじゃないか。上岡常務はちょっと誤解をされているのだよ」

横山の顔にしまったという表情が浮かんだのをおれは見た。おれは構わず言った。

「さあ君たち、常務のところに行って、副社長のご了解をいただいたということで、さっきもらえなかった資料をもらってこいよ」

滝川はこの時のやり取りも、はっきりと覚えている。しかしあの篠田の言葉が、そんな計算に基づいていたとはまるで気づかなかった。

首都圏特販部が発足した当時、滝川は篠田が自分に好意を持っていないことを知っていた。それならそれでいいと思った。期待されていない方が楽でいい。仕事はそう嫌いではなかったが、それほどのエネルギーを仕事に割《さ》くつもりもなかった。意外にも部長に抜擢されてかえって迷惑な気がした。

妻と離婚してから、まだ一年も経っていなかった。原因は滝川の女だった。そう深い仲ではなかったから、その女とも三ヵ月と経たないうちに別れた。ローンの負担はほとんどなくなっていた前のマンションは妻子に渡し、滝川は川口《かわぐち》に1DKの部屋を借りた。そこで独り暮らしを始めると、四〇歳だというのに、風来坊のような気分になった。糸の切れた凧《たこ》だった。

毎朝、目覚まし時計の世話になって辛《かろ》うじて起き、駅で立ち食いソバを食べた。夜は会社の近くか川口の駅周辺で一杯飲み、酒の肴《さかな》を夕飯代わりとした。部屋で料理をすることはインスタントラーメン以外まったくなかった。洗濯は仕方ないから一週間に一度やったが、掃除は枕元に綿のような埃《ほこり》がわいて出ても、指でつまんで捨てるだけだった。二月でそんな暮らしにうんざりした。

酒を飲む店はたいていは女のいるところにしたが、この一年間に三、四回、勢いで飲み屋の女と寝るようなことがあったが、惚《ほ》れることはなかった。

一〇年前までは、盛り場でいい女を見るとすぐに惚れて、なんとかして落としてみせると、意欲をかき立てられたのが嘘のような気がした。

朝起きると必ず、鏡をのぞく。昔、田村正和《たむらまさかず》に似ていると何人かの女に言われ、自分でもまんざらでないと思っていたのに、いつの間にか目鼻の輪郭はだいぶぼけてき、シワの数ばかりがあの俳優を上回っているような気がした。

（この、中年野郎）

などと、鏡の中の自分に悪態をつくこともある。

首都圏特販部の第四部長という肩書が、自分には重荷な気がしたが、間もなくそれが当然なことを知った。

みんな見事なくらい能力がなかった。

第４章　私的事情

2月5日
この三日間は、各部員を一斉に物件調査に現場に行かせた。みんな朝と夕方ちょこっと顔を見せただけで、昼間は、春ちゃんと総務関係の二人以外は、ほとんどオフィスに人影がなかった。

おれはたいていオフィスにいて、物件の資料に目を通していた。

ドラゴンマンションシリーズ。

20は港区《みなと》××町1丁目。32戸、平均3LDK100㎡、受付・管理あり、平均価格1億2100万円。竣工4月上旬。去年12月より入居者募集中。

21は中野区《なかの》××町3丁目。28戸、平均3DK80㎡、9600万円。竣工5月上旬。年明けより入居者募集中。
22、23、24、25は当分販売計画は立たないから、省略。

三有中央第一ビル。

中央区《ちゅうおう》××町2丁目。敷地面積2356・43㎡、容積対象面積1万9005㎡、地上14階、地下2階、2〜12階はオフィス、13、14階は共同住宅、地下1階は倉庫、機械室、駐車場、地下2階は受水槽室、駐車場。

丸ごと借りるはずだった外資系の証券会社が、バブルが弾けて目算が狂い、キャンセル料を払って元のビルに居続けることにしてしまった。あわてて三有不動産系の商社の子会社を幾つか入れたのだが、まだ7、8、9の3フロアが丸々空いている。

3フロア合わせて約3500㎡＝1100坪。インテリジェントビル仕様になっていて、天井も十分に高く取ってある。ちょっとした規模の企業が入ればすぐに埋まるのだが、バブルの初期には二〇年先まで予約されていると言われた丸ビルに空きができようっていう時代だ。新しいテナントを見つけてくるどころか、他の三有ビルのテナントがよそに移らないように気をつけていないといけない。

三有中央第二ビル。

これがまた馬鹿デカいものを作ってしまった。

中央区××町1丁目。敷地面積1万2245㎡、延べ床面積6万6789㎡。地上18階、地下3階。ここも最上階の2つのフロアは住戸になっているが、いずれも200㎡もあるような広い部屋でとても個人は買い切れない。企業の接待用などに使われることを予想している。来年三月に竣工予定だが、若干延びる可能性もある。企画段階では銀行や証券会社を当てこんでいたのだが、今となってはゼロから見直しだろう。

五年もかけて地上げして4000坪もの土地をまとめて、やれ嬉しやとビルを建ててみれば市況は北風の真っ只中。まったく愚の骨頂だ。

午後、柳田と一緒にドラゴン20、21を見てきた。

玄関回り、廊下の仕上がり、各戸の窓、どれもこれまでのものより、一段とよくなっているように見える。

しかしこの段階で20の成約率は五割。21は三割、おれから見ても出し値が高すぎる。どうやって値決めしたんだろう。

夕方、

「これまでの営業本部のやってきた営業活動を確認し、今度の営業計画について把握して、お互いのこれからの活動の摺《す》りあわせをやらなくてはならない」

上岡を捕まえてそう言ったら、

「切磋琢磨、切磋琢磨」

お経を唱えるように言った。

「冗談じゃない、そうしなきゃお互い困るじゃないか」

と言って来週早々に摺りあわせをすることを飲みこませた。

2月7日
目が覚めたのは一二時過ぎ。若いときならいざ知らず、最近ではこんな遅くまで寝ていたことはない。やはり疲れているのか。
そのまま三チャンネルで囲碁を見た。「NHK杯囲碁トーナメント戦」準々決勝が始まるところだった。加藤正夫《かとうまさお》対鄭銘瑝《ていめいこう》。加藤の驚異的な復調はいったい何が理由なのだろうか。

2月8日

午前中に上岡を捕まえて、摺りあわせをしようと言ったら、「今日はちょっと時間がない」だと。

「いつなら時間があるのか」

「ここのところしばらく忙しいので……」

「馬鹿を言うな、それじゃ販売などできない」

「とにかくちょっと待ってくれ」

と逃げようとした。ちょうど側《そば》に居あわせた柳田も少しむきになって言った。

柳「我々だけじゃ、今後の広告宣伝計画も、値引きのガイドラインも何もかも分からんのですよ」

上「副社長のところに行ってくれ。副社長が相談に乗ってくれるだろう」

柳「販売計画は常務の管轄《かんかつ》事項だと理解していましたが」

上「首都圏特販部は全部横山副社長が担当しておられる」

柳「そんなのおかしいじゃないですか」

柳田がなおも追及しようとするのに、上岡は早口で言い訳しながら逃げてしまった。

まったく〝正体見たり〟だ。まあ今さら驚きはしないが。
上岡がいなくなってから、柳田と話した。
篠「敵のやり口はかなり露骨だな」
柳「まったく頭に来ます」
篠「いつも穏やかな君にしては珍しい」
柳「しかし覚悟は決まります」
篠「覚悟が決まっているにしては、出退勤が新入社員並みじゃないか」
柳「最初に、管理職は困ると言ったじゃないですか」
篠「何か理由があるのか」
そう聞いたら、ちょっと言い淀《よど》んで、
「いいえ、私の主義です」
と答えた。何かを隠している。柳田が第三営業部長になってちょうど一週間。毎日定時にやってきて定時に帰っていく。今村春子より短い時間しかオフィスにいない。初めからそう言われてはいたが、部長になれば変わるだろうと、半ば以上思っていた。甘かった。一体どんな事情があるというのか。
しかし話したくないと言うものを、無理に聞くわけにもいくまい。

柳田は滝川が家まで持ってきてくれた篠田の日記を、小さな真新しい仏壇のある部屋で読んだ。

仏壇の中にはただ一つの位牌《いはい》があるだけだった。

浄聖院豊風良栄大姉。三ヵ月前に亡くなった妻良子《よしこ》の位牌である。

部屋にはおびただしい線香の煙が立ちこめている。柳田は朝起きるとすぐに、仏前の灯明《とうみょう》に火を灯し、何本もの線香を炷《た》くのだった。いつの間にかその匂いが心休まるものとなっている。

上岡に腹を立てた日のことを、柳田は忘れてはいなかった。その怒りを自分の胸の中だけにしまっておくことはできず、家で良子に漏らした。

良子は横になっている布団の中からしばらく柳田の顔を見上げていたが、不意にすすり泣きを始めた。

「どうしたの？」

しばらく密《ひそ》やかに泣いていたが、やがて泣きやみ言った。

「あなたが大変なお仕事をしているのに、あたしはこんなあなたの足を引っぱるようなことばかりで……」

「馬鹿なこと言うなよ。何も足なんて引っぱっていないさ。毎日早く帰るのは、ぼくがやりたくてやっていることなんだ。西田《にしだ》先生は暖かくなればもう一人で外出もできますって言っているんだぜ」

「以前は先生、年が明けたらって言っていたのよ」

「少しくらいの誤差はあるさ」

隣室にいた義母の文子《ふみこ》も聞きとがめたらしい。襖《ふすま》を開け顔を出して言った。

「良子、あなたはそんな馬鹿なことを心配しないで、治ることだけ考えていなさい。それが一番敏夫さんのためになるのよ」

良子は掛け布団に顔を隠し、大きな目だけを出して柳田のことを見ていた。何も言わなかった。見る見るうちに瞳いっぱいに涙が盛りあがり、あふれてこぼれる一瞬、良子はさっと顔を布団の襟《えり》に隠した。

良子を部屋に残して柳田と文子は隣の部屋に移った。

「すみません」

と文子はささやくように言った。

「いえ……」

「お仕事お忙しくなったんでしょう。こちらの方はあたし一人で大丈夫ですから、存分にお仕事をなさってください」

「会社のことは心配しなくて大丈夫ですよ」

一年前に良子が肝臓ガンと知れた時、柳田は愕然《がくぜん》とした。良子はまだ三六歳なのだ。そんな業病《ごうびょう》に取りつかれるなどとは、夢にも思わなかった。

すぐに入院させ手術したのだが、ガンはすっかり拡がっており、ガン細胞を取りきることができないまま、放射線療法と抗ガン剤で消耗《しょうもう》しきって退院した。それ以来、家で寝たり起きたりの暮らしをしているが、最近では寝ていることの方が多くなった。

良子とは見合いで結婚し、子供はできなかった。一〇年間ずっと共働きだった。それまでそんなに妻に惚れているという自覚はなかったのに、ガンのことを知ったとたん、柳田はなるべく多くの時間を妻と過ごそうと思った。仕事よりも出世よりも会社での人間関係よりも、そうすることの方が大事に思えた。

なぜか一〇年間、妻に借りばかりがあるような気がした。自分でも以前には気づかなかった自分の心理である。

「お義母《かあ》さんの方こそいいんですか。もう三月にもなるのに……」

「お父さんは実の娘といるんですから、なんにも心配いらないですよ。それにあたしはちょこちょこ帰ってますし」

しばらく経ってから柳田が良子の部屋をのぞくと、さっき泣いていたのが嘘のような笑顔を柳田に向けた。

「さっきはご免なさい、子供みたいに……。母さんの言うとおりだわ。つまらないことにエネルギーを使わないで早く治らなくちゃ、あなたに申し訳ないもの。あたし治ったらあなたのワイシャツに毎日アイロン掛けるからね。今まで一日おきだったけど、そんな怠け者しないようにするの」

「へえ、それは有難い。しかしそんな決心がいつまで続くことやら……」

「大丈夫、絶対、忘れない、決めたんだから」

柳田は涙がこみあげてこないように、ぐっと奥歯を噛みしめた。

2月9日
昼過ぎ、出先から帰ったばかりの横山を捕まえて、「時間をとってくれ」と言った。横山は不愉快そうな表情になったが、仕方なく自分の部屋におれたち（おれと南野と柳田の三人）を通した。部屋に入るとすぐにおれは話を始めた。
篠「上岡常務にこれまでの営業活動の実績や、これからの販売計画を聞いても教えてもらえない。これじゃ首都圏特販部で活動ができないから、何とかしてもらえないか」

横山はしばらく黙っていてから言った。

「君らは上岡くんの配下に入るつもりか」

篠「そんなことはありません。どうしてそういうことになるのですか」

横「営業本部の計画と摺りあわせれば、当然そういうことになる。首都圏特販部の面々が彼の計画に合わせ、彼の指示にもとづいて動くことになるじゃないか」

我々は意表をつかれた。

横「営業本部でできることに限界があるから、首都圏特販部を作ったのに、何だってその営業本部に教えを請《こ》うようなことをするのだ。それなら最初から君らを上岡の配下につければいいことになる」

今こう書いていても、横山の詭弁《きべん》の巧みさに体が震えるほどくやしい思いがする。しかしその時、とっさに反論はできなかった。どっかおかしいぞと思ったものの、一応の理屈が通っている。

つまり営業本部とはまったく独自に販売活動をしろということだ。

辛うじて横山に浴びせる言葉を見つけた。

「それじゃ、広告もこちらで独自に打ち、値引きなどの販売条件も、勝手に決めていいわけですね」

横「原則的にはそうだが、二つの中央ビルもドラゴンシリーズも、これまでに予算を目一杯使ってしまった。オーバーしているくらいだ。金をかけずになんとか工夫してくれんか」

南野と柳田が話に割って入った。

南「そんなの無茶ですよ」

柳「宣伝予算なしで、不動産が売れるわけがない。副社長だってよくご存じでしょう」

横「金のないものは知恵を出せ、知恵のないものは汗を出せって、これは国際援助の原則かな。我々は首都圏特販部にこの知恵と汗とを期待しているんだ。金はもうないんだから、人海戦術だよ。だから精鋭を五〇人も送りこんだんだ」

その時、勝負あったという声が、おれの頭の中に響いた。あの野郎いつの間にかこんなに口がうまくなりやがった。

横山がさらに追い討ちをかけた。

「値引きについてはその都度、上岡くんを通じて役員会に諮《はか》ってくれ。ケースバイケースで決めさせてもらう」

その時、柳田も横山の言葉に体じゅうがかっかとした。しかし横山の言葉は、手も足も出ない奇妙な柔構造になっている。それを思い出すと、今でも胃の辺りが奇妙に収縮する。

宣伝なしに人海戦術だけで、どうやってマンションを売るのだと内心で呟いたが、口にはしなかった。副社長の言葉を跳ねかえす力があると思えなかった。

三人はそのままお互いに物も言わず、首都圏特販部の部屋に戻った。ちょうど花沢も出先から帰ったところだった。

篠田が促し四人で会議室に入った。三人の重苦しい表情に花沢が、

「何があったんですか」

と聞いた。すぐには誰も答えなかった。

「篠さん、げっそりと疲れた顔をしていますよ」

「ああ、横山の奴、首都圏特販部は営業本部と連携をとるな、販売予算はゼロ、金がなくとも知恵と汗を出せ、ときた」

篠田が吐き出すように言った。

「そんな無茶な。それじゃ、販売なんてできっこない」

「あいつなりの理屈が通っていて、反論の余地がなかったんだ」

「そんなことないでしょう、そんな無茶な話に反論の余地がないなんて」

また三人とも黙った。直《じか》に横山の話を聞かなければ誰だってそう言うだろうと、柳田は思った。

「とにかくそういう前提で勝負するしかないんだ」

「金をまったくかけないでマンションや分譲住宅を売るなんて、タネのない手品をやれっていうようなものですよ」

花沢が言った。

「仕方ない、知恵を出すんだな」

「知恵で不動産が売れるなら、不況なんて起こるはずはないじゃないですか」

「知恵がないなら汗を出せ、だとさ」

「篠田さん、横山にもっと毅然《きぜん》とした人だと思っていた」

花沢が遠慮のない口調になった。篠田は眉間《みけん》にかすかにシワを寄せた。

「それはないよ、花沢さん。その場にいなかったから分からないんですよ。とにかく首都圏特販部はそういう趣旨で作られたと言うんだから……それでやれないんだったら、我々はいらないってことですから」

南野がそう言って篠田をかばった。

「会社は露骨に我々の包囲網を作ろうとしている。それは最初から分かっていたことだが、ここまで強烈とは思わなかった。我々は外に向かってと同じくらい、内に向けても戦わなくてはならないわけだ」

篠田が言った。

「内は敵ばかりなのですかね」

柳田が言った。怪訝《けげん》な顔で篠田が柳田を見た。それから皆の顔を見回した。篠田と目の合った花沢が自嘲的に言った。

「それはそうでしょう。発足式の挨拶を思い出せば、経営陣はどいつもこいつも、はっきりと我々をいびり出したがっていた」

「そうでもないぞ」

篠田が言うと皆がその顔を見た。

「横山はとにかくおれを追い出したい、人員削減もしたい、それははっきりしている。おれのことはけむたいし、人事本部長としては人員削減が最大の目標だからな。しかし、社長はそうでもないぞ。菊川《きくかわ》さんにしてみれば、社長になってからの二年間、バブルが弾けたせいとはいえ業績はさっぱりだ。首都圏特販部が売上げを上げさえすれば、それは喜ぶだろう」

皆、黙った。それでも柳田にはそうであるようにも思えたし、社長もまた、ただただ辞めさせたがっているようにも思えた。それに首都圏特販部にそんなことはできそうもない。

「だとしてもですよ、販売予算を見てくれないのに、売上げが上がるはずがないでしょう」

花沢が言った。やや間を置いて篠田が言った。

「君がそう考えるのは仕方ないとして、部員には決してそんなこと言うなよ。何かいい方法があるに違いないと思わせておいてくれ。いや君自身もそう思ってくれ。そうでなければ部員たちに君のペシミズムが伝わってしまう。金がなければ知恵を出せ、知恵もなければ汗を出せ、誰が言ったか知らんが、帝国陸軍あたりか、いい言葉じゃないか。こんなこと言われちゃ、いくら横山相手でも反撃はできないよ」

その時、会議室のドアがノックされ、滝川が入ってきた。今朝から部下と一緒に神奈川県下の物件を見に行っていたのだ。

今日はこの冬一番の冷えこみだというのに、乱れた髪の貼りついた額《ひたい》に大粒の汗をかいている。体じゅうから湯気が立っているようだ。

「張りきっているな」

「とにかく私んところはエリアが広いので、急がないと回りきれないんですよ。それにもたもた歩いていると寒くてかないません」

滝川は端正な顔をほころばせて笑った。柳田には滝川の男っぷりが一段と上がったように見えた。

篠田が横山とのやり取りをひと通り説明したが、滝川は頰に浮かべたかすかな笑みを消さなかった。

「予算なしに販売ですか……新宿の歩行者天国でパフォーマンスでもしますか」

「どういうことだい？」

篠田が言うと滝川は冗談めかして言った。

「おじさんたち五〇人が一列縦隊になって、〝笑っていいとも〟のアルタ前で、マンションや分譲住宅のパンフレット配りをやるんですよ。うまくいけば新聞や雑誌が取りあげてくれるでしょう……。それともこの首都圏特販部の設立物語を雑誌に売りこみますか。中年サラリーマンが集団で左遷され、予算なしにひたすら人海戦術で営業に駆け回っているという、聞くも涙、語るも涙の物語……」

「やめてくれよ」

花沢が不愉快そうに話の腰を折った。柳田も内心でそう思っていた。いくら何でもそんな恥ずかしい真似《まね》はできない。そんなことでマスコミに取りあげられたら、余命の少ない妻にも義母にも合わせる顔がない。篠田もそう思ったのだろう。

「滝川さんの柔軟性は大いに買うよ。金の代わりに出す知恵というのは、たとえばそういったやり方だ。ただそいつはどうかね。もう少し別の知恵を出そうよ。そのアイデアが我々に向いているとはとうてい思えない」

「やっぱりダメですかね……妻子がいちゃダメかな。ぼくみたいに独身貴族にならないと……」

滝川が離婚して現在独り暮らしをしていることは社内で公知の事実だった。篠田が言った。

「独身貴族は羨《うらや》ましい限りだが、再婚する気はないのか。仕事にも力が入らないんじゃないの」

「その気はありますよ。でも帯に短しタスキに長しでしてね、適当な人ってなかなか……、誰かいい人いませんかね」

良子のことを思い浮かべ柳田は奇妙な気分に捉えられた。花沢が言った。

「春子ちゃんどう？　彼女まだ独身だろう」

「ダメ、ダメ、彼女は花の未婚ですよ。その相手がこんな中年のバツイチじゃ可哀想《かわいそう》じゃないですか」

篠田が頭から花沢の提案を否定した。

「でも、春ちゃんだって、三一歳か二か、滝川くんは四〇歳だろう。年回りはそうおかしくはないですよ」

「年回りだって、初婚とバツイチじゃ全然違うでしょう」

「そうですかね」

「当たり前だよ」

篠田は、春子が嫁にいかせたくない自分の娘でもあるかのように、取り付く島がなかった。

「春ちゃんにも選ぶ権利があるからな」

滝川が自らそう言ってその話題を打ち止めにした。

篠田が本論を再開した。

「各部に予算をかけない販売方法を、できるだけたくさん考えてもらいたいんだ。来週の月曜日まで時間をあげるから、全員の宿題にしますよ」

「難問ですね。宣伝しないで売れた分譲住宅なんか聞いたこともない」

花沢は相変わらず愚痴っている。

「それなら花沢さん、ウチと守備範囲を交換しますか。ビルなら宣伝しなくても営業できますよ」

南野が穏やかな声で言った。本気でそうしてもいいと思ったのか、それとも大変なのはお互い様だから、愚痴はよしましょうよという婉曲《えんきょく》なたしなめだったのか。

「いいよ、いいよ。あんな馬鹿デカいビルよりは分譲の方がまだましだ」

花沢はあわてて言った。

「金かけないってのは難問かもしれないが、かえって突破口が開かれる可能性もある。アルタ前の聞くも涙、語るも涙はちょっと辛《つら》いけど、マスコミを利用するのは大いに結構。大勢の知恵を集めればきっといいアイデアが出てくるよ。ぜひ頭を柔らかくして、いろんな仕掛けを編みだしてくださいよ」

篠田は元気な声を出した。

「聞くも涙、語るも涙はうちの部だけでも、やっちゃまずいですか」

滝川が言った。

「みんな、嫌がるに決まっているさ。君みたいに気楽なのはいないんだから」

花沢が言った。

「みんなが、いいって言ったら……」

「そうだなあ……」

篠田は言葉を引きとって他の三人の顔を見た。三人ははっきりと不賛成の表情をしている。

「やっぱり今回は見合わせてくれ。首都圏特販部は四部あるんだ。君のところがよくても、他の奴らは可哀想な集団左還なんて触れ回られたのでは喜ぶまい」

そうですか、と滝川は残念そうな声をあげた。

滝川の話を聞きながら、柳田は良子のことを思い浮かべた。やはりもう半年も生きられない妻に、自分がクビ切り要員ばかりを集めた部署に左遷されたと知らせたくはなかった。

しかし滝川のようになりふり構わずやらなければ、マンションを売ることはできないだろう。

部長に選ばれたことを後悔した。

柳田はその日も五時になるとタイムカードを打ち、首都圏特販部の部屋を後にした。皆の視線が自分の後ろ姿を追うのが感じられ、首のあたりがヒヤリとした。

一階でエレベーターを降りると、横山が乗りこんでくるところだった。

「お先に失礼します」

「ああ」と言ってから、柳田を認め、

「いや、結構、結構。日本人は働きすぎなんだ」

嬉しそうにつけ加えた。

かっとしたが、そのままの歩調で歩いた。不意にこう思った。

(明日、篠田さんに良子のことを話そう。そして、三部長を誰かに代わってもらわなくちゃならない)

2月10日
出勤早々、柳田がおれのデスクに来た。
話があるので、近くの喫茶店に出られないかという。
何を話したいのかピンと来たので、すぐに「ポニイ」に行くことにした。

ちょっと固い表情をしていたが、すぐに以下のような話になった。

柳「ここだけの話にして欲しいのですが、女房がガンで余命があまりない、と言われている。義母が泊まりに来ていて、面倒は見てくれるのだが、自分もなるべくたくさんの時間、女房と一緒にいてやりたい。だから会社には定時に来て定時に帰りたい。それでは今の立場は務まらないと思うから、三部長を外して誰かに替えて欲しい」

篠「そうだったのか。もっと早く言ってくれればよかったのに」

柳「すみません。不治の病だとは皆に知られたくなかった」

篠「奥さんは、回復の見込みはないのか」

柳「ええ、どのくらい持つかということだけです」

篠「それで看病の態勢は大丈夫なのか。君は九時、五時なら出勤はできるのか」

柳「ええ」

篠「三部長を下りたい気持ちは分かるが、これでスタートしたんだし、九時、五時が大丈夫ならこのまま行きたい」

柳「皆の士気に影響すると思うので辞退したい」

篠「部長陣にも言わない方がいいのか」

柳「ええ」

篠「他に適当な人もいないし、途中で理由も説明せずに替えたら、かえって士気に影響する。おれに任せておいてくれ」

柳田は不満そうだったが、おれの説得を受け入れた。少し迷うがどうせ他にロクな奴もいないのだ。替えない方がいいだろう。

しかし柳田はいやに愛妻家だな。秀子がガンだったら、おれも同じような心境になるのだろうか。

そういえば秀子があれから一言も首都圏特販部のことを聞かない。見事というべきなのだろうか？

第5章　人海戦術

2月12日
一〇日と休みあけの今日と、各部ごとに現場に行ったり仕様書をチェックしたりと、守備範囲の物件を研究しては部会を開いている。一五日に広告予算をかけない販売方法を検討する全体会議を開くことにしているから、そのための準備だ。営業本部からパンフレットだけはいくらでももらえるようになった。さすがの横山もこれを渡さない理由は思いつかなかったようだ。
社長を味方に引きこまなくてはやっていかれない。しかし下手に近寄っていけば、警戒してますますおれたちを放り出すことしか考えない方に追いやる。タイミングが大事だろう。おれたちを追い出すより、うまく使った方が得だと思わせないといけない。
これは今後の宿題。

部員は皆、広告予算なしの販売なんてできっこないとぼやいているようだ。直接、間接にそのぼやきが耳に入ってくる。

部長たちが必死になっても、なかなかついて来ないという。これでは会社が辞めさせたくなっても仕方ない。まあ、こんなものだと大体、見当はついていたのだが……。

何人かの見込みありそうな学校時代の友人に、協力を依頼する丁重な手紙を書いた。いままではけっしてやるまいと思っていた方法だが、止《や》むなしだ。

太郎が美術学校に行きたがってると、秀子に相談された。

「少しくらい絵がうまくたって、絵描きで飯は食えはしない。挫折してからサラリーマンになるのじゃ本人が不本意だろう」

と言ったが、

「もうすっかりその気なのよ」だと。

それじゃ相談じゃなかろう。

太郎が碁打ちになりたいと言うのなら、進めてみたかった。小学一年生のころ一月ほど教えたのに嫌がったから止めた。続けていれば良かった。太郎はいまでは、ほとんどおれと直接口をきかなくなった。いつごろからだったろう。中学二年か三年か。

「考えておくよ」と言ったら、

「何かいけない理由でもあるの」ときた。

「相談しているんだろう、そんなに急《せ》かせないで少し考えさせてくれ」

と言ってやった。

それから秀子は急に首都圏特販部のことを話題にした。太郎のことばかりじゃ悪いと思ったのかもしれない。

「ずいぶん張り切っているように見える」と言われた。そう言えば、すぐにでも辞表を叩きつけてやると思っていた気持ちが、すっかりどこかに消えている。我ながら現金なものだ。

2月14日
今日もNHKの囲碁を見ることができた。本田《ほんだ》邦久《くにひさ》対依田《よだ》紀基《のりもと》。来週からは日曜日も家にいられなくなるかもしれない。
秀子に「太郎の件は太郎の好きにしていい」と伝えた。

2月15日
午前中は各部ごとの販売計画の取りまとめ会議、午後からは庶務関係も含め全員出席の全体会議とした。
篠「諸君には大変厳しい条件で仕事をしてもらうことになるが、とにかく会社の意向だ。世間ではどんどんクビを切っているような企業もあるようだから、それよりはましだ。では一部から」
南「ウチはオフィスビルなので、もともと宣伝広告費なしでも営業できないことはない。提案されたプランはオーソドックスなもので、テナントになりうると想定される企業に行って勧誘活動を行なうというものだ。その際、大手《おおて》町《まち》、丸の内あるいはその周辺のビルに、この三年ほどに新入居した企業に対して転居を勧めることをしたい。賃貸料が高くてどこも四苦八苦しているはずだ。なかでも外資系企業、コンピュータソフト関係など幾つかの特定業種にそのニーズが高いと思われるので狙い撃ちしたい。営業はとにかく先方への人脈を辿《たど》ることが大切なので、各部の部員のもっている同窓会名簿その他、人脈を紹介して欲しい」

篠「それは結構な方針と思うが、通常の営業活動の範囲である。もっとオリジナリティのあるものは考えつかなかったのか」

南「あとは家賃の値引き、オフィス内の仕様の変更などで便宜を図るなど……」

篠「それも通常の営業活動である。悪くはないが営業本部と同じやり方をしても、彼らはそういうやり方でテナントが捕まえられないんだから、それほど効果が上がるとは思えない」

南野は少し嫌な顔をした。あまり追及しすぎてもいけないと思ったが、ここで甘くしたのでは何にもならないと思った。

南「荒唐無稽《こうとうむけい》なものも出ましたが……、第一、第二中央ビル近くのよそのビルを使用不能にして、テナントをウチにつれてくるとか。空いているところは、とりあえずタダでもいいから入ってもらうとか」

篠「どうやって使用不能にするんだ？」

南「屋上の貯水タンクに穴を空けて、ビル中をびしょびしょにしたり、トイレを片端から詰まらせたり、幽霊が出るという噂をまき散らしたり……」

どっと皆が笑った。南野は照れ笑い。おれは苦笑い。差しあたりおれにもいい知恵はないのだ。

次に二部の花沢。

花「二部は広告予算がないと動きが取れないので、非常に難問だったがいろいろ考えてみた。まずパンフをターミナル駅などでたくさん撒《ま》く。物件は埼京線《さいきょう》と京浜東北線《けいひんとうほく》の沿線がほとんどだから、池袋《いけぶくろ》、赤羽《あかばね》、大宮《おおみや》駅などを考えている。全部員を動員して連日一〇日間くらいやりたい。それから買い替え需要を狙って、東京近郊のマンションに軒並みちらしを入れる。横山副社長の言った人海戦術を最大限やってみる。あとはタウンシリーズを舞台としたドラマを設定して、不動産情報雑誌に売りこんでみたい。これによって人気が出るかもしれない」

篠「ドラマとは?」

花「与野タウンズの方には七福神があるが、たとえばここを巡礼した恋人同士はうまく結ばれる、というような話を市役所のしかるべきセクションとタイアップして作る。あるいは幾つかのスーパーマーケットがあるが、そこを何かできないか。とにかくなんとかして与野のイメージアップを図ることによって、物件の付加価値を高めようと考えている。鷲尾の方はまだ考慮中です」

花沢にこんな知恵があるとは驚きだった。

不満ばかり言っていた花沢にしては、まともに検討したようだ。

次に三部の柳田。

柳「基本的には二部と同様、パンフによって、顧客への訴求を図りたいと思っている。その際ドラゴンの売り、例えばＢＳアンテナとか、ジャグジー付きバスだとか、無線電話など徹底的な贅沢《ぜいたく》さを表に出していこうと思う。消費意欲は落ちているが贅沢志向は決して落ちていないと思う。本当はこの線でもう一度一億円くらいかけて広告を打って欲しいが。パンフの配布方法だが、二部の駅前配布なども含め効果的なやり方を研究したい。値引きについてはやらないわけにはいかないだろうが、その幅などはこれから詰めたい」

篠「パンフ配布の効果的なやり方について、具体的に相談していないのか」

柳「あの辺りの、ドラゴンよりランクの低いマンションの住人の買い替え需要にも重点を置きたい。こんなことをすると営業本部から文句が出るかも知れないが、ドラゴンの一桁台のシリーズに住んでいる人の中で、こっちの方に移りたいと思う人もいるだろう。彼らをひっぱってくるのはどうだろう」

篠「そいつはいい。営業本部とはライバル同士と言われているのだから遠慮することはない」

他の部長からも拍手が起きた。

柳「住宅情報雑誌に、たとえばマンション最前線のような特集をやってもらい、最近のマンションの中では一番すぐれていると、ドラゴンを持ちあげてもらうことができればいいと思う」

篠「それもいいね。誰かそんな記事を書く書き屋を知らないかな。真剣に追求してくれ」

次に滝川の四部。

滝「こう言っては逃げを打つようだが、四部が一番売りにくい。千葉でも神奈川でもウチの物件のすぐ隣に、工事を中断しているマンションが幾つもある状況だ。それだけ需要が落ちている。その上ウチの物件は、まだ高すぎる。もう少し値下げして欲しいが、その点は、これから交渉しないとならない。造りは標準的なものだから、購買者への訴求力はほとんど値段につきてしまう。その他、変てこな土地を500坪、300坪とあちこちもっていて、これはどう捌いたらいいか見当がつかない」

篠「それでどうするつもりだ？」

滝「二、三部から出たようなパンフ入れは、ウチもできるだけたくさんやるつもりだ。ドラマ作りも雑誌への仕掛けもできることは皆やってみる。あとは動いてみなくては分からない」

篠「何か独自のアイデアはないのか」

滝「とにかく、動いてみてよさそうだと思ったことは、何でもやってみますということです」

すでに他の部のを聞いた後だったから、それだけでは物足りない気がした。しかしこれで精一杯なんだろう。おれにだってウルトラCがあるわけじゃない。

滝川はノートに目を走らせながら、その日午前中に行った寒々とした四部だけの会議のことを思い出していた。

「それじゃ、皆さんが考えてきたプランを報告してもらいます」

滝川がそう言っても、会議室を埋めた一一人の男たちの顔は無表情のままだった。

そう言えば首都圏特販部で行動をともにするようになって二週間、滝川は男たちが声を上げて笑うのを聞いたことがなかった。男たちはいつも不機嫌そうだった。男たちは皆、粗大ゴミのように首都圏特販部に掃きよせられたことを、内心でねちっこく不満に思っているのだ。かと言って表立って文句を言うほどの覚悟はない。どいつもこいつも自分が三有不動産の中で粗大ゴミのような立場にあることはうすうす気がついていた。そうではないと思いこもうと自分をごまかしてきたが、この首都圏特販部への配属で、とうとうそれを公的に宣言されてしまったのだ。

滝川は端の方から指名することにした。

「――さん、どうですか」

うーんと男はうなるように言って、苦笑いをした。滝川より一回りほど年長の中途採用者だ。

「予算をかけない販売なんて想像できないものだから。やったことないもので」

「考えてきてくれなかったのですか」

「ええ、まあ、考えたんだけど、いい知恵が浮かばなくて……」

仕方なしに次の男を指名した。これは滝川とほぼ同年で、社歴も長いが仕事で目立ったことは一度もない。若いころは組合をやっていて元気がよかったが、今ではむしろ保守的な考え方に固まっている。

「難問ですな、予算かけないでマンションを売るなんて。新聞広告だって雑誌広告だって折り込み広告だって、みんな金がかかるんですから」

「つまり、考えていないんですか」

不可能ですよ、と男はせせら笑うように言った。

滝川は奥歯を噛みしめ、次を指名した。これも五〇歳くらいか。バブルの最中に中堅不動産から転職してきた。闇雲に走り回る皆のお尻について、わいわいと地上げしていただけだ。声はでかくて仕事ができそうな雰囲気を持っていたが、バブルが弾けると男も一緒に弾けてしゅんとなった。

「ウチだけでは広告予算がつかないというなら、営業本部と合併してもらって、通常の営業活動ができるようにしてもらったらどうでしょう……」

彼の発言を途中で引きとるように滝川が口を開いた。

「皆さん、まだぼくらの置かれた実情を飲みこんでいないように思えます。二月一日の発足式で社長、副社長それからとくに篠田さんの言ったことを思いだしてください。首都圏特販部が失敗したら、ぼくらの戻るべき椅子はもう三有不動産の中にないのですよ」

「本部長があんな挑発的なことを言うから……」

男が言った。

「それは違いますよ、挑発したからクビにする、おとなしかったら置いてくれるなんて、会社はそんな生易《なまやさ》しい状態にはないです。篠田さんはとにかく掛け値なしの会社の実態を、ぼくらの目の前にはっきりさせてくれたんですよ」

「それは分からんでしょう」

四部で最年長の男が口を挟んだ。額に深いシワがあり、年より少しふけて見える。他の部員もその男の発言を支持するような表情をした。

「困りましたね。どうしたらいいですか。副社長を呼んできて、おとなしくしていれば戻してくれるかどうか質問してみますか」

「部長はいいよ。まだ四〇歳で独身でどうなってもいいかもしれんが、こっちはそうはいかないんですから」

最年長は滝川を部長と呼びながら、それにふさわしい敬意は少しも抱いていない口調だった。

「それはよく分かっています。だからこそみんなで頑張らないと……」

「広告予算なしでマンションが売れるとは、とうてい思えません」

「それじゃ、売らないつもりですか」

「仕方ないでしょう」

「そうなると、首都圏特販部は解散、ぼくらはクビですよ」

最年長は言葉に詰まって悔しそうな顔になった。他の部員の顔にも固い表情が浮かんだ。

「これじゃ、やってられないよ」

元組合員がいまいましげに言った。部長も部員もなかった。滝川もそのことに不満はなかった。

「それじゃみんなで辞表を書きますか。それとも組合に不当な配転だと訴えて、配転撤回闘争をしますか？　いいですか、私が皆さんをクビにしたいと言っているんじゃないのですよ。会社がそうしたがっているのが、見え見えなんです。どういうわけか皆さんも私も、首都圏特販部に人身御供《ひとみごくう》として放りこまれてしまった。ぱくりと食われないためには、怪物と戦って勝たないとならない」

「何とか元の部署に戻してもらうわけにはいかないですかね」

中途採用が思いきり悪く言った。

「それだけはないですよ。我々は活路を前に見出《みいだ》すしかない。後ろに道はないんです」

滝川以外の一一人は言葉を失い、会議室は静まりかえった。

なんてダメな奴らなんだ！　と滝川は内心で舌打ちをした。

（そんな腰抜けだから、首都圏特販部に放りこまれたんじゃないか）

それからサディスティックな気分になって言った。

「皆さんの中から適当なアイデアがないようでしたら、参考のために私が思いついたことをお話しします。金かけて広告ができないんだから、ぼくら自身が歩く広告塔になればいいと思うんです」

「歩く広告塔？」

「つまりちんどん屋です。たとえば新宿のアルタの前でぼくら一二人が顔を真っ白に塗りたくって並んで、路往《みちゆ》く人にパンフレットを配るんです。そしてみんなで声を揃《そろ》えて、三有不動産の宣伝おじさんがやって参りました。マンションのご用はございませんでしょうか？　今なら当社きっての優良物件が格安の値段で手に入りますよ、って」

皆が不気味なものでも見るように、滝川を見ているのに気づき、滝川はそこで言葉を飲んだ。

「いや、まあ、この方法は、篠田さんも当分、採用したくないと言っているのですが、とにかくこのくらいは覚悟しないと、これからやっていけませんよ」

ふーっと誰かが溜息をもらした。

2月15日（承前）

全体会議の後、部長会議を開いた。

とりあえず各部ごとにパンフレット配布の日程を決め、住宅情報誌への話題の仕掛け対策を検討した。

滝川が「住宅情報ウイークリー」の編集長と親しいというので、彼をその工作担当とした。

編集長は女だと！　滝川の軟派もこんな時には役に立つ。

おれも「日刊日本経済」の住宅担当を知っているので、おれはおれでそちらに当たることにした。

南野はテナント候補企業のリストを早急に作り、それを各部に回覧し、部員たちの人脈でパイプがないかどうかを調べることにした。各部部員にはそれぞれ手持ちの名簿を提出させる。

おれと部長たちはさらに学生時代の同窓会名簿を当たる。

「さっき君が言っていた近くのビルを使用不能にするってのは有望だな……、みんなで屋上のタンクに穴を開けにいくか？」

おれが冗談で言うと、南野は真面目な顔になった。

「あっちのは本当にやりましょうよ」

と滝川が言った。

篠「あっちの？」

滝「柳田さんの言っていた、ドラゴンの昔のお客を新しい方に買い替えさせる方法です。上岡に目にものを見せてやりたい」

柳「この辺は部内といえども秘密を要する。下手《へた》に情報が伝わったら、また邪魔されるから」

柳田は本当にやる気なのだろうか。

「今日の二部の部会はひどいものでした」

と会議の終わり頃、花沢が言い出した。

聞くと、ほとんど誰もアイデアを考えてこなかったという。他の三人とも、口々に自分の部も同じだったと言った。

皆まだ事態をよく飲みこんでいないようだ。馬鹿野郎どもを早くなんとかしないといけない。

もう一度全員がいるところに横山を引っ張ってきて話をするか。横山に、

「何が何でも首都圏特販部には広告予算は使わせないし、元の部署にも戻さない」

とはっきり言わせれば、皆の肚《はら》は座るだろうか。

「君らの中にもまだ首都圏特販部がうまくいかなくても、社内のどこかに戻してもらえるという気持ちがあるんじゃないか」

と部長たちに聞いてみた。

柳「少し前までは半信半疑だったが、この間の副社長とのやり取りで、その気持ちは払拭《ふっしょく》できた」

南「本部長の誘いに応じたときからそうは思っていない」

篠「それでは皆の覚悟を促すために、横山との団交をやろうか」

滝川以外の三人は賛成しなかった。あまり皆を希望のないところに追いこむと、途方に暮れて使いものにならなくなると言うのだ。中途半端に当てのない望みを持つよりいいとおれは思うが、確信はない。

とにかく三月末日まであと一月半しかない。

2月17日

南野の作った顧客候補リストを五〇枚コピーして全部員に配った。該当企業に知り合いがいたら、すぐに連絡するようにと伝えたが、今日のところはおれの所にも南野の所にも何もなかった。

昨日から南野と一部のスタッフは名簿の企業に、片端から電話をかけ始めた。部員の誰かにコネのある場合はそいつを使うつもりだったが、申し出はなかった。おれも電話要員に加わった。おれは、当面各部の活動になるべく多くの時間立ち会うつもりだ。

電話では先方の総務部長を呼び出すのだが、その前の段階でほとんどシャットアウトされてしまう。

午前中十数本の電話をかけただけで、おれはなんだかぐったりと疲れた。一本だけ総務課長という人が来週会ってくれることになった。そのアポが取れた時には電話を切ってからほっと溜息《ためいき》が出た。これがなかったら、この方法を考え直すところだった。

そのあと一部に行って彼らの収穫を聞いたが、おれとどっこいどっこいだった。

南野も疲れた顔をしていた。

「どうした、参ったか」と聞いたら、

「そんなことないですよ」と強がった。こいつを無理矢理、首都圏特販部にひっぱってきて良かった。もっとも南野にとっては貧乏くじだろうが。
二、四部は物件の宣伝方法を検討している。まずは宣伝用材料を取り揃え、来週からビラ撒き、ビラ入れとなる。
2月18日
一部は企業のアポだけは少しずつ取れている。おれもあの後さらに二件、会うだけ会うと言ってくれるところが出た。計三件、みんな来週。
2月19日
夕方五時、柳田と一緒に退社して彼の妻を見舞うことにした。
昼過ぎにおれがそのことを言い出したら最初、遠慮していたがそのうち、
「そうしてくれると女房が安心するかもしれない」

と言い出した。

京王線G駅から歩いて一〇分。結構広い一軒屋に住んでいた。親の家だったという。

しばらく客間で待たされた後、奥さんの寝ている部屋に通された。奥さんは布団の上に上体を起こし、座椅子に背中をもたせかけていた。瘦《や》せて顔の皮膚は骨に貼りつき、やつれは歴然としていたが、健康なときにはなかなか美形だったことがうかがえた。おれは必死で励ましの言葉を言った。

「思ったよりずっと元気そうですね」

「主人がいつもお世話になっています。主人がわたしのせいで時間が思うようにならないで申し訳ありません」

「そんなことをご心配することはありません。十分よくやってもらっています。力量のあるビジネスマンは時間じゃありませんから」

話の途中で息が苦しそうになり、柳田が慣れた動作で奥さんを寝かせた。

駅まで送ってもらう途中、おれは柳田にかける言葉に困った。本当にもう長くはなさそうだ。

「君は偉いよ」と辛うじて言った。

「あれだけ奥さんの看病ができるんだからな」

今週から、一部を除く各部のスタッフ総出で、駅頭パンフ配りをすることになった。

2月22日
午後一番におれも花沢と一緒に池袋駅に行った。東口の方が賑《にぎ》やかなのでそちらにすることにした。

駅からどっと溢《あふ》れでてくる人の洪水に、最初はちょっと内心で怯《ひる》むものがあったが、やりだすとどうってことはない。

四人に三人は受けとらなかったから、どうやって受けとらせるかいろいろ工夫した。通行人が目の前を通りすぎる三歩ほど前からその人に笑顔を向け、通りすぎるときに、「よろしくお願いします」と言って渡すのが一番いいようだ。最初からパンフを持った手を伸ばしっぱなしで待ちうけたり、無言のままパンフを押しつけると全然ダメだ。

花沢は配布場所を選定するため、駅の構内を歩いているとき、自分の心臓のどきどきする音が聞こえる気がした。

妻や娘が時々、池袋界隈《かいわい》で買物をしているのを聞かされている。それが今日でないという保障はない。娘は神田《かんだ》の中堅企業に勤めているから、この時間こんな所に来るはずがないのに、万が一が気になる。自分がキャバレーのサンドイッチマンのようにビラ配りをやっているのを見たら、あいつらきっとおれの評価を一遍に下げるだろう、と心臓がきゅっと縮みあがる気がした。

妻はまだいいが、娘に見られたとしたら最悪だ。今朝も出がけに花沢の靴下を見て、

「お父さん、こんな靴下履いてるの、信じられない」

と言った。むかっとして、信じられないってどういう意味だ、と問いただそうとしたがこらえた。「センスが悪い」と遠慮なく言うに決まっている。まったく誰の金を使ってセンスを磨いたんだと、一度言ってやろうと思っている。

ほかの奴らはどうだろうと、そっと篠田の横顔を見たが、そんなことを不安に思っているようには見えない。

パルコ前の最も人通りの多い信号機の傍《かたわ》らに六人、西武《せいぶ》百貨店の方に六人が立つことにした。

それぞれが大きなショッピングバッグを持ち、その中にたっぷりとパンフレットを詰めこんでいた。それを一枚ずつ取りだしては通りすぎる人に渡していく。普通こんな配りものをしているのは若い女性が多い。中年男ばかりの一群は、一風変わった眺めをそこに作りだした。

通行人は皆、無表情で通りすぎていく。中年サラリーマン、若いサラリーマン、買物に行く途中の主婦、数人連れの学生。中にはきゃっきゃっとはしゃぐ女子高校生も、詰襟《つめえり》の中学生もいる。

誰もなかなかパンフを受けとろうとはしない。それどころか視線さえ男たちに向けようとしない人も多い。

あまりのつれなさに弱気になった花沢が、所在なげに歩いていた老人に差し出すと、彼は受けとったが、彼に渡してもマンションを買ってくれるとは思えない。オフィスを出る前に、パンフを渡すのは中年の身なりの良い男女と決めておいたのに、花沢は自分からそれを破ってしまった。しかし誰もそんなことをとがめようとはしない。

花沢は少しずつ渡し方を工夫しているうちに、しだいに受けとってくれる人とそうじゃない人の区別がつき始めてきた。むっとした顔で急ぎ足のサラリーマンはまずダメだ。中には彼らの前を通るとき、ことさら歩調を早めたり遠ざかろうとする奴もいる。こんなのは絶対に受けとらない。

こちらの態度も大事だ。身構えたり、緊張していると、向こうにもそれがうつる。相手の警戒心を解くようなリラックスした雰囲気をつくらなくてはいけない。

「邪魔なんだよ、この野郎」

突然、大きな声が花沢の耳に入った。花沢とは最も遠い位置に立っていた部員が誰かに怒鳴られている。

「ぶつかってきたのはそっちじゃないか」

花沢と同年の部員はかすかな茨城訛《いばらきなまり》でそう言った。

「なんだよこの野郎。道の真ん中でこんなことをしやがって通行の邪魔じゃないか」

花沢はすぐにそちらに行った。篠田は遠くに離れているもう一つのグループにいる。部長としての義務感がためらいを吹き飛ばしていた。

大きな声を出している男は三〇歳台半ばか、スーツをきちんと着こんでおり、やくざのようには見えない。

「どうしたんですか」

「この人がぶつかってきてこんなことを言っているんです」

「なんでおれがぶつかったんだよ」

男は居丈高《いたけだか》になった。

「すみません、われわれこんな仕事慣れないものですから、ご迷惑をおかけしたかもしれませんが、勘弁してください」

花沢はきちっと頭を下げそう言った。辺りに小さな人だかりができてきた。

「慣れていなきゃ人にぶつかってもいいと言うのか」

「いいえ、すみませんでした」

ぶつかってきたのはそっちじゃないか、と言う部員を黙らせ、花沢は何度も謝った。

「ぶつかったのは、あんたじゃなくあいつなんだからあいつに謝らせろ」

男は言った。

「私が責任者ですので、私で勘弁してくださいよ」

花沢は部員に謝らせる気はなかった。彼にも文句を言いつづける理由があるのだろう。それを押してまで謝らせる人間関係が、まだできてはいない。

「君が悪いんじゃないか。花沢さん、謝る必要なんかないよ」

茨城訛は強気をくずそうとしない。

「なんだよ、あんた、開き直るのか」

男は花沢を押しのけ部員につかみかかろうとする。すみません、すみません、と言いながら、花沢は必死になって男をおしとどめた。

「馬鹿やろう」

男が振り回した腕が花沢の鼻に当たって、鋭い痛みが脳天に突きぬけた。あっと思った瞬間、鼻孔の奥にヌルリという感触がした。その感触が鼻孔を伝い唇の上に拡がった。花沢が手の甲でそれを拭《ぬぐ》うと、そこに真っ赤なものがついていた。鼻血だった。部員たちがかすかにどよめいた。

鼻血を見た男は「気をつけろ」と捨て台詞《ぜりふ》を言って、その場から逃げ出した。

花沢はポケットを探ったが、ハンカチを持ちあわせていなかった。茨城訛がティッシュを差しだした。無言で受けとり鼻を押さえた。茨城訛はいつまでも未練がましく、

「あっちからぶつかって来たんだ、花沢さん謝る必要なんかなかったんだ」

と繰り返した。

うるせえ、と怒鳴りたかったが、

「あんなやつもいるさ」

花沢はそう言って、元の位置に戻り、またパンフレットを配り始めた。とても攻撃的な気分になっていた。ただの紙切れを通行人に配っているだけなのに、機関銃に弾丸をこめて撃ち続けているような気がした。

第6章　前途多難

2月23日
今日、三有中央ビルの営業に出た。

先週、電話でアポ取りした先を二件、一部の部員、赤倉志郎《あかくらしろう》と共に訪ねた。

南野は他の部員と別口に行った。

一一時。品川《しながわ》区の電機部品メーカー、鳥越電機。この七、八年ウケに入り、従業員を倍増させている。地図を使って訪ねあてた。ワンフロア200平米くらいの八階建ての汚いビルだった。その一階から四階までを総務、営業関係に使っていた。

二〇分も応接室で待たされた。それだけであまり歓迎されていないのが分かった。その間おれは赤倉にぽつりぽつりとしゃべりかけていた。初めは元気を装っていたが、やがて腹が立ち、しまいには気分が重くなった。

やがて総務部長というのが現われた。

いちおう型通り「お待たせしてすみませんでした」とは言ったが、そう思っていない顔をしていた。

中央ビルの概要をパンフレットで説明したが、ちっとも身を入れて聞いていなかった。一〇分ほど説明した後、

「こちらは急成長したから、オフィスが手狭《てぜま》になったんじゃないですか」

と言うと、

「ウチは技術には投資するが、容《い》れ物には金をかけないのが創業者の考えだ」

とぬかした。

「それは見事な考え方です」

などとお世辞を言って食いこもうとしたが、結局、

「そちらさんの電話が熱心だったから、お会いするだけと思ったのですが、かえってお手間を取らせて申し訳なかった」

という慇懃《いんぎん》無礼《ぶれい》な言葉で送りだされてしまった。口先は丁寧だがまったく実のない奴だった。アポ取りを熱心にやればこういう奴とも会うことになるし、かといって熱心にやらなくては誰も会ってはくれないし……賽《さい》の河原《かわら》の繰り返しだ。

午後二時。浜松町《はままつ》の大川寝具。メインオフィスが日比谷《ひびや》通りに面した中層ビルにあった。三〇年来ベッドや布団、枕などの加工販売をやってきたが、三年前から健康機器を手がけて大当たりし、業績を伸ばしている。

ここではすぐに社長が出てきてなかなか愛想が良かった。三有不動産の名前に敬意を感じてくれているらしい口ぶりに感じられた。

「ウチも少し手狭になってきたので、いい所があればと思っているのですが」

と言うから喜んで説明を始めた。

ところが二〇分もかけて説明を終えると、

「お宅の上岡常務が去年から見えてまして、話が進んでいるんですが」

と言い出した。それならなんだっておれたちと会うことにしたのかと問うた。

「上岡常務にご相談しましたところ、話を聞くだけ聞いてやってくれよ、と言っていたので」

ふざけやがって、上岡の奴おれたちをおちょくっているのだ。

喜んだぶん落胆も大きかった。赤倉も憮然《ぶぜん》としていた。

帰り道の足取りは二人ともすっかり重かった。よろけるように、貿易センタービルの喫茶店に入った。赤倉がぽつりぽつりと以下のような話をした。
「首都圏特販部へ行くという辞命を受けたとき、こんな仕打ちを受けるのだったら、会社を辞めてやろうかと思ったのですが、女房が、娘が嫁に行くまでは辞めないでくれと言うのです。仕方なく我慢することにしました。女子供にはこんな三有不動産でも魅力的に見えているのですね」
赤倉は四九歳、中途入社組。一人娘は二五歳でいまいくつか見合いをしているという。
篠「辞めてどうするつもりでしたか」
赤「兄貴が御徒町《おかちまち》で菓子問屋をやっているので、その手伝いをやらせてもらおうかと」
篠「いいじゃないですか」
赤「……しかし給料が、三有不動産の六割も出ればいいところです」
それだって路頭に迷うよりはよかろうに。よそに行けばもっと稼げるつもりでいるのだ。

2月24日

池袋などターミナル駅や大きなマンション、公団住宅でのパンフ入れの成果が出ている。いくつか引合いの電話がかかり、部員が次々と営業に出ている。訪問してくる客も増えている。この調子だ！

2月25日

滝川と彼の部下らがパンフ入れをするというので、彼らと一緒に一日中、横浜《よこはま》、川崎《かわさき》周辺を歩き回った。

汐見台《しおみだい》辺りのでかい公団にどんどんパンフを撒いたが、反応があるのかないのか、さっぱり見当がつかない。やるしかない。

その途中でまだ見ていなかった幾棟かのウチのマンションに立ち寄ったが、確かに滝川の言ったとおり、隣接する小山田工務店のマンションは、建築途中で工事を中断しているようだ。打ちっ放しのコンクリートが汚らしく剝《む》き出しになり、ちょっと見には建築中だか取り壊しの最中だか区別がつかなかった。

これだけマンションが動かないと、建築途中でも撤退した方が賢明なのかもしれない。

前途多難、前途多難。

3月1日

とうとう三月に入ってしまった。まだ一件の契約もない。二月は立上りで営業準備ばかりだったから仕方ないが、心細いかぎりだ。

毎日のようにぽつりぽつりと、客から物件照会の電話は入ってきている。その度に担当部署の連中は大きな声で他の部署に触れ回り、意気揚々と出かけていく。

しかし、今日までのところ成約は一件もない。出かけて行った奴らが帰ってくる度、皆好奇心旺盛《おうせい》にその顔を見るが、うまく行かなかったと知ると溜息を漏らす。

ウチのマンションはちょっと高すぎる。採算ラインぎりぎりまで価格を下げたよその新築マンションが、即日完売なんて情報も入ってきているのに、ウチはまだごくわずかしか出し値を下げていない。

早急に上岡に値下げの限度を交渉しないといけない。

3月3日

今日もビル営業。今日は南野を連れていった。一一時。西新宿のジャストタイム。

これは芳野《よしの》の紹介。おれの手紙に応えて向こうから連絡をくれた。銀行支店長ともなると顔が広い。学校時代にあまりつき合いがなかったのに同窓とは有難いものだ。

相手は西新宿に分散しいくつかのオフィスを持つ衣料品の流通業者。芳野の話によると、オフィスが分散していると非能率だから、一ヵ所にまとめたいと創業社長が考えているという。

ジャストタイムの社長、小中光治《こなかこうじ》は立志伝中の人物で、おれもこれまで何度か経済雑誌などでその顔を見たことがある。写真では地方公務員のような実直な印象があったが、実物はとんでもない。いかにも油断のならない目付きをしていた。応接室に姿を現わすや大声でずっと喋《しゃべ》りっぱなしで、こちらが口をはさむ暇がない。聞いている方が疲れてしまう。

小中が言ったことは結局、ジャストタイムの業績がどれほどいいか、自分の功績がどれほどのものか、これからどれほどの成長が期待できるかという自慢だった。

こういう奴は危ない、と経験的に知ってはいるが、いまのおれはそんなことで相手を警戒して遠ざけることができるような贅沢な身分ではない。物件を買ってくれるなら悪魔とだって手を握る。

小中はワンフロアのオフィスに移る気は十分にあるという。おれも五分五分だと見た。

近々、小中が中央第一ビルに実地検分に来ることになった。

夕方、芳野にお礼の電話を入れた。

「すまないな、一生恩に着るよ」

などと恥ずかしいような事大主義の挨拶をしてしまった。

「そのうち返してもらうさ」

とあっさりした声だった。あいつ学生時代こんないい奴だったかな。

3月4日

パンフ撒きの学生アルバイトを雇いたいと二、三部の要求がしきりで、仕方なく部長会議を開いた。

花沢の言い分はこうだ。

「人海戦術と言いますが、各部の一二人で回れる範囲はとても限定されています。時間給七〇〇円程度のアルバイトを一〇人ほど雇いたい。コストに比して効果は大きいと思います」

柳田も同調した。

「ウチも同じくらいやってみたい。一〇人なら一日当たり五、六万円、一〇日やっても五、六〇万円にしかならない。このくらいなんとかしないと部員に疲労が溜《た》まって、不満が出てきます」

おれは呆《あき》れてしばらく黙っていた。南野と滝川は何も言わなかった。

花「一戸でも売れれば優に元は取れます」

篠「横山はおれたちが売らなくてもいいのさ。むしろ売らない方がいいのさ」

花、柳「しかし、売れた方が会社は得でしょう」

篠「われわれがいつまでも売りつづけることができればな」

この言葉の意味が分からず、二人ともぽかんとしていた。南野も滝川も同様に見えた。おれはその意味を言った方がいいものかどうか迷ったが、おれの口からは言わないことにした。

「君らがそう思うのなら、副社長にここに来てもらって要求してみてくれよ」

そして花沢と柳田に横山を呼びにやった。待ちくたびれたころ横山が来た。

「わしをお呼びとはいったい何だい？」

と横山は偉そうに言った。花沢が救いを求めるようにおれの顔を見たので、気が進まなかったが、口を切った。

篠「お陰様で皆張り切っています。これまでに東京周辺で一〇万人以上にパンフを配ったでしょう」

横「そりゃよかった。それで？」

篠「皆、張り切りついでに、アルバイトを雇ってパンフ入れに使いたいと言っているのですが、お願いできないでしょうか」

横「折角だがそれはできない」

横山はためらいなくそう言った。

柳田が、「どうしてですか？」と口を挟んだ。

横「ああ、君か。わが社で唯一の定時出勤、定時退社の部長。そんな優雅な社員がアルバイトを要求するんだから、ウチも経営がおかしくなるわけだ」

柳田は言葉を返せなくなった。

花沢は初めからおびえた表情をして何も言わない。おれはもう一言だけ言ってやった。この時もアンパイアに文句をつける野球の監督の心境だった。

「しかし、ここのところ首都圏特販部ではほとんど全部員総出で、毎日のようにパンフ入れをやっている。それでもまだ計画のほんの一部を回れたにすぎません。アルバイトの経費など新聞広告費に比べたら、微々たるものでしょう。なんとかお願いできないか」

横「それは君、君らの計画が適切じゃないんだ。君たちの人員でできる範囲で仕事をやればいい。パンフだって只《ただ》じゃないんだからな。やたらに撒くなよ。上岡くんが印刷経費や紙代が嵩《かさ》んで仕方ないと言っていたぞ」

すっかり悄然《しょうぜん》とした四人は、横山がいなくなってからも黙りこんでいた。おれはそのツラを見ているうちに阿呆《あほ》らしくなった。なんたる甘ちゃんなんだろうと思った。

「言ったとおりだろう」

「何でですか？　何で我々が会社の物件を売ろうとしているのに、あんなに非協力的なんですか」

花沢がやりきれないという口調で言った。私は答えた。

「首都圏特販部で今後ずっと五〇人分の給料をまかなえるほど、営業成績を上げることができれば会社は喜ぶさ。しかし中途半端に成績を出せば、辞めさせるわけにいかないだろう。辞めさせることもできなければ、給料分も稼げないというのが、会社にとって一番困ることなんだ。会社にとって確実に利益になるのはわれわれの給料分、年にして五億円じゃきくまい、それとわれわれにかかる管理費、これも億の単位になるだろう、それらを節約することさ」

花沢も他の奴らもまた黙りこんだ。

花沢はこの時すでに妻と娘に、自分が首都圏特販部に配属され必死に物件を売り歩いていることを、伝えていた。当分、隠しておくはずだったのに、ぽろりと口からでてしまった。

数日前の夜、娘の真由美《まゆみ》が母親に何やら五月の連休にヨーロッパ旅行をする費用を援助してくれとねだっているのを耳にした。妻の幸子《さちこ》はのらりくらりとそれをはぐらかしていたが、真由美は執拗《しつよう》だった。寝そべってテレビを見ていた花沢が、思わず大きな声を上げた。

「何を贅沢なことを言っているんだ。金が天から降ってくるとでも思っているのか。そんなものは全部自分の給料で出しなさい」

真由美は一瞬息を飲んだ。この数年、とくに会社に勤めてからは、花沢が真由美を声を荒らげて怒ったことはない。

「だってえ、みんな少しはそうしてもらっているのよ」

真由美はふくれ面《つら》をした。少し下ぶくれの色白の顔は母親にそっくりに見えた。

「みんながどうした。世の中にはいろんな人がいるさ。人それぞれにやったらいいだろう。そんなにみんながいいのなら、みんなにその費用を出してもらえ」

あなた、何もそんな風に言わなくても、と今まで真由美を持てあましていた幸子が真由美をかばった。顔に苦笑いのようなものがある。真由美の方も自分の方に正当性があるとでもいった顔をしている。二人がつるんでいるように見え、花沢はかっとした。

「何がヨーロッパだ。父さんなんか擦《す》り切れた背広着て、空っ風の中でビラ配りをしてるんだぞ」

今度は幸子が息を飲んだ。こんな口調で幸子にモノを言うのも、もう何年ぶりになるやら。

「分かってますよ、真由美だって、お父さんのお陰だってことは、みんな分かってますよ、ねえ、真由美」

「バブルはもう弾けたんだ、日本中が不景気なんだ。今どきヨーロッパ旅行だなんて寝言を言っているやつがどこにいる」

真由美、お父さんに謝りなさい、と幸子が言った。真由美は口の先で何かつぶやくと、憎しみか恐怖かはっきりしない表情を浮かべ、自分の部屋に行ってしまった。

花沢の胸の中に膨れあがったものは、まだ収まらなかった。

「お前、真由美を甘やかしすぎだぞ。会社だって、大ピンチなんだからいつ倒産するか分からないんだ」

「本当っ？」

「ああ、本当だよ。倒産しなくても、大幅な人員削減は必至だ、おれだってどうなるか、分からんからな」

「どうするんですか、そんなことになったら」

幸子の顔に脅えた表情が浮かんだ。

「分からんよ、そうならないように、頑張っているんじゃないか、おれがいま受けている特命はそのためのものだからな」

「特命……？」

「ああ」

「何なの？」

「首都圏特販部って言うんだ。溜まった在庫をばんばん売らなきゃならん。乗るか反《そ》るかだよ」

「たーいへん、どうなっちゃうんですか」

「別にお前がおたおたしたって、仕方ないだろう。なるようにしかならんさ」

花沢は久しぶりに妻に大きな声を出し、ようやく苛立《いらだ》ちが薄れた。それとともに妻に話したことを少し後悔する気持ちが生じた。これから何かにつけ、幸子が愚痴っぽい話を持ち出すにちがいないと思った。

横山が会議室から去った後、仕切りパネルで囲っただけの会議室に頼りない沈黙が漂《ただよ》っていた。外から時々人の声と電話のベルが聞こえたが、五人とも自分たちには関わりのない遠い所のできごとを聞くように、表情を変えなかった。

いつの間にか、滝川を除く四人が腕組みをしていた。

花沢の顔は疲労のあまりこわばっているように見えた。半ば以上白くなった髪も以前より艶《つや》がなくなっている。ただ眼だけは以前よりずっと強い光を放ち、顔全体にクモの巣のかかっていたような印象を払拭《ふっしょく》している。

南野はわずか一月の間に五歳も六歳も老けたように見える。眼も鼻も口も丸い輪郭を持った印象があったが、それが鋭角的に変わっている。ほとんど全員が年上の部下だから、心労は並大抵ではあるまい。

柳田は短髪がすっかり長くなった。少し憮然とした表情をしている。先ほどの横山の皮肉が胸につき刺さっている。

滝川は幅広のネクタイをやめた。オーソドックスな形状の、しかし競走馬と騎手を組み合わせた斬新なデザインのものを締めている。それ以外のお洒落は今までと変わらず、疲労の色もない。相変わらず映画俳優のような雰囲気を漂わせている。

「これでよく分かったろう」

篠田がぽつりと言った。

柳田が腕組みをとき頬を歪《ゆが》めた。笑って見せたのか、怒って見せたのか分からない。

「やっぱりクビ切り要員ですか、われわれは」

南野が腕組みをとき、そう言って右手で首の後ろをなで回した。

花沢は何も言わず、組んだ腕にいっそう力をこめ、こりをほぐすように首を左右に曲げた。

南野が言った。

「さっき柳田さんが言った、部員に不満が溜まっているってのは本当です」

「……私だって不満さ、しかし、私は誰にぶつけるわけにもいかない」

「彼らの不満は会社にたいしてではなく、本部長のやり方にたいして強まっています。さらにはそれを改善できないわれわれ部長にたいしても」

「私が悪いから、あいつらがこんな目にあわされているというのか」

四人ともそれとなく肯定の表情をした。花沢が口を挟んだ。

「何とかしないと、今に爆発しますよ」

「何とかしないとって、それを今必死でやっているんじゃないか」

「しかし、広告費も出ない、アルバイトのわずかの経費も出ないじゃ、打つ手はない。このままクビまっしぐらですよ」

篠田は口をつぐんだ。

「何も手も足も出ないってわけじゃないでしょう」

その時、滝川が両方の手の平で太鼓でも叩くかのように、小刻みにテーブルを叩きながらそう言った。一人だけ湯あがりのような爽《さわ》やかな顔をしている。

篠田が滝川を見て、その先を促す表情をした。

「とにかくぼくらはまだ事態を楽観視している。背水の陣になっていない……、ぼくも偉そうなことは言えませんが」

「それで？」

「とにかくなりふり構わずやらないと仕方ない……、とにかくクビにならないだけの営業成績を上げればいい。三月末に一〇億円なんてなくてもいいとぼくは思っている。その半分もやればクビはつながる……。それだけの商売を続ければ、そのうち経費も使わせてもらえるようになる」

「そうだ、そのとおりだよ。私は最初からその道しかないと思っている」

篠田が言うと花沢が言った。

「それができるなら、私だってそうしたいですよ。でも手足もがれてどうやって売るんですか。私には考えられません」

滝川がゆっくりと反論した。

「できるかどうか、やってみましょうよ。ぼくだって難しいとは思っている。でもどっちにしろクビならやれるだけやりましょう。ぼくは前からちんどん屋だってやってもいいと思っているのですから」

「君はそんなこと本当にできるんかね」

花沢が滝川に言った。

「なんでもないじゃないですか、そのくらい。クビになったらぼくらきっと当分職安通いですよ。この業界なんか三年は上向いてこないでしょうからね。すぐに再就職できるのは若い南野くんくらいじゃないの。失業よりはちんどん屋の方がいいんじゃないですか」

「大したものだ」

呆れたのか、感心したのか、花沢が吐き出すように言った。

「それにぬるま湯みたいな環境で仕事やるより、背水の陣て方がぼくの気性にあっているんですよ。白黒がはっきり出てこんな面白いことはない」

わたしは、と篠田が口を開いた。

「君は若作りした口先だけの男じゃないかと思っていた。それを撤回するよ、悪かった。私だって君ほど度胸が座っていない」

「いえ、ぼくだって口だけかもしれませんよ。いざとなったら逃げ出すかもしれない。だけど、とにかく何でもやってみようという気になっちゃったんです。たった今、この場所でですよ。自分でもびっくりしているんですが、副社長に頭にきたのかもしれない」

柳田が滝川に続いた。

「私も本当に頭にきました。あんなことを言われて……あいつに目にもの見せてやりたいと思いました」

そう言ったとき嚙みつきそうな顔になった。花沢が意外そうな表情で柳田を見た。篠田が言った。

「柳田くん、君の事情を部長たちだけにでも聞いてもらったらどうだろう」

柳田は唇を突きだししばらく思案顔をしていたが、うなずいた。

「分かりました」それから声をひそめた。

「実は家内が病気でして、ちょっと重いものですから、どうしても私がその看病をしなくてはいかんのです。ですから、定時出勤、定時退社ということで皆さんのやる気に水をかけてしまって……、すみません」

一同から溜息がもれた。

「入院しているのですか」

南野も小声で聞いた。

「この間、退院してきて今は自宅療養です。家内の母親が来てくれて、面倒は見てもらっているのですが」

「先日、柳田くんからその話を聞かされて、部長を降ろしてほしいと言われたんだ。しかし、もう戦争が始まっちゃったからね、途中で布陣を変えるのはよくないし、他に適任者も思いつかないし……」

篠田の言葉に他の三人はうなずいた。

「しかし副社長にさっきのようなことを言われると、私が足を引っぱることになるし、部員の意欲も殺《そ》いでいるでしょうし……」

「目にもの見せてやると言ったじゃないか」

篠田が言った。

「えっ、ええ」

「他の奴、部長にしてもようそんなこと言わんよ」

「……」

「あんな凄みのある顔して、そう言えれば、立派に部長よ」

「…………」

「口だけかい？　目にもの見せるってのは」

「いいえ」

「あいつに目にもの見せるため、君の置かれた条件の中でどんなことができるか、それを一所懸命考えてくれ……できたらちんどん屋以外の方法をな」

篠田は愉快そうな笑い声を上げた。

第7章　減給処分

3月4日（承前）

夕方から滝川と一緒に「住宅情報ウイークリー」の編集長と会った。行く前に滝川に、

「先方は首都圏特販部のことをドラマにしたがっている」

と聞かされていた。

篠「面白おかしく書かれるのは、花沢くんが嫌がっていたけどな」

滝「本部長はどうなのですか」

まあな、とおれは返事をごまかした。おれだって首都圏特販部が左遷集団なんて外部に宣伝されたくはない。体裁《ていさい》の問題ばかりではなく、営業がやりにくくなる気がする。どこに行っても商談より先にそっちの話題が出てしまうだろう。おれの中にまだ体裁を気にする気持ちが残っているのも確かだ。

滝「面白おかしくないものを雑誌は取りあげてくれませんからね。それに読者だって読んでくれないでしょう。『住宅情報ウイークリー』は部数一〇〇万部、私たちが街頭に立ってパンフを配ったら、一日一〇〇〇部配るとして一〇〇〇日もかかる。一〇人でやっても一〇〇日もかかる。それをちょっと恥ずかしさを我慢するだけで、一瞬のうちにやってくれるんですよ」

たしかに魅力的ではある。

会ったのは新宿のホテルのロビー。二人が到着すると、先方はすでに来ていた。彼女はそこに居合わせた人々の中で最も目立つ格好をしていた。

彼女の名前は原俊子《はらとしこ》、三七歳だと聞いていたが三〇歳くらいに見えた。長めの髪をちりちりにして（ソバージュというのだそうだ）少し栗色に染め、黒いマントをスッポリ被《かぶ》ったような服を着ていた。お洒落《しゃれ》は滝川といい勝負だろう。そしてこちらが落ち着かなくなるほどせっかちなしゃべり方をした。おれの方はちらっと見ただけ、後は滝川の方ばかり見て話した。それからまっすぐ最上階のバーに移ったが、接待予算がないのでちょっと不安な気がした。ボックス席に陣どってから改めて紹介された。

原「首都圏特販部のこと、およそ滝川さんから聞きましたが、とても面白いと思います。ぜひ記事にしたいです」
滝「それは有難い。なるべく早く、なるべく大きく扱って欲しい」
二人はかなり親しげで滝川は遠慮のない話し方をした。
原「それでは、今から取材していいですか」
篠「その前に、どんな記事にするのか方針を聞かせてほしい」
原「この不動産不況の中で大手不動産会社はこんな手を打って販売活動に力を入れている、ということでいかがでしょう」
篠「必死に仕事に取り組む男たちのロマンという感じになるのですか」
原「多分そうなります」
篠「物件も紹介してくれますね」
原「もちろんです。その代わり広告も打ってくれるのでしょう」
おれが少し口ごもると、滝川が言った。
滝「だから編集長、予算のない部なんです。今回は純粋な記事ということでやってほしいんだけど」
原「表三の一〇〇万円の一本だけでもどう?」

滝「売れたら幾らでもやるから、今回だけは記事ということで頼みます」

原は少し意外そうな顔をしたが、すぐに取材を始めた。おれはまた滝川を見直した。やりにくい交渉をなにげなくやってのけた。ナンパする能力も仕事の力量と同じなのだろうかと思った。

おれは原の質問を受けながら、首都圏特販部の成立ちを実際より少し格好よく彼女に説明した。手際よく話すことができず、話があっちこっちにいった。

「社内のベテランばかりが集められてまして」

とおれが言ったとき滝川が、

「ベテランすぎて、稼ぎよりも給料の高くなった人が多いんですがね」

と冗談めかして訂正した。おれの言い方じゃ面白い記事にならないのだろうか。

一通り話が終わった後、滝川が彼女に、

「どお？」と聞いた。

「そうね、少し、ドラマ性に欠けるかしら。もう少し涙とか怒りとか、ない？」

滝「記事にならないのかい？」

原「そうではないけど、これで五ページの特集を組んだら、お宅への貸しが大きくなりすぎる」

滝「今度十分お返しする」
原「三ページでいいじゃない」
と彼女が言ったら、滝川が言い出した。
「小山田工務店の内紛知っている?」
原「なに?」
滝「五ページになるかな」
原「聞いてからよ」
滝「聞いたら、聞き得ってことになる」
原「小山田工務店の内紛なんてウチの読者に関係ない」
滝「あそこのマンションの在庫が大幅に値崩れしてもかい?」
原「分かった、五ページやるわ。その代わり、首都圏特販部がうまくいったら、
毎月出稿してもらうわ」
滝「ぼくから聞いたと言っては困る」
と念を押してから滝川は、小山田工務店に関する噂話《うわさばなし》を始めた。
同族企業の同社は、去年の暮から会長の父親と社長の長男が主導権争いを始め、
保有株の多数派工作をしている。会長は社外の仕手筋と組んで株を集めており、

社長はこれを迎え撃つために株を買い進めているが、その資金を稼ぐために、凍結状態にあるマンションを値下げして売り捌《さば》こうとしているというのだ。今在庫している数百戸は大幅に値下がりするだろうという。

おれもちらと耳にはしている噂だが、どこまで本当でどこまで噂か分からない。あまりいき過ぎたら止めようかと思ったが、滝川は巧みに噂を噂として伝えている。このくらいなら、責任をとらされるようなことはなかろう。

原は目を輝かして聞いていた。

原「どのくらいの値下げになるの？」

滝「それはよく知らない。他に当たってくれ」

原「どこで聞いたらいいの？」

滝「そっちで探してくれよ。ぼくが言ったと知れたら殺されちまう」

原「三ページでいいの？」

原は冗談めかしておどした。

滝「営業にKというのがいる。酒と女に目がなくて、その二つにはすぐおしゃべりになる」

原「紹介してよ」

滝「ぼくの名前は出せない」

原「五ページよ」

滝「それはまた別途、必ず広告掲載でお礼するから」

彼女は滝川に押し切られた形となった。この後、おれは二人を残して一足先に帰ることにした。いつまでもいたら二人の邪魔になるような気がした。

滝川は篠田に先に帰られ、少しとまどっていた。原俊子と二人きりになりたくはなかったのだ。二人になれば以前、男と女の関係になりかかったときのことを、蒸し返すに違いない。

「結構ちゃんとした人ね」

篠田が姿を消したとたん原俊子が言った。肉の薄い目鼻立ちの整った顔に、好意的な笑みが浮かんでいる。

「どういうことさ」

「滝川さんの話を聞いていたら、もっと嫌な奴のような気がしていたわ」

「ぼくも以前はそう思っていたんだ。何しろぼくの髪型や服装が若者みたいで気にいらないというんだから、えらい爺《じじい》だよ」

「若いんでしょう？」

「さあ、四五歳だったか六だったか……。若くはあるまい」

「若いわ、若いわよ」

「原さんも趣味の幅が拡がったな。今の恋人は五〇過ぎですか」

彼女は答えず、

「出ましょうか」

と言った。誰もいないエレベーターの前で、

「ちょっと面白い店があるの。ご無沙汰《ぶさた》続きでそろそろいかなきゃいけないんだけど、付きあってくれる」

「原さんのおおせとあらば、どこでもお供しますよ。たとえ火の中水の中……」

滝川は冗談と分かる口調で言った。

「滝川さん、変わったわね」

大ガードを西口から東口へくぐり抜ける所で原俊子が言った。

「どういう意味？」

「なんだか、ずいぶん仕事熱心になったじゃない。前はもっと適当だったわ」

「そうかな。業界めちゃめちゃだからな。適当にやってたんじゃ食えなくなっちゃう

だろう」

「そうだとしても前はそんなこと言わなかったわ」

「そうかな」

そう言いながら、滝川は赤信号になりかけた横断歩道を強引に走って渡った。原俊子も負けずに追いかけた。少し息を切らして、

「首都圏特販部って、話してくれたとおりじゃないでしょう」

と聞いた。滝川はそれに答えず、

「どこまで行くの」

と彼女に言った。

「もう少しよ。職安通りまでは行かないわ」

やがて、彼女は一つの雑居ビルの前で立ち止まり、滝川の方を振り返って中に入っていった。

一階の細い廊下を一番奥まで行ってドアを開けた。カウンターが七、八席と奥に一つだけボックスのある小さなバーだった。

「あら、とんこ。しばらくじゃない。生きていたの」

カウンターの中からママとおぼしき女の甲高《かんだか》い声が迎えた。

薄暗いカウンターの向こうの端に中年男が一人座っているだけで、他に客はいなかった。原俊子はカウンターのこちらの端に陣どり、滝川をその隣に座らせた。

「ごめん、何だかばたばたしていてさ。お酒飲んでるゆとりがなかったの」

「いいのよ、分かってる。日本中、誰も彼もお酒飲むゆとりがなくなったものだから、ウチなんかもうつぶれそう」

「なにそれ、皮肉？」と言ってから、滝川の方を見て、

「この方、三有不動産の滝川さん。あたしは今日も今の今まで仕事だったんですからね」

それから滝川に、

「この人、ここのママさんで陽子《ようこ》さん。あたしの高校時代の同級生なの。ちょっと前に偶然再会したのよ」

と言った。

「素敵な方ね。ママがボトルを用意しながら、今までとんこが連れて来た人の中では、だんトツよ」

「嫌ね、そういう言い方しかできないんだから」

陽子はもうかなり飲んでいるようだった。気《き》を利かせたつもりか、すぐに奥の客の相手を始め、彼らから離れた。

「さっきのことだけど」原俊子が話し始めた。

「首都圏特販部って、話しただけじゃないでしょう」

「どういう意味？」

「だっておかしいじゃない、こんな特集やるというのにまったく広告しないというのは。すごくいい宣伝になるはずでしょ」

「まあね、いろいろあるんですよ」

滝川は警戒したような敬語になった。

「本当のところを教えてよ」

彼女は真面目な表情になって滝川を見た。

「いいじゃないか、今日のところは」

「何も知らせないまま五ページもの特集をやらせるの？」

滝川は軽く唇を嚙んで思案顔になった。

「ここだけの話だよ」

ええ、と彼女はうなずいた。

「広告費が出ないのは、会社がぼくたちに期待していないってことなんだ」

「どういうこと？」

「物件を売るより、ぼくたちに会社を辞めてほしいんですよ。しかしすぐにそうは言えないから、首都圏特販部をクッションにしてそれからゆっくり辞めさせようというんだ」

「へえっ」彼女は感に堪《た》えたような声をあげた。

「三有不動産はそこまでいっているの」

「内緒だよ」

「大量解雇したいってことでしょう」

「あまり露骨な言い方をしないでくれよ。こっちがどきっとしてしまう」

「それなのになんだって、ウチにこんな仕掛けをしてきたわけ」

「そりゃあ、ぼくらだってただ大人しくクビになるのを待っているつもりはないからね。篠田さんだってぼくだって、必死になって商売して生き残ろうと思っているさ」

「そうかあ」と小さく言って、原俊子は水割りを口に含んだ。かなり速いペースである。

「さっきの話、どこか変だと思っていたのよ」

「そんなことないですよ。あの話はあの話でそのとおり嘘いつわりもない」

ふーんと口の中で言って、原俊子はグラスを両手で挟むように持った。滝川は突き出しのエビの唐揚げを指先で口の中に放りこみ、ばりばりと嚙んだ。

原俊子はかすかに喉《のど》を鳴らし、水割りを一口飲んでから、

「滝川さんにしては逃げ出さないんだ」

と言った。

「人聞きの悪いことを言わないでよ。ぼくはそんなに逃げ足が速い男じゃ……」ないよ、と言いかけて、滝川は言葉を途切れさせた。彼女が皮肉を言おうとしているのに気がついた。しかしそんなことを当てこすられる覚えはない。彼女との仲はそこまでは行かなかったのだ、と思い直した。

「久しぶりに会ったのに、図々《ずうずう》しい依頼で申しわけない。今度きっとこの埋め合わせをするから頼みますよ」

滝川は口調を変えて言った。

「そう、本当に久しぶり……勝手なんだから、自分の都合のいいときばかり、姿見せて」

彼女の言葉の途中で、

「どうしたのよ、二人とも来てからずっと難しい話ばかりで……楽しくやろうよ」

陽子がこちらに声をかけてきた。

「原さんも編集長なんだから、そんなににこにこばかりもしていられないんだ。またぼくが面倒なことを頼んでいるものだから」

滝川が言っても原俊子は表情を和《やわ》らげない。

それから二人とも口数が少なくなり、もっぱら水割りを飲んだ。八分目ほど入っていたホワイトホースのボトルはほとんど空になってしまった。

一二時を過ぎても、原俊子は腰を上げようとはしない。仕方なく滝川の方から切りだすことにした。

「さあ、飲んだ、飲んだ。ここんところ弱くなっちゃってね。その時はそうでもないんだけれど、翌日が全然、使いものにならない」

滝川はおどけたように言った。

「滝川さん、知っていたのよね」

原俊子の声は低かった。少し甘えた口調だった。

「あの時、あたしがあなたを好きだったの知っていたわよね」

「まさか、原さんには立派な恋人がいたじゃないですか」

「何、言っているの。そんな人いなかった、知ってるでしょう、ごまかさないで」

「そうかな、ぼくの誤解かな。じゃあ、あの人、誰だったんだろう。なにしろぼんやりなもんで」

「あの時、酔っ払っているあたしを置いて、あなた、逃げ出したのよ」

「あの時っていつのことですか……」

「その喋《しゃべ》り方やめてくれない。何よ、頼みごとしたからって、そんな敬語なんか使っちゃって、男らしくないわ」

「男らしくないって、原さんそんな言い方、好きじゃなかった」

「いいでしょう、あたしの言いたいように言って」

舌が少しもつれている。

「原さん飲みすぎだよ。もうこのくらいにしておこう。これ以上やると、明日、目が覚めたら後悔して、ぎゃって言わなくてはならないよ」

カウンターに両肘《りょうひじ》をつき、両の掌《てのひら》であごを支えていた彼女は不意に背筋を伸ばし、

「分かったわ、帰りましょう」

と言った。

滝川が部屋に到着したのはもう一時を過ぎていた。

玄関からすぐのダイニングキッチンに上がろうとしたところで何かを蹴飛ばした。暗闇の中をごろごろと固いものが転がる音がした。

壁のスイッチを押すと空のビール瓶だった。それがテーブルの下の屑籠《くずかご》をひっくり返し、丸めたちり紙やダイレクトメール、コンビニエンスストアのビニール袋、綻《ほころ》びた靴下……、いろんなゴミが床にぶちまけられている。

「ああ、あっ」と舌打ちしてかがみこんだ途端、テーブルの縁《ふち》で額を思いきり打った。涙がにじむほど痛かった。

畜生。滝川はゴミを拾うのを止め、奥の六畳間に入った。部屋の真ん中に布団が敷いてある。コートを脱ぎ、スーツを脱ぎ、ネクタイを外し、Yシャツを脱ぎ、次々と鴨居《かもい》にかけてあるハンガーに吊《つ》るしていく。あっという間にトランクス一枚になると布団の中に飛びこんだ。シーツが冷えきっていて背中に冷たい。

やがて布団も暖まってきた。いつもだとここらで眠りが訪れるのだが、今夜は頭が冴《さ》えている。さっきの原俊子の態度が気になる。

彼女の言ったとおり、確かに彼女が自分に気のあるそぶりをしていたのに気がついてはいた。一度だけだが、二人ともかなり酔っ払ってキスの真似事のようなことがあった。しかしそこまでだった。この女は危ないと思ったから、それ以上は近づかないようにしていた。何も非難されることはない。彼女のことは、見てくれも、性格も、仕事の能力もかなりのものだと見ていた。しかしどこかエキセントリックなところがあり、一緒にいて気が休まらなかった。そんな女につかまりたくはなかった。キスの真似事でおしまいなのだから、問題はないと思っていた。それがあんな酔い方をするほど彼女の心に残っていたのだ。

特集記事のことが心配だった。せっかく篠田まで引っ張り出したのに、彼女が怒って、首都圏特販部の記事を取りあげてくれない可能性もある。

滝川は溜息をついて寝返りを打った。がりっと背中に当たるものがある。痛えっ、と体を丸め手を延ばすと固いものが手に触れた。灰皿だった。慌《あわ》てて立ち上がり部屋の電気をつけた。布団のシーツの上にガラス製の灰皿が転がっていた。その周辺に煙草《たばこ》の吸殻が黒くこびりついている。

3月5日

今朝は出社すると滝川が待ちかまえていた。すぐにおれを会議室に連れていった。以下こんなやり取り。

篠「何事だ？」
滝「申し訳ないが、もしかすると『住宅情報ウイークリー』の記事がダメになるかもしれない」
篠「どうしてだ。彼女とあの後何かあったのか」
滝「何かと言うほどのことはない」
篠「広告のことか」
滝「まあ、そんなところだ」
篠「なんと言っていたんだ」
滝「……まあ、はっきりとは」
篠「少し変だな。何か隠しているだろう」
滝「そんなことはない」
篠「広告しないから、記事にはできないと言うのか」
滝「まあ、そんな風に……」
確かに広告も掲載せずに、記事に取りあげてもらうのは、虫がよすぎるかもしれない。しかしそれだけにしては滝川の顔が深刻すぎた。もっと別の何かかもしれないが、それ以上追及の方法もなかった。ついでに聞いてみた。

篠「彼女とはいつごろからの知り合いなんだ」
滝「三年ほどになる」
篠「恋人か」
滝「まさか、昨夜だってまっすぐ家に帰った」

昼過ぎに横山の部屋に呼ばれた。
横山は嫌味《いやみ》な笑いを浮かべておれを迎えた。
「君らアルバイトが欲しいほど頑張っていると言っていたな」
皮肉っぽくそう言った。いったい何を言いだすつもりだろうと身構えた。以下つぎの如し。
横「それは君周辺のごく一部の変わった奴の要望だろう」
篠「そんなことはない。大勢の要望を取りついだんだ」
横「部下もきちんと把握していないのか」
篠「どういうことですか」
横「君の部下たちが連判状を持って来たよ」
そう言って横山は数葉の紙片をおれの方に放るように渡した。

見ると、「お願い状」と標題があり、大要、以下のような文章が記してあった。

我々はこの度、首都圏特販部に配置換えとなり、三有不動産の本来の営業とは独立した形での営業を期待されておりますが、首都圏特販部は非常に変則的な営業方針で運営されており、我々はこれについていくことの困難を感じております。この上は一刻も早く営業本部に再度配置換えされ、上岡常務のもとで社業に励みたく、会社の新政策を期待します。

文書の末尾には九名の署名捺印《なついん》が並んでおり、中にあの赤倉の名もあった。
うーん、と思わずおれも溜息を漏らした。愚かというも気の毒な烏合《うごう》の衆に思えた。
篠「それで？」
横「こんなのが出てきたんじゃ、放って置けないだろう」
それなら彼らをもとに戻すのかと思ったが、それは誤解だった。
横「この九名も君も処分しなくてはならない。君は管理不行き届き、こいつらは業務命令違反ということだ」

「しかし」と言ったきり次の言葉が出てこなかった。会社の論理に照らして考えれば、横山の言い分には正当性がある。奴らは人事異動に異を唱えたのだから。

横「君は減給一週間、こいつらは三日だ。いいな、今日中に発令するぞ」

篠「私の減給は受けるとして、彼らの分は免除してもらえないか」

横「君にそんないい格好をさせるものか」

そう言われて少しひるんだ。確かにおれはいい格好をしようとしたのだ。こんな奴らに同情の一片もない。しかし本部長としてはそう言ってかばうのが義務のような気がした。

「この減給は菊川社長のお考えだ。おれは反対した」

そう聞いて変な気がした。どうして横山は反対したのだろう、と。

横「奴らを減給なんかにすると、奴らは会社に恨みを持つようになる。今のところは君を恨んでいるようだが。おれとしては君を恨ませておきたい……もう一つ、君を減給にすると奴らの同情が君に向かう。それもまたおれには嬉しくない。しかし社長とおれとでは考えが違うから仕方ない」

自分の席に戻ってからも、しばらく頭の中が空白になっていた。あの馬鹿どもとこんな苦労を共にするなんて、本当に阿呆らしくなってきた。

そのおれの耳元に部員たちの電話の声が聞くともなく聞こえてきた。電話が繋《つな》がり、「三有不動産といいます」と言いかけては切られ、それをクリアした後、「実は格安のマンションの……」と話し始めては断られているのが分かる。不器用な話し方だ。これじゃ電話セールスもうまくできまい。

(仕方ないか、みんながみんな馬鹿ばかりでもない)

と思いなおした。

横山に「正式発令まで他言は無用」と言われたが、部屋にいる奴にだけでも先に伝えることにした。

そのフロアにいた署名人らに伝えると、皆一様に固い表情になった。

しかし中の一人が、発令まで待ち切れず、横山のところに確かめに行くとは、おれも気がつかなかった。

また横山から呼び出しをくらい、さらに減給一週間を言い渡された。

三時に総務部の前の廊下に処分の辞令が貼りだされると、社内が騒然とした。首都圏特販部以外の奴らはお祭りでも始まったように活気に満ち、首都圏特販部のメンバーは誰か人が死んだかのようにシーンとしてしまった。このまま放っておけないと思い、在室していた全員を会議室に集めた。およそ以下のような話をした。

「皆さんの気持ちが分からないことはない。しかし繰り返し言っているように、会社の態度は一貫している。われわれに抜け道はない。首都圏特販部以外の楽な部署に行ける可能性は皆無だ。前を向いて困難な藪《やぶ》の中を突っ切るしかない。会社のある幹部はこんなことを言った。篠田の処分には反対だった。篠田を処分すれば皆さんの恨みが篠田ではなく会社に向かうから、と。これだけでも会社の意図が分かるだろう。われわれが疑心暗鬼でお互いの足を引っ張って、成績が上げられなければ会社の思うつぼだ。今だって毎日のように人員整理の話が新聞や雑誌に出ているではないか。下手をすればわれわれも、あのような記事の主人公になる」

話の間じゅう、誰も一言も言わなかった。署名のメンバーは皆うつむいていた。横山の心配したとおり、おれの延べ二週間の減給はおれの立場をぐんと強くした。皆少しは心を入れ替えて働くようになるだろうか。

家に帰って秀子に「今月は給料が半分だ」とおよその話をすると、

「まあ、嫌な奴らね」

と言った。「そう言うなよ」と言ったが、秀子の言い方に悪い気はしなかった。その後すぐに「あの話、どう？」と言い出した。秀子が仕事をするのには賛成できない。本当におれが稼げなくなるまではうんとは言えない。女房に仕事なんか持たれて金を稼がれた日にゃ、こっちの闘争心がなくなってしまうと言ったら、秀子は不思議そうな顔をしていた。

第8章　横取り

3月8日

じりじりしながら、最初の商談成立を待っているところに、柳田がいい話を持ってきた。ドラゴン20の一室が売れそうだという。

柳「この間から相手をしている客だが、勤め先の関係でこの物件をとても気に入っている。しかし値引きを一割くらいしなくてはならない」

篠「今日こそ横山と本格交渉だな。上岡さんじゃ埒《らち》が明かない」

副社長室に行ったが横山は外出中だった。仕方なく営業本部の上岡のところに行った。

篠「常務、ドラゴンの20ですが、お客がいるんです。ただし一割値引きしますよ」

上「そうするにゃ、役員会決裁がいると言ったろう」

篠「すぐに決裁をお願いします」
上「来週の月曜日になる」
おれは柳田に言った。
篠「それくらい待てるか」
柳「月曜日にすぐ出るのなら待てます」
篠「常務、頼みます。一割引きで売れれば御《おん》の字でしょう」
上岡は面倒臭そうにうなずいた。しかし嫌な予感がした。営業本部では二割引きまではすでにやっているのだから、何で今さら役員会決裁がいるのかと思った。そこで柳田を連れて社長のところに行った。社長の方が柔軟性がある。社長は在室していた。役員の中で唯一社長だけは、おれに不快そうな顔を見せない。
篠「社長、ドラゴンが一部屋売れそうです。ただし一割引きにします」
菊「そうか。それはでかした。一割引きは役員会決裁が必要なことになっているが、なんとかなるだろう。話を進めておいてくれ。めげずにこれからもどんどん売ってくれ。うまくいけば、首都圏特販部が三有不動産の救世主になるかもしれない」
社長はいやに機嫌がよかった。社長室から出るとすぐに柳田は「ヤッホー」とインディアンのような奇声を上げた。よっぽど嬉しかったのだろう。おれも飛びあがりたいほど嬉しかった。

これでようやく首都圏特販部の最初の商談が成立するのだ。これが一割引きでいけるなら、同じような段階に来ている商談は幾つもある。

七階に行ってからフロア中に聞こえるように伝えると、期せずして拍手が湧いた。

驚いたことに昼休み、外に食事に行って帰ってきた春ちゃんが、柳田に花束を渡した。最初の契約を取った人にはそうしようと、前から考えていたという。帰りによっぽど柳田を飲みに誘いたかったが、彼はこんな日でも定時が来るとさっさと帰り支度を始めた。

柳田は仏壇のある部屋を一歩も出ずに、篠田の日記を読みつづけていた。それが亡き妻、良子の供養になるような気がしていた。時々、「そのとおりだ」とか「畜生、許せん」などと位牌《いはい》に話しかけた。

社長室であの一言をもらったとき、柳田は横山から受けた侮辱を半分くらい晴らすことができたと思った。この調子でいけば、首都圏特販部は存続することができる、そうなれば横山の陰謀を覆《くつがえ》すことになる。

あの日、家に帰った柳田は早速、良子にそのことを伝えた。

「そう、よかったわね」

良子はやつれた顔を晴れやかにして言った。長くなった髪を両側でお下げにしてリボンで結び、童女のような雰囲気を漂わせていた。柳田には妻が五歳も六歳も幼くなったように見えていた。

義母の作った夕食を盆に載せ、良子の枕元に運んで給仕をするのは柳田の役目だった。義母も同席して一緒に食事を取ることもあったが、その日は柳田だけだった。

半月前までは、上半身を斜めに起こし腰の下に座椅子や折り曲げた座布団を入れて起き上がることができた。今、それができなくなっている。料理はすべて柳田がスプーンと箸《はし》で良子の口元にまで運んだ。

病状は明らかに悪化しているのに、良子はそのことに気がつかないかのようだった。結婚してから病気になるまでは、いかにも聡明で繊細に思えた良子がなぜそんなに鈍感になってしまったのか？　と柳田は不思議でならなかった。

夕方、首都圏特販部の部屋を出るとき、いつも柳田は後ろ髪を引かれる思いがした。しかしG駅を降り家路を辿《たど》るとたちまち、良子のことばかりが頭に浮かぶようになり、首都圏特販部のことはすっかり消えてしまった。朝、家を出るときにはもっと強く後ろ髪を引かれたが、三有不動産の建物が目に入ると闘争心がふつふつと湧いてくるのだった。

「君には言わなかったが、ぼくは一度、部長を辞退したんだ」

スプーンで粥《かゆ》をすくいながら柳田は言った。

「そお」

「でも篠田さんは辞表を受けてはくれなかった。毎日定時に帰って君の看病しながらでいいからと言ってね」

頬に粥がこぼれないように、柳田はゆっくりとスプーンを唇の中に入れる。その時ばかりは話は途切れる。

「だから、今度の成約は嬉しいんだよ。ぼくが首都圏特販部で最初に商売をしたんだよ。これで篠田さんの好意に応えることができた」

「そうね」

良子は嬉しそうに言った。

しかしそれは柳田の早合点だった。

その翌日、客の方から柳田にキャンセルの連絡があったのだ。電話を受けた柳田は青ざめ、執拗《しつよう》に客にその理由をただした。相手は気分を害し、話の途中で電話を切ってしまった。

切れてツーツーと音を発している受話器を握ったまま、柳田は呆然《ぼうぜん》としていた。それから気を取りなおし、そのことを篠田に伝えようとした。本部長席を見ると篠田は電話中だった。何か機嫌よさそうに先方と話している。その笑顔は初めての成約が間近いためのように柳田には思えた。

柳田は篠田に伝える前に、客のところに行って事情を聞こうと思いついた。客は港区内の電気メーカーに勤めていた。ドラゴン20なら職場と住まいが非常に接近することになり、客はそれが気に入っていた。

山手線の新橋《しんばし》で降り、そこから一〇分の距離を歩いた。営業経費が微々たるものしか出ないので、二〇分くらいまでの距離は必ず歩いた。

大きな建物が見えてきた。客の勤めている会社の建物である。

広い玄関ホールを柳田は受付を通さず横切った。先ほどの客の態度を考えれば、自分の名前を告げて面会を求めても居留守を使われるか、逃げてしまう可能性があると思った。

エレベーターの脇に各階ごとの部署の案内板が出ていた。客の部署は一一階にある。

右端のエレベーターが降りてきた。柳田はそちらに歩み寄った。ドアが開き、中の一人がそそくさと降りるのをやり過ごし、乗りこんだ。ドアが閉まってから降りた人の顔が脳裏に浮かんだ。あっと叫びそうになった。

三有不動産の上岡常務だった。

しかしはっきりと自信はなかった。相手もこちらを気にすることなく、通りすぎていったように見えた。

二階で降りて階段を駆け降り、男の正体を確かめようと思った。2のボタンを押したがエレベーターは間一髪で通過してしまった。

なぜ、こんなところに上岡さんがいたのだろうと思った。間違いかもしれない、いや間違いに違いない、という気もした。それから、今訪ねて行こうとしている客のことを思い浮かべた。彼のキャンセルと上岡をここで見かけたことが関係あるように思えた。

一一階に着いた。

柳田は壁に貼りつけてあった表示パネルを見て、客のオフィスを目ざした。

輸出部と記されている部屋をのぞきこみ、入口近くにいた女の子に、

「××さんはどこですか」

と聞いたとき、窓際の席で人影が慌《あわ》ただしく動くのが目に入った。××だった。

「××さん。お訪ねしましたよ」

柳田はフロア中に響く声で言った。

男は足早に近づいてきて、耳元で小さな声で言った。

「困りますよ、こんなところまで来られては、仕事中なんですから」

「本当にすみません」と言ったとたん、柳田の頭の中にうまい台詞が閃《ひらめ》いた。

「常務から念を押してくるようにと言われたものですから」

「上岡さんが？」

「ええ、この件は絶対よそには内緒にして欲しいということで……」

「それは、もう……」

と言ったところで、男は気がついた。

「いやですよ、柳田さん。妙なことを言わないでください。とにかく仕事中ですので……」

「あんた卑劣な男ですね。……電気輸出部輸出課主任××、不当な利得に目が眩《くら》んで

私との契約をご破算にしたんですね」

「何を言っているのですか。……とにかくお帰りください」

「いいですか、ただじゃ済まないですよ」

「私を脅すのですか。帰ってください」

エレベーターを降り、――電気の玄関を出たところで、柳田は自分の息が荒くなっているのに気がついた。それを静めながら、目の前を通ったタクシーに向かって手を上げた。

3月9日
夕方、外から帰ってきた柳田が固い顔で、

「一緒に常務のところまで行ってください」

と言った。今にも泣きだすか怒りだすように見えた。

「何だい？」

「来てくれれば分かります」

仕方なくおれは事情も聞かずについて行った。営業本部の上岡の席で凄《すさ》まじいやりとりとなった。

柳「さっきは失礼しました」
上「何のことだ」
柳「――電気のエレベーター前で会ったじゃないですか」
上「ほお、そうかい。気がつかなかった」
柳「常務、何だって私の客を横取りするのですか」
上「馬鹿なことを言うな。今こっちから君のことを呼ぼうと思っていた。少し前に××さんから電話があって、君が職場に押し入ってきて困ったということだ。どうして客の迷惑になるようなことをするのだ」
柳「篠田本部長もよく聞いてください。昼過ぎに××さんから契約のキャンセルの電話があった。理由を聞いても言を左右にして言わない。そこで彼の会社を訪ねたところ、ばったりと常務と会った。ぴんとくるものがあって、××さんに常務のことを話したらすぐに認めました」
上「××さんは以前からおれとコンタクトを取っていた客だよ。以前からドラゴン20を買いたいと言っていらした。君との話なんかおれは知らない」
柳「嘘を言いなさい。一昨日まで私と取り引きを進めていた彼が、何で急にあなたに乗りかえたんですか」

上「そんなことは知らん」

柳「あなたは私と彼との商談がまとまっては困ると思い、途中から割り込んで私よりいい条件を彼に提示したのでしょう。だから彼はあなたを選んだ」

上「言葉に気をつけたまえ。根も葉もないことを言うな」

柳「根も葉もなくはない、皆、彼から聞いているんだ」

上「何を聞いたか知らないが、君が彼とどんな交渉を進めていようと、おれはおれで彼に売りこんでいたのだ。お互いが競《せ》り合ったときに、そっちじゃなくこっちから買うことにしたのは客の自由だろう」

柳田は言葉に詰まった。

上「柳田くん、このままじゃ済まないよ。もう一度処分だ。柳田くんだけじゃなく、篠田くんも同罪ということになるかもしれない」

上岡は自信に満ちていた。多分横山の了解を取っているのだろう。上岡ごときにこんなに偉そうにされて本当に頭にくる。

首都圏特販部に戻ってから、おれは柳田を誘って会議室に行った。

そこに滝川と四部の面々が、テーブルの上になにやら一杯拡げて作業をしていた。その中に庶務担当の今村春子もいた。

滝川が言った。

「分譲住宅のちらしを手作りで作っている。営業本部から首都圏特販部はパンフ、ちらしの類を使いすぎると文句が出ているので」

篠「けちなことを言う奴だ」

いよいよ兵糧《ひょうろう》攻めで来たのか。

滝「でもやってみると手作りも意外といい。人間臭い味わいが出て、信頼感が増すような気がする。これをたくさんコピーして撒いたら効果あるかもしれない。男の感覚だけでなく女性の感覚も入れたいと思って春ちゃんを頼んだら、春ちゃんとてもいいコピーを書く」

春「これはわたしのノルマ外ですから、後でおいしい食事を奢《おご》ってもらいます」

春ちゃんはにこにこしながら言った。本当に嬉しそうに笑う娘だ。三〇歳も過ぎて、独身で、ただの事務職をやっていて、こんな笑顔ができるだけで大物に思えてしまう。以前だったら、滝川と春ちゃんの接近を物騒に思ったが、もうそうは感じなくなっている。滝川のまともさが分かってきたからか。

彼らはちょうど作業を終えるところだった。滝川にだけ残ってもらい、この件を一部始終彼にも伝えた。おれはこの頃なんだか滝川を最も頼りにしている。
「あの馬鹿野郎」
聞き終えて、すぐ滝川はそう言った。
柳「このままじゃ済まされない」
篠「どうしたらいいと思う？」
柳「××さんを捕まえて、真相をとことん聞きただそうと思う」
篠「それも一つの手だ」
と言いながら半信半疑だった。
滝「言うかな？」
おれもそれが心配だった。真相を語るとすれば、結局は自分の卑劣さを白状しなくてはならない。それより上岡と口裏を合わせて嘘をつき通す方が簡単だろう。
柳「他に方法があるか？」
篠「それより一体誰が、柳田くんの客を上岡に教えたんだ。上岡にも社長にも言っていないはずだ。おれだって詳しくは聞いていない」
おれがこう言うと柳田はうーんとうなった。
柳「客の名前や連絡先を知っているのは私と三部の──、──、──の四名だけだと思う。われわれは一緒に連携プレイをとっていたから」
滝「前々から思っていたのだが、横山が最初からわれわれを追いだすつもりで、首都圏特販部を作ったんなら、ここにスパイを送りこんでいる可能性があるのじゃないか」
「スパイ？」
おれと柳田は声を合わせて言った。今まで一度もそんなことを考えたことはないが、確かにその可能性がある。
柳「それなら、その三人の部下の誰かか？」
滝「とは限るまい。柳田さんがあの客と元気よく電話をしていたのは、首都圏特販部のたいていの奴は聞いているんだ。もしかしたらその中に客の名前や勤務先が分かるヒントがあったかもしれない」
篠「そういえば、あの連判状騒ぎもおかしくないか。いくら彼らが絶望的になっていたとしても、正式な人事に対して、あんな要望書を出すなんて考えられない。誰かが扇動したような気がしてならない」
柳「何のために？」
篠「首都圏特販部が思ったより頑張るから、水を差そうとしたんじゃないか」

滝「しかし結果は逆に出た。あの処分のせいで皆、本部長のもとにまとまった」
篠「それはおれのことまで処分したからさ。横山の計画ではおれは処分しないつもりだったのだ。そうすればおれが恨まれる。ところが思いがけず、社長が強硬におれの処分を打ちだし横山の陰謀が崩れた」
少し無茶な推論かと思ったがおれはそう言った。二人とも何も言わずに考えこんでいた。
柳「するとスパイはあの九人の内の誰かということか？」
篠「おれの推理が正しいか分からない。しかしこれからはスパイの存在も考えられるとして活動していこう」
滝「それじゃ仕事なんかできない。まずスパイを見つけてつまみ出さなくては」
滝川の考えたプランはこうだ。
疑わしい人間の極秘リストを作り、彼らに一人ずつ横山にとって重要と思われる偽情報を流す。どの情報が横山に流れるかで、誰がスパイか分かる。
あまり気は進まなかった。部下を疑っていたのでは仕事に差しつかえる。しかし気にしていた方がもっと差しつかえるかもしれない。
篠「疑わしい人間はどのくらいになる？」

滝、柳「せいぜい六、七人だろう」
篠「それじゃ、二人で極秘にリストを作ってくれ。なるべく急いでくれ。仕掛けはその後、相談しよう」
滝「他の部長も加えなくてもいいのか？」
少し考えたが二人だけにした。おれは三人以上の内緒ごとは必ず洩《も》れると思っている。この三人の話でも時間がたてば洩れるにちがいない。何かの拍子におれが喋りたい気分になるかもしれない。おれたちがスパイ探しをしているなんて、部員に知られたら大変なことになる。それから柳田をなだめて、上岡の件は追及するのは止めることにした。こちらの体制にひびが入っているのなら、会社とやりあっても勝てはしない。

夜、新宿で芳野と会った。この間のお礼をするつもりだったが、向こうからご馳走されてしまった。年収一八〇〇万円の銀行支店長に見栄をはるのはやめて有難くご馳走になった。
不動産に塩づけになった不良債権が大変なようだ。まあうちもその一つだが、中小の不動産屋は「返済なんかできっこない」とすっかり開き直っているという。

ジャストタイムの話はまだ進んでいない。先日の中央ビルを見に来る予定が延期されている。

「ああいう創業社長は皆、天動説だからな。常識が通用しない。おれは紹介しただけだから後はきっちりと君の方で見極《みきわ》めてくれよ」

がっちりと釘《くぎ》を刺された。おれの方も何が起ころうと、その尻を芳野に持っていく気はない。

第9章　特集記事

3月10日

滝川と柳田がスパイのリストを作った。

おれも予想していた名前が五つ、予想していなかった名前が二つ。赤倉もその一人に入っていた。

仕掛ける偽情報は次の如し。

いくつかの商談成立が間近いというもの、

首都圏特販部以外の社員から内緒に協力が得られているというもの、

営業本部からの販売資料を大量に無断借用しているというもの、

――などなど。

協力者に仕立てる幾人かの社員には一時的に迷惑をかけるが、すぐに解消されるのだから我慢してもらう。

時間が惜しいので三人で手分けをして、なるべく早くこれらをリストの男たちに仕掛けることにした。

南野から中央第二ビルの営業状況の報告を受けた。二件ばかり、話が進んでいるが見込みはあまり高くない。今のところジャストタイムに全力をあげるしかない。一部に一二人も人を置いたのは判断ミスだった。明日にでも半分を二〜四部に異動させよう。

滝川が「近いうちに本部長が泣いて喜ぶような話をもっていきますからね」などと思わせぶりを言った。「何だ？」と聞いても何も言わないが何だろう？

秀子、太郎、ますます口数少なし。気のせいか。

3月11日

午前一一時、中央第一ビルでジャストタイムの小中光治と会うのに、南野の代わりに赤倉を同行させ、道すがらさっそく仕掛けることにした。

篠「ここのところパンフが足りなくて困っているだろう。もう大丈夫だ。今度から営業本部のMくんがこっそりと回してくれることになる」
赤「本当ですか」
篠「ああ、彼は我々のことを気の毒がってくれてな、有難いことだ。部長たちも皆、彼に感謝しているよ」
他の人間も知っていることにしないと、赤倉がスパイだとしても、すぐに横山のところにご注進には及べまい。

中央第一ビル一階のわが社の事務所で小中を待った。

事務所の真ん中の応接用のソファに座っていたが、事務所には営業本部のスタッフが何名かいたのに、女の子がお茶を入れてくれただけで、誰も話しかけてこようとはしない。首都圏特販部の部員と口をきくと、自分もそちらに異動させられるかもしれないと恐れているかのようだ。

小中の二度にわたるキャンセルは、一度目は三日前、首都圏特販部の方に連絡があり、もう一度は昨日、彼を待っていたこの部屋に約束の時間を過ぎて電話が入った。今日もそうではないかとはらはらした。

一一時を一〇分ほど過ぎたころ、小中は総務部長を引き連れ姿を現わした。

おれと赤倉で仕様書を片手に七、八、九階を隅々まで案内した。小中は、

「素晴らしい、さすが三有不動産」

を何度となく連発した。

ひと渡り歩き回ったのち、

「いかがですか」

と勧めると、

「設備、レイアウトともに申し分ないが、坪当たりの賃貸料は幾らになるのか」

と聞いてきた。

「一応、6・2万円を基準にしているが、こんなご時勢だからご相談に応じます」

と言った。

「今の借りているビルは4・8万円なんだが、そこまではとうてい無理でしょう」

「失礼ながらあそことは比べ物にはなりません」

「うちも販売不振を値下げでカバーしているので、固定コストを膨らませたくはない」

「オフィスの使い勝手がよくなると、全体の事務能率が高まり、その分コストが節約できる」

こんなやり取りをしたが、小中はのらりくらりとして一向に話が煮詰まらない。これまでのちゃらんぽらんな対応といい、芳野に紹介されて仕方なしにおれの話に付き合っているだけかもしれない。

しまいには、

「オフィスもさることながら、どこかに1000坪くらいの格安の倉庫ないですかね」

などと言っておれの話をはぐらかした。

これは見込みなし。

帰路、赤倉と昼飯を食おうとしたが、赤倉はこの後大手町で人に会うというので途中で別れた。うまく仕掛けにのってくるだろうか？

飯を食って電車に乗りこんで、吊り革につかまったら「住宅情報ウイークリー」の中吊り広告が目に入った。

(三有不動産の未来を占う首都圏特販部)という大見出しが目に入った。

滝川が「ダメかもしれない」と言っていたのに記事になったのだ、とほっとした。これで少しは宣伝になるだろうと思った。

新宿駅のプラットホームの売店で雑誌を買った。歩きながら面映《おもは》ゆい気分でページをめくり、斜め読みして愕然《がくぜん》とした。

記事の中身は（仕事にかける男のロマン）どころか（集団左遷させられた背水の陣の男たち）というトーンが貫《つらぬ》かれていた。

滝川に事情を問いただそうと、慌てて首都圏特販部に電話を入れた。電話に出たのは春ちゃんだった。

「本部長、大変です。急いで戻ってください」

「滝川くんは？」

「いま電話どころじゃないです。みんなに吊るし上げられていて、暴力沙汰になるかもしれません」

「住宅情報ウイークリーのことか？」

「ええ」

人込みの間を走って会社に戻った。

会議室に二十数人が集まって興奮の坩堝《るつぼ》となっていた。

おれの姿を見ると少し静まったが、今度はおれに訴える声が高まった。

「本部長、あれを見ましたか」

「ああ」

「まったく話にも何にもならない」

「どうするんだ」

「ふざけてるよ」

次々といろんな罵声《ばせい》が飛んだ。

おれはまず皆を静まらせた後、滝川に聞いた。

「どうしてあんな記事になったんだ」

「分かりません」

「彼女に連絡したのか」

「編集部にいないんです」

「事情を確かめることが先決だ」

それから大きな声で皆に言った。

「この雑誌の編集長に話したときには私も立ち会った。この記事のような話は一切出ていない。どうしてこうなったか確かめてから対処するからそれまで待ってくれ」

××が立ち上がった。滝川の作ったスパイリストに載っていた男だ。

「冗談じゃない。われわれは公然と馬鹿にされた。お客にも妻や子にも合わせる顔がなくなってしまった。お前たちは無能だ、というレッテルを貼られて四〇〇〇万円も五〇〇〇万円もする物件なんぞ売れるわけがない。もし本部長もその取材に立ち会っていたなら責任をとって欲しい」

半分くらいの人間が拍手をした。おれはかっとした。

「責任なんかいつだってとる。首都圏特販部の本部長の話を横山副社長から聞いたときにも、辞表を出そうかと思ったくらいなのだ。だが、今はまずこの記事の原因追及だ。それによっては、おれも滝川くんもいつでも責任をとる。そうだろう、滝川くん」

そう言って、滝川を見ると彼もうなずいて言った。

「電話じゃ埒《らち》が明かないので、『住宅情報ウイークリー』に行ってきます」

そういえば原俊子と会った翌朝、滝川は浮かぬ顔でおれの所に来たが、あのとき何かあったような気がした。もしかしたら奴に思い当たる節があるのかもしれない。

そうだとしたらどうする！

「いやね、あなたって」

今まで息を止めているかのようにしんとして篠田のノートに見入っていた春子が、ノートから目を離し滝川に語りかけた。

「なんだい？」

こちらはこちらで二冊目のノートを読みふけっていた滝川は、目を離さないまま面倒くさそうな声を上げた。

「だって、篠田さんに嘘ついていたんでしょう」

「何のことだい？」

「『住宅情報ウイークリー』にあの記事を書かれたときよ」

「嘘ついたわけじゃないさ。本当のことを言うチャンスがなかっただけだよ」

「同じことよ、あなたがちゃんと言っておけば、篠田さんも最初の時点で何か手を打てたのに」

「そうかな」

「そうよ、女のことがあったから言えなかったんでしょう。優柔不断なんだから」

「おい、今さらそんなこと言うなよ」

と滝川はノートから目を離し春子を見て、

「それがあったから、君とこういう風になれたんだぜ。そう考えればおれの優柔不断も悪かないだろう」

と言った。春子はそれに応じず、

「あなた、原さんと何があったの？　ここに本当のことが書いてあるかと思ったんだけど、それも篠田さんに知らせてないのね」

と少し声が尖《とが》った。広い額にわずかにシワがよる。

別に何かあったわけじゃない、彼女の一人相撲なんだよ、と胸の中で答えたが口にはしない。

「それより、帰らなくてもいいのかい」

滝川は話をそらした。

「いいの、今日は泊まってくると言ってあるわ」

春子の言葉は滝川の意識を上すべっていく。

あの日、滝川は三有不動産を出てまっすぐに四谷《よつや》三丁目の「住宅情報ウイークリー」の編集部を訪れた。地下鉄の駅から五分ほどの雑居ビルの前で、滝川はちょっと息をととのえてから中に足を踏み入れた。原俊子は居留守を使っているに違いないと思った。もし本当にいなくても帰るまで待てばいい。

勝手知ったる編集部のドアを開けると、案の定、彼女はそう広くもない編集部の窓よりの大きなデスクに座っていた。

滝川の姿を見た彼女は、一瞬うろたえた風に立ち上がったが、また座り直した。窓からの逆光の中で、ボリュームたっぷりのソバージュと形のいい細身の体が作るシルエットは迫力があった。

滝川はずんずんと部屋の中に入って行き、デスクのすぐ傍らで、彼女の上に体を折り曲げるようにして、

「原さん、出られませんか」

小声で言った。

原はソバージュを両手で束ねるようにつかみ、

「ちょっと立て込んでいて」

薄笑いが浮かんだ。

「いやとは言わせません。私の方では大変なことになっているんです」

その言葉に少し離れた席の若い男が、ちらっと二人の方を見た。

「どういうこと……？」

「分かるでしょう」

「…………」

「手をつかんでも連れて行きますよ。それともここで大きな声で話しましょうか」

「編集長、お客さんに帰ってもらいましょうか」

突然、先ほどの若い男が声を上げた。びっくりしたように彼を見て原俊子は、

「いいのよ。ちょっと出てくるわ。三〇分いえ二〇分で戻ってくるから、――氏が来たら待っていてもらって」

と言った。

原俊子が先に立って編集部を出、薄暗い廊下を通りぬけ、玄関を出て、階段の急な歩道橋に上り、車のびゅんびゅん通りすぎる上を足早に歩き、歩道橋のたもとにある喫茶店に入り、オーダーをとりに来たウェイトレスがいなくなるまで、二人は一言も口をきかなかった。

それから原はハンドバッグの中から煙草を取りだし、一服吸って大きく煙を吐き、紫煙をきれいにマニキュアの塗られた指で払いながら、

「ご用はなんですか？」

と言った。

「分かっているでしょう」

「…………」

「あの記事のことですよ。あなたは篠田さんと記事の内容について了解したことも、あのバーに行ってからぼくと約束したことも、全部反故《ほご》にしてしまったじゃないですか」

彼女はもう一口煙草を吹かした。

「篠田さんとは何も了解事項なんかなかったわ」

「嘘だ！」

「彼が、記事は男のロマンになるのかと聞いたとき、あたしは多分と答えました。それははっきり覚えている。あたしだって記事に限定がつくのかどうか、押さえておかないようなミスはしません。でもその約束の有無《うむ》と関わらず、あたしはあの特集記事では男のロマンを取りあげたつもりです」

滝川はすぐに反論の言葉を見つけられなかった。篠田がそう尋ねたことは覚えているが、彼女の返事がそのとおりだったかどうか覚えていない。ただ彼女が篠田の要請を受け入れたという印象が残っている。

「それじゃ、ぼくとの約束はどうなるんだ」

「守りましたよ」

「何を言ってるんですか。ぼくが書かないでくれって言ったものも、どんどん書いているじゃないか」

「それは違います」

「どう違う？」

「滝川さん、あの特集をちゃんと読んでくれたんですか？」

「…………」

「滝川さんから聞いていない情報が一杯入っているでしょう」

「…………」

「ウチでは別ルートから取材したんですよ。あなたから聞いたことは一言も書いていないの。かりに滝川さんから聞いた情報とダブることがあっても、すべて別の人から取材したものです」

「そんな調子のいいことを」

「本当ですよ。あの日はあたし、酔ってもいたしメモも取っていないし、記事を書けるほど情報を把握していなかった。だから翌日から別ルートで取材したんです」

「しかし、それだって約束違反じゃないか」

「どんな約束違反ですの？」

「つまり、ああいうトーンで記事を作らないという……」

「さっきも言いましたように、そんな約束はしていません。あたしがしたのは、『陽子』で聞いた滝川さんのコメントは使わないということだけ……それはしっかり守ったんですから」

「だって、ぼくの気持ちは分かっていたでしょう」

「だから滝川さんのコメントは使わなかった……」

「使おうと使うまいとあんな記事は困るということくらい分かっていたろう」

「そうは思わなかったわ。あたしは不況に襲われた不動産会社におけるサラリーマンの実像を、悲哀も熱意も逡巡《しゅんじゅん》も、みんな書いたつもりです。篠田さんの言った男のロマンも十分出ていたと思います」

怒りの衝動が腹の底から突きあげ、彼女に手を上げるか、罵声を浴びせそうになったが、滝川は辛うじてこらえた。

目の前のカップをとり、ぬるくなったコーヒーを一口啜《すす》って、気持ちを抑えながら、

「別の人からの取材って、そんな人いるはずないと思いますが」

「ずいぶん断定的なのね、いつもそう。自信たっぷりで、他人のことなんか考えたこ

ともない……三部長の柳田さんて方、奥さんが病気で部長なのに定時出勤定時退社なんですって？　取材したことで書いていないことはまだたくさんあるのよ」

「うちにそんなことをぺらぺら話す奴がいるとは思えない……誰なんだ？」

「ニュースソースは原則として秘密です。ですから、滝川さんのことも篠田さんのことも誰かに聞かれたら黙っていてあげるわ」

手にしていた煙草の先をゆっくりと灰皿に押しつけながら、彼女は言った。

「これでいいかしら。あたしお客を待たせているのでこれで失礼します」

滝川は新宿駅から三有不動産へ向かう道をとぼとぼと歩いていた。さすがに急いで帰る気にはなれなかった。込みあう交差点ですれ違う人の肩が触れたが、怒る気もよける気もおきなかった。

首都圏特販部に戻って、皆になんと話したらいいのか覚悟が決まらない。その前に篠田と相談したいが、その機会を作ることはできそうもない。そういう思いが頭の中で点滅していた。

「た、き、が、わ、ぶちょう」

すぐ近くで声をかけられた気がしたが、自分のことだとは思わなかった。

「滝川部長」

目の前に今村春子がいた。晴れやかに笑っている。どうしてこんなところにいるのだ？　という疑問が湧いたとき、春子が言った。

「しょんぼりしちゃって……、いつもの部長とまるで違う人みたい」

「そうか、仕方ない。大失敗しちゃった」

思わず口からぽろりとこぼれた。

「本部長から言われて、部長を待っていたんですが、今日はもう首都圏特販部に戻って来ないように、ということです」

「…………」

「今、みんなと会わない方がいい、その前に本部長と打合せをしなくてはいけないだろう、とおっしゃっていました」

「そうか」

と滝川の声は弾んだ。以心伝心とはこのことだという気がした。

「それで歌舞伎町の『エンドレス』で待っていて欲しい、本部長は六時には行くからということです」

滝川は腕時計をのぞいた。ちょうど五時。篠田が来るまで、まだ一時間も待たなくてはいけない。それにこの時間に「エンドレス」はまだ開いていないだろう。

「春ちゃん、もう帰るのかい」

「ええ、部長に伝言したらそのまま帰っていいと言われて」

春子はベージュ色のハンドバッグを腕に下げている。

「それじゃ悪いけどぼくと一時間だけ付きあってくれないかな……そうだ、この間のお礼にケーキでも何でも奢《おご》るよ」

一瞬、春子はためらった表情を見せたが、

「ケーキだけ？　確かディナーって言ってませんでした」

と冗談ぽく言った。

滝川に心当たりはなく、その店は春子が案内した。新宿通りの「パイランド」。最近ここのパイが若い女の子に圧倒的に人気で、女性週刊誌などに紹介されているという。

「わたしは、もう若くはないんですが、甘いものが大好きで……嫌になっちゃう」

来る途中、店の説明をしながら春子が言った。時々春子の髪からいい香りがした。

「いや、若いさ。ぼくから見たら羨《うらや》ましいくらい若い」

「そんなにおじさんぶらなくてもいいのに」

春子は照れたように言った。

店の中は女の子で溢《あふ》れていた。恋人同士らしいカップルもいたが、それは少数でほとんどが女の子同士であった。

隅の方に一つだけテーブルが空いていて、二人は女同士のテーブルの間を幾つも通り抜けてそこに座った。

「びっくりしたでしょう」

「女の園だな。ああ、恥ずかしい」

滝川はおどけて見せた。

アップルパイ、マロンパイ、ピーチパイ、ペアパイ、グズベリーパイ、キウィパイ、ヨーグルトパイ……メニューには三〇種類にも及ぶパイの名前が並んでいた。

滝川は当たり前のアップルパイにコーヒー、春子はチェリーワインパイにレモンティーを注文した。

「こんなところによく来るの？」

「ここは初めてです」

「なんだ」

「雑誌で見て食べてみたかったんですが、一人じゃ入りにくくて」

「ぼくをだしに使ったんだ」

「すみません」

「謝ることはないよ。お陰でぼくも女の園をのぞくことができた」

春子の顔を近くで見て、左右の目の大きさが少し違うのに気づいた。それが日本人形のように大人しげな目鼻立ちに、活《い》き活《い》きとした魅力を添えている。

「首都圏特販部の方はどうだったの？」

思いだしたように滝川が言った。実はさっきからずっと気にかかっていた。

「部長がいなくなってからは、しばらく皆自分の席に戻って仕事をやっていたのですが、五時近くになって外回りしていた人が帰ってくると、また同じことを本部長に言う人が出てきて、すっかり騒々しくなっちゃって、今度は本部長が追及されるみたいで……それであたしに、『途中で待ちかまえていて、滝川くんがここに来ないように言ってくれ』とこっそり言われて」

滝川は唇を嚙みしめた。篠田を矢面《やおもて》に立たせ、自分がこんな所にいてもいいのだろうかと思った。

「おいしいっ」

チェリーワインパイを一口頰張って、春子は感に堪えたような声をあげた。滝川も自分のパイにフォークを入れた。

「篠田さん、大丈夫かな」

「ええ、大丈夫ですよ。あの人強い人ですから、あのくらい全然平気ですよ。わたし、前に篠田さんの下にいたことあるんです。副社長に、その時はまだ部長だったですが、意地悪されていたのも見ました。でも篠田さんちっともめげていなかった。意地悪している副社長の方がおどおどしていたみたいで」

滝川もそれについての風聞は耳にしている。しかし横山が篠田に辛《つら》く当たる現場を見たのは首都圏特販部に来てからだ。なぜ横山は篠田を目の敵《かたき》にするのだろうか、と時々不思議に思う。

「春ちゃんもあの記事見たかい」

「ええ」

「頭に来た？」

「わたしは、いい記事と思いました」

ほんとう？　と滝川は思わず春子の顔を見直した。

「だって、ウチのみんなが一所懸命に仕事やっているのがよく分かって、街頭でのちらしの配布だって、テレフォンマシンの話だって、本部長の覚悟の演説だって、感動ものですよ」

「感動もの！　驚いたな」

「みんな記事をちゃんと読まないで、あの左遷集団というタイトルの言葉だけで怒っているんじゃないかしら」

滝川はコートの内ポケットに二つ折りにして入れてあった「住宅情報ウイークリー」を取りだし、該当個所に目を通した。記事はこう始まっている。

――五〇人の男たちの重たい日々は二月一日に始まった。

北川洋（仮名、四〇歳）は出社するとすぐデスクの引出しから幾冊もの分厚い名簿を取りだし、片端から電話をかけていく。

「まるで新入社員時代に戻ったみたいだ。三有不動産ですと言っただけで返事もせず、がちゃ切りする奴が半分はいるからこたえますよ。しかしこれもバブルの時代に私の精神に付いた贅肉《ぜいにく》を落とすための禊《みそぎ》かなと思って、必死に電話にかじりついています。午前中二時間で五、六〇本もの電話をかけると、手も頭も痺《しび》れてしまい、まるで自分がテレフォンマシンになったような気がするんです。そうなると相手ががちゃ切りしようと、無礼なことを言おうと少しも気にならなくなります。ここからが電話営業の勝負です。

もうこんなことできないだろうと思っていました。若いころに登れたはずの高い山に、もう年取って登れなくなったろうと思っていたのに、よんどころなく登るはめになったら、思いがけず登れることが分かった、いや、まだやれるんだな、若いんだなと、そんな心境ですね」

北川はこう苦笑いする。

「これって、いいでしょう?」

春子が滝川の手元をのぞきこむようにして言った。

「そうかな、いいかな」

「いいですよ、かっこいいじゃない。いつも冗談ばっかり言っている部長とは思えないわ。本当にこんなこと言ったんですか」

「これ、ぼくって分かるかい」

「分かりますよ。北川なんて仮名にならないもの」

「首都圏特販部で他にも、この記事がそんなに悪いものじゃないって思う奴もいるかな」

「さあ、みんなもともと首都圏特販部に来たことを喜んでませんから、何があっても文句を言いたいんでしょう。左遷集団というタイトルは刺激的ですものね。それでもさっきだって本部長の抗議に積極的な人は、そう多くはなかったですよ。途中から自分の席に戻って仕事している人もいましたよ」

滝川もさっきのシーンを頭の中に再現した。確かに会議室で二〇人ほどの部員にとり囲まれた。しかし、自分に憎悪の目を向け悪罵《あくば》を投げつけてきたのは数人でしかなかった。他の奴らもその数人と同じ心境だろうと思っていたが、やじ馬をしていただけかもしれない。

「春ちゃん、じゃなく、今村さん。冷静に皆のこと見ているんだな。ぼくの方が頭がかっかしていた」

滝川は春子の聡明さに改めて気がついた。その顔をまじまじと見てしまい、春子は照れたように視線をテーブルに落とした。

「パイをもう一つ食べるかい」

春子のケーキ皿はすっかりきれいになっている。

「いえ、もう結構です」

「これだけじゃ、お礼には軽すぎるな」

「また今度、ディナー頼みますよ」

それが社交辞令なのか本気なのか、滝川には判断できなかった。ただもう一度この娘と二人で話をしてみたいという気持ちが強く心に残った。

「エンドレス」のドアを開けるとき、腕時計を確かめると六時を五分ほど過ぎていた。滝川は小さく舌打ちをした。

薄暗い中に足を踏み入れると、がらんと人気《ひとけ》はなくカウンターの中のマスターしか目に入らなかった。しめた、まだ来ていない、とコートを脱いで壁のフックに掛けようとしたとき、

「どうした、遅いぞ滝川くん。三〇分も待ったよ」

と背中から声がかかった。篠田だった。奥に席を取ったらしく、カウンターの外れの柱の向こうから首だけ出していた。

「すみません、ちょっと時間つぶしをしていたら、うっかりしまして」

春子のことは口に出さなかった。

滝川も篠田の後からボックスシートの中に座りこんだ。

「どうも申しわけありませんでした。またひと揉《も》めあったそうで」

手を膝の上に置いてきちんと頭を下げた。

「大したことないさ……それより君の方はどうだった。原女史に会えたのか」

「ええ」滝川はおしぼりで手を拭《ぬぐ》いながら言った。

「とにかく、あいつ、何としてもわれわれとの約束を破っていないと言いはるんですよ」

篠田は滝川のグラスにビールを注いだ。泡が勢いよく盛りあがって、溢れそうなところで辛うじて止まった。

「あの後、おれもあの記事を隅から隅まで読んでみた」そこで言葉を切って滝川を睨《にら》みつけ、

「君、彼女と二人になってから、余計なことをずいぶん喋ったようだな」

「それが違うんですよ。変な話だけれど、彼女はこう言うんです。自分は滝川さんのコメントは使わなかった。ダブる情報があればそれは別途独自に取材したものだ、と。私も強引に編集部の外に連れだして厳しく追及したのですが……確かにあの記事には、私がまったく触れもしない情報が一杯書かれているし、知らないことさえある……」

「そんなこと！　一体誰に取材したというのだい」

「ニュースソースは秘密だ、と言われてしまいました」

篠田は滝川に向けていた視線をそらし首を左右に振った。グラスに手を延ばし、ぐーっとあおってから、

「あのスパイか？」

吐きだすように言った。

「しかし、彼女がスパイの存在を知っているはずがありませんからね。彼女の言ったとおりとすれば、あの翌日以降、首都圏特販部のスタッフにこっそりと取材攻勢をかけ、誰かがそれに応じたということでしょう」

「そんなものがあれば分かるはずだがな」

滝川は篠田の内心を想像した。まだ自分が余計なことを喋ったと疑っているのだろうか。その表情を、というより篠田の体全体から漂う気分のようなものをじっくりとうかがった。

握りしめた拳《こぶし》のようにたくましい頭部、そこにかっちりと刻みこまれた目と鼻梁《びりょう》。ビジネスマンというよりプロ野球のコーチのような雰囲気がある。春子が確信に満ちてあの人は強いと言った言葉が思い出された。しかしこのたくましい男が自分をどう考えているのかよく分からない。

篠田が不意に口調を変えて言った。

「かっかきているのは一〇人くらいだな。後の奴らは模様眺めだ」

「模様眺め？」

「ああ、この事件に便乗して自分も騒いだ方が得なのか、それともそんなことをしたらやぶ蛇《へび》になるのか、成り行きを見守っている風だ。面白いことに、いや当然なのかも知れないが、そのかっか来ている中にスパイリストの奴がほとんど入っている」

「私はスパイ探しと原俊子の取材に応じた奴の調査を集中的にやるつもりですが、とりあえず明日から、首都圏特販部の不満分子にはどう対応したらいいですかね」

「いま君がおれに言ったとおりに説明してなだめるしか仕方あるまい」

「…………」

「おれも君もあそこに書かれているようなことはまったく喋らなかった、『住宅情報ウイークリー』は独自に取材をしてあれを書いたと言っている、いま厳重に抗議を申し入れている……こんなところだろう。あいつらもそう大胆なことはできないさ。会社に見放されていることはよくよく分かっているのだから。首都圏特販部が空中分解したらあいつらも分解するんだから。なんとかあいつらの振り上げた拳を降ろすきっかけを作ってやればいい」

　篠田が滝川のグラスにビールを注ぎ、自分のグラスにも手酌で注ごうとしたのを、滝川が瓶を奪って注いだ。それから滝川はするめを引き裂き、口の中でゆっくりと噛みしめた。

「……あの記事がそれほどひどいものじゃない、男のロマンが書けていると言う人もいるんですが……」

滝川が恐る恐る言ってみた。

「誰が言ったんだい」

「……原俊子……とか」

「とか？」

「春ちゃんも、そんな風に言ってました。なんかかっこいいわ、なんて……女の子の言うことですがね」

「女の子って言っても、彼女はウチのたいていの男よりよっぽどましだよ……しかしおれもそうなんだ。よく読んでみるとそう悪い記事ではないという気がしてくる。まあ、知らせずもがな、のところもかなりあるけれど、首都圏特販部にマイナスになるとばかりは言えまい。どうしても困るのは『左遷集団』の一言だけよ、あれに皆かっかきているんだ。花沢くんなんかも、だから言ったとおりでしょう、なんてかなりお冠《かんむり》だからな」

「記事はそんなに悪くないですか」

「おれはそう思った。しかしおれの感覚はどうやら一般的じゃないようだからな。花沢くんくらいのところが普通なのかもしれない……春ちゃんは大したものだよ」

篠田が春子をほめるのを聞き、滝川は自分の顔がほころぶのが分かった。それを篠田に気がつかれないよう奥歯を嚙みしめた。それから、なんだってそんな風になるのだろうと自分自身をいぶかった。春子の左右の目の大きさの違う顔が思い浮かんだ。近いうちにディナーとやらに誘ってみようと思った。

第10章　電話ラッシュ

3月12日
今朝は皆がどう出てくるか、半分やや不安な、半分は矢でも鉄砲でも持ってこいという気持ちを抱いて出社した。

滝川はもう来ていた。他に数人いたが、両者の間にとくに険悪な雰囲気があるという風でもなかった。

九時早々に会議室に皆を招集した。先手必勝と思っていた。

驚いたことに、その時点で三人もが風邪で休むという連絡を入れており、その他四人がまだ出勤していなかった。

まず滝川に説明をさせた。滝川の説明は以下の如し。

「皆さんご迷惑をかけました。昨日も申しあげたとおり、私はあの雑誌の取材にあんなことを答えたつもりはなく、昨日あそこの編集長に会ってどうしてあんな記事になったのか聞きただしました。すると編集長は驚くべきことを言いました。記事は私や篠田本部長のコメントではなく、別の人間から取材して書いたものだというのです。それは一体誰かと追及しましたが、取材源秘匿というマスコミの逃げ口上で逃げられてしまいました。この上は別の人間とは誰かを探しもとめるとともに、記事をいっそう子細に検討し、その行きすぎについて編集部を追及し、誌上での訂正お詫《わ》びなどをさせたいと思っています」

滝川の話の最中遅れていた奴らが姿を現わした。すまないと思っている顔ではなかった。なんだか威張《いば》っているようだった。

滝川が言いおわると、すぐに二、三人の手が上がり、

「そんな言い逃れは許さない。滝川部長の責任に決まっている」

という発言が相次いだ。

それに対し滝川は具体的に記事の記述のいくつかを読み上げ、

「自分はそんなことは知る立場になかったので、誰か他の人が話したことは明白だ」

と語ったが、奴らはその説明でも満足しなかった。抗議が続いた。

途中から滝川は何も反論をしなくなり、しおらしい顔で黙ってうつむいていた。

昨日打ち合わせた作戦どおりである。何人かが嵩《かさ》にかかって言い募《つの》った。滝川は非難の声で打ちのめされるサンドバッグとなった。しばらく好き勝手にそうさせていた後、おれが発言した。

「私は滝川の説明を信じたいと思うが、君らはそうではないようだ。だとしたら今後どうしたらいいだろうか」

おれは一番激しく非難していた久保《くぼ》を指名して問うた。

久保は一瞬絶句した。そんな質問をされるとは思っていなかったのだろう。久保だけじゃない。他の不満分子も急におとなしくなった。かんたんに付和雷同するくせに、自分の言ったことの責任もとれやしない。おれはにやにやしそうな気分だったが、

「どうしたらいいんだ」

ともう一度、穏やかに言った。久保はそれでも黙っていたが、久保に代わって赤倉が手を上げ発言した。

「取材の件については証拠もないので白黒をつけることはできない。しかし出てきた記事への結果責任として、個々の誤った記事について訂正と謝罪を誌上でやらせて欲しい」

それはそのつもりなので、その場で滝川に、早急に折衝することを約束させた。そのとき会議室に設けてあった電話が鳴った。春ちゃんが受話器をとり、おれの方を見て頭を下げた。

おれが出ると横山だった。

「篠田くん、また面倒を起こしたな。おれの部屋まで来てくれ」

とっさに「住宅情報ウイークリー」のことだと思った。

会議室の皆は解散させて、横山の部屋に行った。横山はなんだか機嫌がよさそうだった。首都圏特販部の揉め事が嬉《うれ》しくて仕方ないのだろう。手に「住宅情報ウイークリー」を持ってそれを目の前に振りながら、

「おい、恥さらし。自分の所のみっともなさをこんなに大っぴらにして嬉しいのか」

と言った。以下こんなやり取りとなった。

篠「恥さらしではない。首都圏特販部の宣伝になると思って仕掛けたのだ」

横「物件が売れなくて中年社員が集団左遷させられたというのは、恥さらしじゃないのか」

篠「やや行きすぎもあるが、全体としては十分に宣伝になっている。ドラゴンの

ことも中央ビルのことにも触れている」

横「都合のいいことを言うな。こんな恥さらしが宣伝になると思うのか。現に不快に思った奴らが、首都圏特販部で大反乱を起こしているというじゃないか」

篠「彼らの誤解は今日の朝会でとけた。記事の行きすぎについては訂正をさせる」

横「会社の判断はそんな甘くはない。先日の連判状は社内だけのものだが、今回は対外的に当社のイメージダウンとなったから、もう少し重い処分となる」

篠「どんな処分か」

横「三日間の自宅待機だ」

ここまで聞いて呆れかえった。

そんなにおれが憎いのなら、こんなボロ集団の責任者にするなんて迂回路《うかいろ》を歩かせなくても、横山が頭下げて、

「辞めてくれ」

と言えば聞いてやった。しかし今は横山に喜ばれる選択は絶対に取りたくない気持ちになっている。

篠「それは役員会の決定か」

横「もちろん」

篠「いつからだ」

横「明日からだ。首都圏特販部の第一回目の営業実績を出すまで、もう三週間しかないのだぞ。残り少ない日々の三日も無駄にしてしまう」

仕方ない。言うとおりにするしかない。出社しなくてもウチでもやれる仕事はいくらでもある。

首都圏特販部の部屋に戻り、もう一度部員を集めた。そこでおれが「住宅情報ウイークリー」事件の責任を取って三日間の出社停止となったと伝えると、皆の中からどよめきが起きた。

その後、部長会議をした。

皆に口頭で営業実績の経過報告をさせた。

客との折衝が継続中のものは、各部とも少しずつあるが、見通しの明るいものはごくわずかでしかない。そして販売実績は今までのところ皆無である。一軒の分譲住宅も、一室のマンションも、ビルのワンフロアも売れていない。市況が冷えこんでいるのは言わずもがなだが、その上、首都圏特販部に独自に値引き権がないからだ。肝心なところで話を中断して役員会の決裁を待たなくてはならない。これでは客に逃げられるに決まっている。

値引き権のことだけでも出社停止になる前に上岡か社長と話を決めて欲しいと強く言われた。そこで午後一番に、まず営業本部に行って上岡と話をした。

こいつが相手では埒が明かないのは分かっていたが、ものの順番だ。思ったとおり彼は言を左右にして、当事者能力のないのは歴然としていた。

話している最中、異変が生じた。

営業本部の電話が次々とひっきりなしに鳴り始めたのだ。全部で三〇本以上もある電話はすべて話し中となり、一本が切れるとすぐ次の呼び出し音が鳴った。部員の三分の一ほどしかいなかったので、いくつもの電話は取る者がなく鳴りっ放しとなった。部屋じゅうが騒然となった。

おれと上岡は本部長席の脇で立ち話をしていたのだが、そのけたたましさに話がしにくい状態となった。上岡が、

「一体どうなっているのか」

と受話器を握っていた部員の一人に聞くと、彼は上岡を手招きした。上岡は近寄った。部員は小さな声で話したが、かすかにおれにも聞きとれた。

「お客の引合いです」

これみんなか？　と上岡が聞いたのだろう。

「多分そうです」

どうしてこんなことに？

「…………」

その声はそれまでよりずっと小さくて聞きとれなかったが、部員がおれにちらっと走らせた目付きと口の形で分かった。

「住宅情報ウイークリー」と彼の口の形は言っていた。

「本当か？」

上岡の声が大きくなり、振り返っておれの方を見た。慌てた表情だった。

おれはすぐに近くの席で鳴り続けている受話器を握り、

「はい、三有不動産営業部です」

と答えた。上岡が止めようとしたがもう遅い。

「あのお、『住宅情報ウイークリー』で見たんですが、ドラゴンマンションについて聞きたいのですが……」

「どんなことでしょうか?」

そこまで話したとき、上岡がおれの受話器を横どりして、

「よその部の営業やれるほどゆとりがないだろう」

と言った。

おれは反論せず、すぐに廊下に出てエレベーターを待たず、階段を駆け上って首都圏特販部のフロアに行った。そこも電話の洪水だろうと思っていた。ところが部屋はしんとしていた。意外に思いながら皆に言った。

「おいみんな驚くことがあるぞ。いま営業本部の電話はすべて鳴りっ放しだ。部屋にいる奴だけでは取り切れないほどだ。全部、『住宅情報ウイークリー』の記事を見た客からのものだ」

「本当ですか?」「まさか」などと言って部屋にいた者が立ちあがった。

「しかしなぜここのは鳴らないんでしょう」

南野と花沢が寄ってきて言った。おれは思いついてデスクの上の「住宅情報ウイークリー」を拡げた。それで分かった。記事の中に三有不動産の住所と電話番号が載っているが、それは営業本部の代表電話となっているのだ。

おれはそのことをそこにいた全員に言い、自分の目で確かめたい者は下に様子を見に行くように言った。

二人の部長を先頭に大半が出て行き、しばらくして戻ってきた。

「上岡常務に追い返された。部屋には社長をはじめ数人の役員がいた」

おれは花沢と南野を伴い、営業本部に降りていった。役員の中に横山はいなかった。おれは社長と談判した。以下の如し。

篠「今朝『住宅情報ウイークリー』の件で処分を受けたが、こんなにその効果があったのに、処分されなくてはいけないのか」

菊「当社の名誉を傷つけたこととこれとは別だ」

篠「どこも名誉なんか傷つけていない。この電話がその証拠だ」

話の途中で南野に言った。

「ウチの部員で手の空いているものを全員ここへ来させてくれ。電話の応対に助っ人するのだ」

「それは困る」

と上岡が言ったがおれは社長に、

「このまま電話に出ないわけにいかないじゃないか。お客に迷惑をかけてしまう」

と言って強引に了解を取った。南野が出ていくときその背中に、

「元々はわれわれが受けるべき電話なんだからな」

と大声で言ってやった。

三分後には首都圏特販部の十数人が降りてきて、鳴りっ放しになっている電話を次々と取っていった。

そのほとんどが「住宅情報ウイークリー」で見た物件について話を聞きたいとか、パンフレットを欲しいというものだった。首都圏特販部の部員が電話を受けたものは、われわれが担当して、営業活動をするということを上岡に了承させた。

電話ラッシュは四時すぎまで続いて一段落した。お客の忙しい時間帯になったのだろう。その後、そこにいた社長と値引き権の話をした。

篠「首都圏特販部にも営業本部と同様の値引き権をください」

菊「そうはいかない。両者は違う方針で運営されている」

篠「現場の担当者に値引きのめどがなければ、今の不動産が売れないことは分かるだろう」

菊「それはそうだ。早急に検討しておく」

篠「これまでもそういう答えばかりを聞かされてきた。値引き権なしに営業をやれというのは、なにもやるなというのに等しい。二月一日の社長の言葉とは矛盾すると思う」
菊「だから、早急に検討する。今度は今週中には答えを出す」
さらに話を詰め、ともかくおれの処分は一時保留という形で棚上げになった。

夕方、外出から帰ってきた滝川にこの件を伝えると、

「馬鹿野郎が」

と言って会心の笑みを浮かべた。


篠田に電話ラッシュと値引きの話を伝えられ、いかにも初めて聞いたように喜んだ滝川は、電話についてはすでに知っていた。知らなかった振りをしたのは、それを教えたのが春子だったからだ。なんとなく、それを話すことがためらわれた。

その日、昼過ぎに社を出た滝川はまず「住宅情報ウイークリー」編集部に行き、原俊子に昨日のことを詫びた。

「原さんの言うとおり、記事そのものに悪意がないことはよく分かった」

滝川がそう言うと、「そうでしょう」と彼女は笑った。当然でしょ、という気持ちと、滝川の率直な詫びを意外に思う気持ちとが入り混じった笑いだった。

「あたしはプライベートと仕事とは一緒にしないんだから……気に入らないのは、左遷集団ってとこでしょう」

「分かっているんだ」

「あれは怒られると思ったわ。でもああ書かないと記事にならないですもの」

「それで、あそこだけ次号で訂正と謝罪してくれないですかね」

ちょっと首をかしげ、

「訂正だけならいいわ」

「謝罪も頼みますよ」

「だってあそこは編集部の観測のところなんだから、謝罪ってのはよっぽど大変な事実誤認とか……、いいじゃない足して二で割りましょう」

仕方なく彼女に押し切られた後、滝川は川崎《かわさき》の電子部品メーカーのオーナーを訪ねた。マンションの有力見込み客である。早いところ見込み客から本物の買主としたいと焦っていた。しかし話は進展しなかった。彼は本題にあまり触れず、延々とよその物件の話をした。まだ相場は下がると見ているのだ。

その後、帰社の途についたが、電車の中で今村春子のことが頭に浮かんだ。二人だけで話してみたい気持ちがしきりとした。昨日の今日だが、今夜ディナーの約束を果たそうという気になった。

東京駅のプラットホームで公衆電話を使った。プッシュボタンを押しながらちょっと胸騒ぎのようなものを感じた。

「ああ、部長」

春子は屈託なく言った。滝川がディナーについて言いかけると、

「部長、すごいんですよ。今、営業本部の電話が鳴りっ放しになっているんです。『住宅情報ウイークリー』ですよ。あれ読んだ人から次々と問い合わせがあって、首都圏特販部の人も皆三階に応援に行ってます」

本当か、と思わず声が上ずった。

「ええ、なんだか三階はテレフォンショッピングの受注センターになったみたいです」

「今、東京駅だがすぐ帰る……春ちゃん、ディナーの件だが今夜どう？」

ためらいを押しきり辛うじてそう言った。一瞬、言葉が途切れたが、

「この間のパイでもうお礼は結構ですよ。そんなに何度もじゃ申しわけないですも

の」

春子は早口で言った。

「でも、こっちはそのつもりなんだ。そうじゃなきゃ気が済まない」

「だけど……とにかく今夜はちょっと用事もありますし……」

電話を切ってから滝川はふーっと溜息《ためいき》をついた。春子は自分とのディナーを迷惑に思っているような口調だった。気が抜けたみたいにがっかりした。


首都圏特販部に戻り篠田の話を聞いた滝川は、そのまま自分の席に着いた。

首都圏特販部は長方形のオフィスの一角が会議室で埋められ、デスクの並んでいるフロアは変形のL字形になっていた。

篠田のデスクのある奥の位置から一部、二部、三部、四部と並び、会議室の隣に曲がりこんだ部分に、四部と庶務担当の二人と春子がデスクを置いていた。

滝川の席と春子の席はすぐ近くだ。

デスクに座るとき滝川はちらっと春子を見た。そのつもりはなかったのに、目が彼女を探してしまった。春子はデスクの上に視線を落とし、左手の指を折りながら何やら書きこんでいた。幼女の仕草のように見えた。その顔を上に向かせ、左右の大きさの違う目を見たいと思った。

滝川はこの数日溜《た》めていた顧客名簿の整理を始めた。見込み客との折衝の記録である。電話によるもの、会って話したもの、郵便物その他書類のやり取り、相手の希望はどうか、こちらの勧誘に相手がどう応じたか、克明に記録しておかないと、うっかり忘れて困ることがある。

名簿に神経を奪われていると、

「部長、いいですか」

部下の一人がデスクの傍らにきて言った。顔を上げるとき、視線が部下に到達する前に春子のデスクをよぎった。そこは空っぽだった。腕時計を見るともう五時を二〇分も過ぎている。かすかに落胆気分に襲われた。

「先日の手作りちらしのデザインを考えてみたんですが、これはいかがでしょう」

デスクの上に一枚の用紙が拡げられた。B四判の大きさにコピーされた文字やイラストが貼りこまれている。

メインキャッチフレーズが、「三有のマンション、分譲住宅に、お客様から電話の大洪水」となっている。滝川は思わず部下の顔を見た。

「おい、大丈夫かよ」

「だって本当のことですから……。あの場面は部長に見せたいくらいだったですよ。私も次々と電話を受けて、本当に興奮しました……すみませんでした」

小声で言った。何がすみませんなのかは、言われなくても滝川の心に滲《し》みた。

滝川はじっくりとそのプランを見てから言った。

「かなりいいじゃない。値引きの方も近日中に何とかなるということだから、そのことも書き加えたらいいだろう。しかしイラストだけはいただけないな。春ちゃんがうまいから頼んだらどうだろう」

「そのつもりです」

そのとき滝川ははっと息を飲みこむ思いがした。帰ったと思っていた春子が、三部の向こう側のドアを開け部屋に入ってきた。

「春ちゃん」

部下がすかさず春子を呼んだ。春子はこちらを見、ちょっと固い表情になって近づいてきた。

「春ちゃんに頼みたいことがあるんだがな」

部下が言った。

「このイラストだけれどぼくが描いても全然様《さま》にならない。こないだの春ちゃんの描いたの、とてもうまかったから、また頼みたいんだけど……」

「いいですよ」何気なく答えた。

「明日でいいですよね」

「ああ」

今日は残業はできないんだ、と滝川はさっきの電話の言葉を思いだした。

(何があるのだろう?)

事情が何も分からないのに、嫉妬《しっと》めいた気持ちが生じた。


「滝川くん、もう仕舞わないか」

頭の上から声がかかった。顔を上げると花沢だった。黒ずんで萎《しな》びたような顔をしている。

「今日は特別グロッキーだよ。あの電話のお陰でな」

どこかで一杯飲んで行こうとその黒い顔に書いてある。八時を過ぎていた。フロアを見渡しても、もう幾つかの席に人が残っているだけだ。

「帰りますか」

滝川は机の上をばたばたと片づけ、花沢の瘦《や》せた背中の後について歩き始めた。

「何がいいですか」

交差点の赤信号で待ちながら花沢が言った。

「どこでも……ああ、日本酒がいいな」

このところ飲むといえばウィスキーかビールだった。

花沢は交差点の渡ろうとしていた方向を変え、青信号が点滅し始めたのを小走りに渡った。

歩道に面した小奇麗な赤提灯《あかちょうちん》だった。

一〇人ほどのカウンターとその後に畳の席が二つ。花沢はその一つに上がりこんだ。

「まったく今日は痛快だった」

花沢はおしぼりで黒い顔を拭いながら言った。

「社長も常務もおたおたしていた」

「見たかったな」

「そうだよ、見るべきだった。君のお手柄なんだから」

「そんなこた、ないですよ」

「いやぼくらに先見の明がなくてすまなかった」

酒が出て、すぐに盃に注ぎあい真似事のように乾杯をした。追いかけるように焼鳥もきた。肉にも肝にも葱《ねぎ》にもかなりのボリュームがある。堅実な花沢好みの店だ。

「しかし、とりあえず電話かけてみたというのが大半だったよ。お互いご苦労さんですな、なんていうどこかの窓際族の励ましまであった」

そうだろうと思いながら、滝川は盃を口に運んだ。あの程度ですぐ商売になるのなら不動産不況などない。

「今月末に勝負が決まるな」

花沢が言うのを聞き、滝川はこの台詞《せりふ》は花沢らしくないと思った。いつもの花沢ならもっと持って回った言い方をする。滝川は苦笑ぎみに言った。

「勝負ですか」

「首都圏特販部の運命が決まるんだからな」

「一〇億円なんかとても届きそうもないな」

「君の所もか？」

「二部もですか」

「おれのところは月内にはせいぜい二、三件も決まれば、御《おん》の字だと思っているよ。うまくいっても四〇〇〇万円のが三口、一億円を少し超えるくらいでしょう……君のところはどうですかね」

花沢は滝川の盃に酒を注いだ。かなりピッチが早い。

「ウチもご同様ですよ」

「そお」

と花沢はなんだか満足そうな口振りだ。自分の部だけが成績が上がらないわけじゃないと、ほっとしたのかもしれない。その言い方に滝川は少し反発を覚えた。そのせいで言わなくてもいいことを言ってしまった。

「でも、もしかすると三億円くらいのが化けるかもしれない……」

「三億円、凄いじゃないの。何よ、それは」

花沢は自分の盃に手酌で酒を注ぎながら言った。

「まだはっきりしないのですが、某企業が厚木タウンズを社宅にどうか、なんて検討してくれているんです」

「へえ、凄いじゃない。何で黙ってたんだよ」

「いやまだどうなるか全然分からないからね。可能性は二、三割かな」

「厚木タウンズで三億円ということは五戸かい？　そりゃ豪勢だな。あそこの半分は捌《さば》けるってことだろう……某企業ってどこよ」

「もう少しはっきりするまで待ってください」

「いつごろ?」

「月末ですね。花沢さんの言った勝負が決まるころですよ。間にあうかどうかぎりぎりです」

「ふーん、篠田さんは知っているの」

「ちょっと言ってありますが、当てにしてませんよ、本部長は。あの人は五分五分以上の可能性がなけりゃ、計算に入れない人ですから」

「まったく羨ましいよ。はっきりしたら本当に教えてくれよ。たっぷり奢《おご》ってもらうからな」

第11章　大口商談

3月13日

土曜日だが、有志を募って出社してもらった。まだ電話の続きがあると思ったからだ。

八人ほど来たが、営業本部もかなり大勢出てきて、われわれが三階に入ることを拒《こば》まれてしまった。仕方なく帰りたいものは帰る、仕事したいものはするということにしたら、皆帰ってしまった。

おれも少し資料整理をやっただけで退社。思いついて、西武新宿駅前の碁会所で二局打って二勝。二段とサバを読んだのによく勝てた。このごろ実戦はやっていないのに、腕が上がったのだろうか。

3月15日

値引きについて、会社の最終判断が文書で出された。以下の如し。

「現在の出し値の八パーセント引きまでは、担当者の裁量に任せるがそれ以上のものについては、営業本部長と協議の上その都度決めるものとする」

これまでより改善された部分は、八パーセントの裁量権が認められたこと、「役員会の判断」ではなく「営業本部長との協議」となったことの二点だ。しかし、ウチの物件は出し値が高いので、八パーセントではあまり実質的な意味はないし、営業本部長との協議と言ってもその後ろにはバッチリ横山がいる。

会社は（いや社長は、と言おうか）首都圏特販部を、実際に商売に役立てようという考えには、ついにならなかったということだ。

おれたち自身で生き残るしかない。

今日はほとんどの部員たちが一日中外出していた。あの日、電話を受けた部員たちは、かなり沢山《たくさん》のアポを手帳に書きこむこととなったからだ。電話営業もダイレクトメールも、当分休みにしてもいいくらいだ。

スパイへの餌《えさ》はとにかく撒《ま》き終えた。

一体あのリストの中の誰がその餌を横山まで運ぶだろう。しかしスパイが見つか

る前に、首都圏特販部の方が空中分解してしまうかもしれない。黒木《くろき》に無理を言ったら、一二
近いうちにドラゴン21の一室が成約になるはずだ。一二なら上岡を脅しても引かせる。こ
パーセント引いたら買うと言ってくれた。花沢の守備範囲ではないが年功序列も大切だ。こ
れは花沢に譲ってやるつもりだ。
彼の人脈で売れたことにすれば、守備範囲もへったくれもない。これでようやく
六〇〇〇万円。

しかし黒木がこんなに成功して、金持ちになるとは思ってもみなかった。小学校時代の成績なぞまるで当てにならないものだ。こっちは頭から三本の指に入っていたのに、黒木は確か尻から三本の指だ。

おれも勉強なんかしないで囲碁に打ちこんだ方がよかった。ごまかしのきかない囲碁の世界なら、横山のようないんちき野郎に頭にくることもなかったろうに。


「おれたち自身で生き残るしかない」

奇妙に右にかしいだその文字を見たとき、秀子は声をあげて泣いた。

初めは二階の太郎を気にして声を殺していたが、とうとう我慢できなくなり、声を

殺していた分、余計に大きな泣き声になった。

はっと気がついてセーターの袖口《そでぐち》を噛《か》んだが、嗚咽《おえつ》の衝動が次々と体の奥から込みあげ秀子を揺さぶった。

あなた、強い人だったじゃない、あんなことで負ける人じゃなかったじゃない。

あのころ、秀子は夫がそれほど悩んでいるとは気がついていなかった。夫がそんなことで悩むような人とは思っていなかった。

太郎の受験のことばかりが頭を占めていた。商学部とか法学部のような普通の大学なら、日本列島の外れにある学校に行きたいと言われても驚かなかったろうが、美術学校となると秀子にも心の準備がなかった。

最初は不安で気が進まず、普通大学に行って余暇に絵の勉強したらいいだろうと勧めたが、太郎の意志は固かった。夫に相談しても、「それじゃ食えない」などと型どおりの反対しかしてくれなかった。もっと力強く説得して欲しかった。太郎を、じゃなく秀子自身を。秀子の方がしっかりと反対されたかったのだ。「だから美術学校なんかダメよ」と太郎に言えるものが欲しかった。

それとも本当は夫もそれほど反対ではなかったのだろうか？　こんなに碁打ちに憧《あこが》れていたのなら絵描きにだって理解はあったのだろう。

夫のいないところで太郎に、

「父さんどうだった？」

と聞かれた。身長が一メートル八〇センチもあるから、声は秀子の頭の上から雷鳴が降ってくるようだ。

「……考えておくって」

「なにを考えるんだよ」

「そりゃ、誰だって考えますよ」

「別に父さんにも母さんにも迷惑はかけないよ」

「迷惑のことなんかじゃないの、母さんも父さんも、お前が後で後悔しないように考えているのよ」

「そんな必要ないさ、おれが自分でいいんだから、いいじゃない」

「一度、自分がいいと思ったことがいつまでもそのとおりなら、世の中、不幸な人なんていないわ」

秀子の声が少しきつくなり、太郎は反論しなかった。

「太郎、後悔しない？　ちゃんとした絵描きさんになれる人なんか一握りなのよ」

「いいよ、ダメなら、学校の先生でも、サラリーマンになっても」

（まったく）

と、声には出さないが、秀子は息子の覚悟の軟弱さに呆れてしまう。せめて石に齧《かじ》りついても頑張るとくらい言えないものか。あのたまらないくらい頑固な洋の息子とはとうてい思えない。

でも頑固で強靭《きょうじん》な意志を持っているからって、人生を幸せに生きていけるとは限らない。頭の中で夫と息子を比べたら、秀子はたちまちそういう結論になってしまった。

四つ年上の夫の言うことが丸ごと正しく思えていたのは、秀子が三〇歳になるくらいまでだった。それまでは確信に満ちた物言いが頼もしく見えていた。惚《ほ》れぼれすることもあった。しかしそのころから、そんなに自信家なのも、いいことではないと思うようになった。世の中正しいことは一つと決まってはいないのだ。

横山と夫の間の確執について、夫が詳しく話したことはないが、深酒をしたときなどぽろりと口からこぼれることがある。

（横山さんにしてみれば、夫はきっと可愛くない部下だったに違いない）

と思うこともあった。秀子も時々夫の信念の被害者になった。

仕事をさせてくれないことが、秀子にはもっとも不満だった。

太郎が中学に行くようになってから、母親稼業はすっかり暇になった。テレビのワイドショーを見たり、太郎の小学校のときのPTAの仲間とレストランかなんかでお喋《しゃべ》りしたり、時にはカルチャー教室のようなところに行ったって、なんだか時間を浪費している気がしてしまう。

「なんで仕事しちゃダメなの」

と何度か聞いたが、

「昔からおじいさんは山で柴刈り、おばあさんは家で洗濯と決まっているじゃない」

などとふざけた答えが返ってきた。

家じゃなく川でしょう、と反論する気も起きなかった。こう言い出すと断固としてダメなのだ。夫は少なくとも三年くらいは考えを変えない。

首都圏特販部に配転になったのをきっかけに、まだ三年も経《た》っていなかったが、その話を蒸し返してみた。今度も反応は同じだった。

もうこうなったら同意を得ないでやってしまうまでだ、と思うようになっていた。まさかそんなことで離婚話にまではならないだろう。秀子はれっきとしたキャリアウーマンの友達の佳子《よしこ》に頼んだりして、仕事を探し始めた。

すぐに見つかった。佳子の勤めている——百貨店のモニター。仕事らしい仕事ではないが、初めはこんなところからでもいいと思った。

3月16日

黒木の件が決まった。

さすがに上岡も横山も、営業本部で二〇パーセント近く引くこともあるのに、首都圏特販部の一二パーセント引きを認めないわけにいかなかった……？　それよりもこのままで行けば、一〇億円の商売ができるはずはないと安心しているに違いない。

すぐに花沢を「ポニイ」に呼び、この商談を彼のものにするように伝えたところ固辞された。喜ぶと思っていた。花沢がそんな堅い奴とは思わなかった。

そこで柳田に扱わせることにした。柳田は、

「三部の皆のために有難くいただきます」

と言ってくれた。

「住宅情報ウイークリー」を見て連絡してきた中からも幾つかいい反応が出ている。

しかしあと二週間で一〇億円は絶望だ。そこまでいかなかったら、会社はどう出るのだろうか。本当に我々全員に解雇を迫るつもりだろうか。それとも半分もいけば、許容範囲なのか。

滝川の社宅の件、固まりつつある。これは大口だから、気をつけないと横山の妨害が入る気がする。先方はディスカウントの「パスぽーと」チェーンを経営する横浜商事。そのことはまだおれと滝川しか知らない。

滝川が春ちゃんに関心を持っているようだ。しかと証拠を見たわけではないがそう感じられる。あの日以来だ。面倒臭いことにならなければいいが……あんなことを春ちゃんに頼むのではなかったか？

3月17日
ドラゴンがまた一件決まった。「住宅情報ウイークリー」関係のものだ。三部のA君が担当。これも一二パーセント引き。ここまではどうやら既得権になった。

昼過ぎ、外出から帰った滝川に呼ばれ、「ポニイ」に行った。滝川は第一声、

「横浜商事いけそうですよ」

と嬉しそうに言った。

「どんなところまで行っているんだ」

「値段を一五パーセント引くことと、内装の若干《じゃっかん》の改装でいい」

「若干とは？」

「一戸あたり一〇〇万円程度です」

「それなら了解すると思う」

「本部長も横浜商事に一緒に行っていただけないか。先方も社長が出ているのだから、こちらも本部長が会った方が向こうは喜ぶ」

「必要ならいつでも行く」

これが決まれば売上げが一〇億円に届かなくても、首都圏特販部を解散しておれたちを解雇に追いこむことはできまい。

問題ないと滝川には言ったが、会社に一五パーセントプラス一〇〇万円（トータル一七パーセント程度）を飲ませられるかどうか、可能性は三分くらいだろうか。

おれたちを追い出したいのなら認めない、売上げが欲しければ認めてくる。

3月18日

滝川と一緒に横浜商事に行った。

この不況下でも業績のちっとも落ちない安売りチェーン店パスぽーとの本社だ。都下の町田市《まちだ》が創業の地だが、この数年で東京郊外と神奈川県下に二〇ほどの店を展開した。社長の鹿児島三郎《かごしまさぶろう》は驚くほど小柄で、一五〇センチぎりぎりしかないように見えた。

その分、横幅はかなりあり、小柄をカバーするように髪を伸ばし、総髪にしていた。

彼もお喋りだった。ジャストタイムの小中を思いだし、嫌な予感がした。

およそこんな会話になった。

鹿「急成長したので幹部社員が足りない。どんどんスカウトしているのだが、スカウトしやすくするために上等な社宅を完備したい」

篠「上等は請《う》け合うが、五戸で間にあうのか」

鹿「間にあいはしないが、それはおいおいということで考えている。ディスカウントだから、コストを極力圧縮したい。本当だったら中古とも思ったが、いま相場はほぼ底にきていると思うので、資産形成という意味で新築を買っておくことにした。厚木はウチのチェーンの中心部にあるので社宅としてはちょうどいい」

篠「どうせなら五戸なんかじゃなくウチの厚木タウンズ一二戸全部買ったらどうだ」

鹿「それは金がかかりすぎだ」

篠「ローンがつくのだからお宅の負担はそうかからないだろう」

鹿「それなら三〇パーセント引くか」

篠「そうはいかない」

しばらくあれこれ押してみたが、その気はなさそうだった。そのあと雑談の中で鹿児島がディスカウント商売の秘訣を語った。

鹿「この商売は仕入れが命だ。私は二四時間、全国の流通ネットワークを見張っているつもりだ。やれあそこで倒産があったと聞けば、債権者より早くありったけの現金をもってすっ飛んで行き、札束でほっぺた叩いて倉庫の中の品物を安く買ってくる。メーカー専属の卸《おろし》にだって欲張りな奴がいて、表向きはウチには売らないということになっているが、大量に買うとなれば、内緒でびっくりするほど安く卸してくれることもある……だからいつも夢の島のゴミの山くらい沢山の商品在庫があり、その倉庫に困っている。ウチが伸びたときにバブルで不動産価格が急上昇したから、いい場所に倉庫を持てなかった。埼玉にデカいのが二つもあるのだが遠くてかなわない。売ってこっちに買い替えたいのだが、これだけ相場が下がってはみすみす損をしてしまう」

篠「そりゃそうだ」

と言いながら、おれには何か方法があるような気がした。そこで言った。

篠「倉庫の件もウチに任してくれませんか」

鹿「どういうことだ」

篠「埼玉の倉庫をいい値段で売って、町田近辺にお宅の希望にあったものを見つけてあげる」

鹿「うまくいけばこっちも有難い」

とにかく一五パーセント引きと内装の変更さえすれば、厚木タウンズの東翼の五戸は販売するという口約束を交わして横浜商事を後にした。

夕方、横浜商事の条件を上岡と相談しようとしたが、上岡は外出中、社に戻らずそのまま帰宅する由《よし》。仕方なく横山のところに行ったが、話しかけるとたんに、

「それは上岡くんを通してくれ」

と言われてしまった。これでまた一日損をする。

横山の部屋から七階に戻るとすぐに、南野がやってきた。

「ジャストタイムは結局ダメです。冷やかしです。オフィスはいいから倉庫が欲しいなんて言い出している」

それを聞いたとき、さっきの鹿児島の言葉を思いだした。ジャストタイムの店は一七号の沿線にある。埼玉に倉庫を持てばぴったりだろう。

ジャストタイムにパスぽーとの倉庫を買わせ、パスぽーとには神奈川県下に倉庫を新たに見つければいいことになる。

これがうまくいけば首都圏特販部の売上げにはならなくても手数料をかなり稼げる。

南野に可及的速《すみ》やかに小中とアポを取るように言った。またホラ話かもしれないが、いちいち当たって確認するしか手はない。

今日もドラゴンが二室契約できた。一つは「住宅情報ウイークリー」関係、もう一つは赤羽《あかばね》で撒いたちらし関係である。

両方とも一二パーセント引きである。もう一二までは大丈夫だ。

帰りに滝川を誘おうとしたが、もう帰ってしまっていた。張合いのない奴。一人で区役所通りで飲んだ。酒を二合徳利二本。それから国分寺《こくぶんじ》でも少々。家の近くまで来て飲んだことなんか滅多にない。

靖国《やすくに》通りを走るように大股で歩いていた滝川は、息を荒くしてその本屋に飛びこんだ。店内は会社帰りらしい人々で、奥が見えないほど混雑していた。

滝川は背伸びしたり腰を屈《かが》めてのぞいたが、目当ての人は見つからなかった。仕方なく人の間をかき分け奥に進んだ。

雑誌のコーナーを越え新刊書のコーナーを過ぎ、そこから右に折れ曲がった文庫の本棚の前にその人はいた。

みじろぎもせず一冊の文庫に読みふけっていた。

(何を読んでいるのだろう)

そのページをのぞきこもうとしたとき、その人は滝川の気配に気がついた。

「ああ、驚いた。痴漢かと思った」

振り向き、きっと睨みつけるように向けた目を瞬時に和らげたのは今村春子だった。

「ひどいな、痴漢はないだろう。何読んでいるかと思ってね」

「嫌ですよ、そんなの。わたしの教養の程度が分かっちゃう」

「悪い、悪い」

と滝川が言うと、春子はいたずらっぽい仕種《しぐさ》で、手にしていた文庫の表紙を滝川にちらっと見せた。

澤地《さわち》久枝《ひさえ》『あなたに似た人』

と読めた。

著者の名前くらい知っていたが、彼女がどんな作品を書いているのかさっぱり分からなかった。

もう一度、人込みを縫って表に出た。

「ディナーって言ってたけれど、フランス料理じゃなくてもいいよね」

「ええ、おいしいものなら何でも」

本屋からそれほど遠くない雑居ビルの入口に滝川は入った。そこから直に二階への階段が始まっている。階段を上がるとすぐに赤い安手のカーペットを敷き詰めた玄関があり、女たちが「いらっしゃいませ」と声をかけてきた。その一人が、

「あら、滝さん、お久しぶり」

と親しげに言った。

「まだいたのか」

滝川も気楽に応じる。

広い廊下に面して幾つかの小部屋があったが、その一つに通された。座るとすぐ滝川が言った。

「しゃぶしゃぶがいい？　それともすき焼き」

「すき焼きは家でも食べれるからしゃぶしゃぶがいいわ。しゃぶしゃぶ食べると、なんだかとても贅沢《ぜいたく》したような気になるんです。いままで何回食べたかな」

春子は視線を天井の方に向け、一回二回と指を折って数え始めた。それが滝川に

は、はっとするほど愛《いと》しく思えた。滝川はもう自分の春子に対する気持ちをはっきりと自覚していた。それを春子に気付かれないようにと自分に言い聞かせた。

「この間の電話ラッシュの話には驚いた」

滝川が言った。

「本当ですね。でもいい気持ちだったでしょう」

「………」

「みんな目が覚めたんじゃないかしら」

「まあ、無理もないさ。左遷集団ってやられたんだからな」

「だって事実なんだし」

「春ちゃん、けっこう過激だな。それならぼくも左遷集団の一員だ」

「こんなこと言うと失礼ですけど、前はそういう人かなと思ってました」

「ぼくも自覚がなくもなかった」

「だけど、全然そうじゃなかったですよ」

「あのね、春ちゃん、病院に行ったことあるだろう」

「………」

「どこか具合が悪くて病院に行く、ああ、おれもずいぶんくたびれちゃった、年とったななんて。ところがああいう所へ行くと、年寄りとか本当の病人とか大変な人ばかり来ていて、それを見るとこっちが具合悪いなんて言ってるの馬鹿みたいに思えてきちゃう。なんだおれは病気じゃないじゃないかって、病院に行っただけで元気が出てしまう」

「もしかしてそれってわたしより過激なことを言ってません……あの人たちの方が部長よりずっと重病だって言うんでしょう」

「当たりっ」

「ひどおい」

そうか、ひどいか、と言いながら、滝川は体の奥の方から嬉しさが込みあげてくるのを感じていた。その会話がそれほど楽しかったわけではない。春子が目の前にいることが、何でもかんでも楽しく思わせている。

滝川は前の会社にいるときの話をした。

その時にはかなり一所懸命仕事に打ち込んでいて、だからこそ三有不動産に引き抜かれた。だけど、転職して五年経ったころから、なんとなく仕事を思いきりできない立場に追い込まれてしまった。三〇代半ばまでは思う存分に現場の仕事さえできればいい、ところがそれを過ぎると組織のなかに肩書を得ないと仕事がしにくくなる、張合いもなくなる。途中入社した者にはその肩書がスムーズに与えられなくなる。そこで自然と仕事に力が入らなくなる。

滝川は早いピッチで酒を飲みながら、こんな話をした。今まで誰にも話したことのない滝川の内心だった。

「男の人って大変ね、出世しなくちゃいけないんだから」

春子は桜色の肉片を湯の中でヒラヒラと泳がせながら言った。その言い方を滝川は好ましく思った。この年で、独身で、中年男だらけの首都圏特販部の事務をとっていて、大変なのは、春子の方かもしれない。しかしひとまず他人の大変さを口にする、それがたしなみというものだろう。

「もう出世どころじゃないさ。皆、自分の職場を守り通すことで四苦八苦だ」

その時、春子が口の中で小さく言った。よく聞きとれなかった。

「なあに？」

「わたし、今度、結婚するんです」

その言葉の意味がすぐに滝川の頭に入らなかった。春子は何気なさを装っているが、その表情は今までの伸びやかさを失っている。

「どうして？」

滝川はやっとそう言った。

「どうしてって……もらってくれる人がいたから」

「何を言ってるの。春ちゃんなら、誰だってもらうじゃないか」

そんな、と春子は失笑した。

滝川は言葉を失い、手酌で盃に酒を注いだ。その手元を春子はじっと見ていた。滝川はひと口でそれを空け、もう一度注ぎながら言った。

「誰と結婚するの？」

「誰とって、普通の男の人ですけど」

「恋愛？」

「…………」

「お見合い？」

「部長、お祝い、言ってくれないんですか」

「……おめでとう」

滝川は一瞬、とまどってから吐きだすように言った。それから慌てたように、

「ああ、やっぱり取り消すよ。おめでとうなんて言わない」

駄々をこねる子供の口調だった。

春子は黙りこんだ。部屋には湯のたぎるしゅうしゅうという音だけがした。かなり経ってから春子が口を開いた。

「わたし、結婚して、会社辞めて、子供作って、奥さんでお母さんになるのが、夢だったんです」

「その男に惚れているの？」

「……ええ」

「嘘だろう」

「………」

「顔に嘘だって書いてある」

「部長、ずいぶん酔いましたね」

「まだ、序の口だよ」

という滝川の口調はかなり怪しげである。

「もう帰りましょう」

と春子は腕時計を見た。

「ぼくはまだ帰らない」

「そんなこと言わないで」

春子は子供をあしらう口調になる。こちらもかなり飲んではいるのだ。

「それじゃ、わたし一人で先に帰らせてもらいますよ」

「冷たいな」

「だってこれ以上部長が酔ったら、なんだか大変なことになりそう」

「そいつ、幾つ？」

「……………」

「幾つさ？」

「いいでしょう、幾つでも」

「爺か」

「失礼ですね。部長より若いですよ」

「三九歳か？　……三八歳？　三七歳」

滝川はむきになって自分の一つ下から順番に年齢を数えあげたが、春子は答えようとしなかった。

「……………」

「春ちゃん、惚れてもいない男と結婚なんかするなよ」

「他にいい男が幾らでもいるだろう」

わたし、お先に失礼します。そう言って春子は立ちあがった。滝川は胡坐《あぐら》のまま春子を見あげた。酔いのせいか春子の白眼に朱がさしている。春子も滝川も口を開きかけたが、何も言わなかった。

滝川は盛《さか》り場《ば》を外れの方へ外れの方へと歩いていた。足取りが覚束《おぼつか》なくなっている。

もう春が近いというのに冷たい風が音を立てて街路を吹き抜けていく。滝川にはその風が体の中を吹き抜けていくような気がしていた。襟元《えりもと》を掻《か》きあわせても体が寒い。

すれ違った男の肩が滝川にぶつかった。

「なんだよ、この野郎」

滝川がいきなり怒鳴った。二人連れだった。顔を見あわせてふふっと笑った。次の瞬間、背の低いがっちりした方が滝川の左頬にストレートパンチを入れた。がつんと鈍い音がし滝川の目から火花が飛んだ。痛みはそれほど感じなかったのに、滝川は腰が抜けたようにその場にゆっくりと倒れこんだ。

コートの襟をつかみ男が滝川を立たせた。

「おやじ、喧嘩《けんか》売っといてすぐにお寝んねはないだろう」

「喧嘩を売ったのはそっちの方なのに……」

皆まで言わないうちに次のパンチが今度は腹に来た。滝川は思わず両手を腹に添えた。同時に口から今たらふく飲んだばかりの酒をピューと吹き出した。

男は体をかわしたが酒を浴びた。

畜生。男は腹立ち紛《まぎ》れに回し蹴りの要領で滝川の尻を思いきり蹴飛ばした。滝川は自分が吐いた酒の上にスローモーションフィルムのようにゆっくりと頽《くずお》れた。

第12章　スパイ

3月19日
今日も厚木タウンズの値引きの件、横山と話ができなかった。横山も上岡も逃げ回っている。逃げ切れると思っているのか。

22日、話にならなかったら社長に直訴してやる。

朝、南野に小中に連絡を入れさせたら、

「すぐに会社に来てくれ」

と言われ慌てて訪ねた。

今日は待たされることなく社長室に通された。倉庫用地について相談したいと言ったので飛びついてきたのだ。

以下のようなやり取りとなった。

篠「いい倉庫があります」

小「どんなものか」
篠「二棟に分かれるが、埼玉県の与野《よの》市の外れだ」
地図で該当場所を示した。
小「面積は？」
篠「敷地は1000坪、延べ床面積で1500坪、鉄骨製で警報システムもついている」
小「賃料は？」
篠「賃貸じゃなく、買ってもらいたい」
小「幾らだ」
篠「売主の意向はまだはっきりしていないが、相場からいくと両方で五億円前後だ」
小「そんな金はない」
篠「幾らだったら買うのか」
小「考えてなかったから今すぐには答えられない」
南「この前、倉庫が欲しいと言っていたじゃないか」
小「こんなにすぐとは思っていなかった」

小中は駆け引きをしたが、思ったとおり中央ビルを勧めたときよりは、よっぽど関心が強かった。脈ありだ。

話を前向きに継続状態にしたまま帰ったが、横浜商事の鹿児島氏と早くネゴしなくてはいけないので、早速、滝川を横浜にやることにした。おれが同行すれば、値引きに関するはっきりした回答を持っていく必要があるので、行かなかった。

滝川を呼ぶと驚いたことに左の頰《ほお》に、誰かに殴られたような青痣《あざ》があった。

「どうした」

「階段から落ちまして」

それ以上は追及しなかった。

しかしあんなに見事に青くなるものか。まるで映画の二枚目が殴られた時のメーキャップのようだ。こんな顔で客に会わせられるだろうかと迷ったが、鹿児島はそんなことを気にする人間ではないと思いなおした。

ドラゴンの20、21とも、それぞれ二、三件ずつ、話が進みつつある。二部が一番もたもたしている。

七時過ぎに滝川が帰ってきて、結果報告を受けた。鹿児島は、

「与野の倉庫を売った金で、1000坪の倉庫を町田の10キロ圏に入手できるなら、あっちは幾らでもいい」

と言ったという。

篠「四部の守備範囲でそれに該当するものはないか」

滝「早急に在庫物件を当たってみるが、ないと思う」

おれの記憶でもウチの物件にそんなでかい倉庫はなかった。たしか200坪くらいのボロ工場を、まだ更地《さらち》にせずそのまま持っているくらいだ。なければ探すまでだ。売るのと違って買うのはそう難しいはずがない。

この後、まだオフィスにいた数人を誘って飲みに出た。花沢もいたのだが、

「顧客名簿を整理しているので時間が取れない」

などと断りやがった。窓際族の代表だったのに、いつの間にかいやに働き者になった。

この時、篠田に誘われた滝川は、昨日の今日で体はあまり飲みたくなかったが、心

の方が誰かと一緒にいることを求めていた。春子が婚約したというショックが、心のどこか深い所で傷となり、たえず疼《うず》いていた。

滝川以外に三人の部員が篠田の誘いに応じた。

五人が会社の玄関を出たところで、滝川は忘れ物に気がついた。帰りがけに投函しようと思っていた客への資料を、デスクの上に置きっ放しにしてある。

「先にぶらぶら行っていてください」

と言うと、

「いつもの『酔虎伝』に行っているよ」

篠田が言った。

首都圏特販部のドアを開け、がらんとしたオフィスを自分のデスクに向かって歩き始めたとき、滝川はそこに誰かがいるのに気づいた。デスクの脇に屈《かが》みこんでいる。

(一体、誰だろう? 何をしているのだ)

人影が立ちあがって、何気なく滝川の方を見た。花沢だった。

「花沢さん」

そう声をかけたときは、滝川はまだ平静だった。花沢はその場に立ちつくしていた。自分を見る表情がいつもと違うことに気がついた。口元はこわばり小さな目は見開かれている。その手に何かを持っていた。

見慣れた営業日誌の黒い表紙が目に入った。花沢が自分の営業日誌を見ていたのだ、何のために？　頭の中で疑問が閃《ひらめ》き、一瞬の後すべてを理解した。体が震えた。

(花沢がスパイなのだ)

しかし、まさか。

そのためらいは花沢の態度によって吹き飛ばされた。

「いや滝川くん、ちょっとこれをお借りしようと……」

目を覆《おお》いたくなるほどしどろもどろになった。

滝川はぐるっと振り返ってオフィスを見回し、一部のデスクに二人だけしか残っていないことを確認した。それからゆっくりと花沢に近づいた。花沢はその場に根が生えたように動くことができない。

「花沢さん、どうしてそんな馬鹿な」

小声だが悲痛な口調になった。

「ちょっと確かめたいことがあったものだから見せてもらおうと……」

「ダメだよ、花沢さん。何でぼくの日誌を見る必要があるの。それにぼくはその引出しに鍵をかけていたんだから……。鍵はどうしたんですか」

言葉を失ったまま立ちつくしている花沢の顔も体も縮んで小さく見えた。

「横山さんに頼まれたのですか」

「…………」

「脅されたんですか」

花沢は、滝川の椅子に腰が抜けたように座りこんだ。生気の抜けた顔、半開きの口。

滝川も隣の椅子に座った。

その時、足音が響き、「お先に」と、残っていた部員が連れだって出て行った。首都圏特販部のオフィスには滝川と花沢だけになった。

「最初からですか」

花沢は答えない。滝川はその悄然《しょうぜん》とした姿に怒りよりも哀れさを感じた。問い詰めないで、花沢が自分から答えるまで待とうと思った。滝川は腕を組み、片方だけほどいた手で頬を押さえた。そのとたん頬に強い痛みを覚え、昨日の大立回りを思い出した。

「昨日、ちんぴらと喧嘩しましてね。すっかりやられてご覧のとおりのパンダみたいな顔になってしまった」

「…………」

「れっきとした中年になっているのに、若僧みたいにかっとして」

「…………」

「私だって自分のことを安全無事にコントロールなんかできはしない」

奇妙な音が滝川の耳に響いた。おやと思う間もなく、それが花沢の手元から生じていることに気づいた。花沢は震えているのだ。手にした営業日誌が、デスクの表面を小刻みに叩いている。

「すまない、申し訳ない……魔がさしたんだよ。恐かったんだ。このまま首都圏特販部がなくなって、三有から放り出されてしまうことが」

花沢は泣きながら言った。

「誰ですか？」

「…………」

「副社長でしょう」

「言えないよ」

「それじゃ済みませんよ」

「どうしても言えない」

「だって」と言いかけて滝川は質問を変え、

「いつからですか」

と聞いた。

「あの日……、アルバイトも雇ってくれないと宣告されたあの日……」

「……首都圏特販部の情報を教えれば、花沢さんはクビにはしないと……？」

花沢は観念したようにうなずいた。

「やっぱり副社長でしょう」

花沢は力なく首を左右に振った。

「それが副社長だと分かれば、篠田さん、いや首都圏特販部の存続にとってうんと有利になるんですけどね」

ダメだ、ダメだ、ダメだ。花沢は首を左右に振り続けた。

「変なところで仁義を通すんだな、花沢さん。スパイをしたことの方がもっと仁義破りなのに」

言葉の途中で、滝川の机の上の電話が鳴った。花沢ははっきり分かるくらい大きく体を震わせた。

滝川が受話器をとると篠田と同行した部員だった。

「遅いじゃないですか」

「ああ」と言って、滝川は思案顔になった。

「ちょっと客から電話がありましてね。先にやっていてください」

電話を切ると、

「ああ、おれはなんてことをしてしまったんだ。みんなに袋叩きにされてしまう」

花沢は悲痛な声を上げた。少し芝居がかって聞こえた。

「花沢さん、大丈夫ですよ。みんなには言いませんから」

「…………」

「みんなに言っても騒ぎが大きくなるだけで、いいことないでしょう」

「私のこと、怒らないのか？」

花沢は赤くなった目を向けた。

「……なんだか、そんな気がしないんですよ……。だって我々みんな本当にひどい目にあわされているんだもの。ここから抜け出られるなら、なんだってやる気になって不思議はない」

その時、滝川は唐突に春子を思い浮かべ、胸がきりっと痛んだ。昨日から気がおかしくなったかのように、何をしていても不意に春子の顔が頭の中に浮かんでくる。

居ても立ってもいられない気分になった。花沢の追及どころではない。

ガラス戸を開けると、奥の狭い座敷に篠田たちのいるのが見えた。

ああ、こっちこっち、と部員の一人が滝川に手を振った。

「遅くなりました」

滝川は篠田と部員の間に割りこむように座った。座敷に置かれた膳は四人用なので、隣に座った者同士の膝がぶつかる。ちょうど膳の真ん中で鍋が沸騰し始め、たっぷりの湯気が部屋に立ちこめてきた。

「客の電話って、なんだい？　いい話か」

篠田が言った。三人の手前か、いつもよりちょっと親分肌の喋り方をする。滝川はガスの火を弱めながら答えた。

「ええ、なんとドラゴンを五室まとめて買ってくれるって言うんですがね」

本当かい、篠田は思わずはずんだ声になった。

「ただし五割引きにしてくれと……」

なあんだ、と篠田は、そこで冗談だと気がついた。

滝川のグラスに篠田がビールを注ぎ、五人揃《そろ》って乾杯をした。

「首都圏特販部のサバイバルを祈念して」

などと大げさなことを言い、乾杯と大きな声を上げた。

「いよいよ明日だな。横浜商事の値引きの件、横山ときっちり話をつけてやる」

篠田が声に力をこめて言った。これもいつもより元気がよすぎる。奥歯を強く嚙みしめ、あごに筋の浮かび上がった篠田のたくましい横顔を見ながら、

(花沢のことを知ったら篠田はどうするだろう?)

と滝川は考えた。それを交渉材料として横山を責め立てるのだろうか。かりにそうしたら、横山の方はどう対応するだろう。恐れ入って、篠田の要求を受け入れるだろうか。いや、そうはなるまい。徹底的にしらを切りとおすに違いない。花沢が何と言おうと「そんなことは頼むわけがない」と言い続けるに違いない。その時、花沢は横山に依頼されたことを示す証拠でも持っているだろうか。

多分持っていないだろう。そして真相は藪《やぶ》の中になったまま、花沢一人が横山からも篠田と首都圏特販部の人々からも斥《しりぞ》けられ、孤立し、三有不動産を出ていかざるをえないことになる……。

(それでも篠田に言うべきなのだろうか)

滝川は迷った。その時また春子の顔が頭に浮かんだ。無意識に頭を左右に振ってそ

れを追い出そうとした。

「どうした滝川くん、疲れたかい」

「ええ、なにしろウチの本部長が人使いが荒いものですから……。まるで宅配便のように今日は東、明日は西と首都圏を走り回っているんですから」

「そのお陰でいい商売ができそうじゃないか。今もみんなと話していたんだが、横浜商事がうまくいけば、首都圏特販部は間違いなく存続できる」

なあ、と他の部員の方を見て、篠田はおっかぶせるような大きな声で笑った。そうですよねと、彼らは追従《ついしょう》笑いをした。まだ酒が彼らに追いついていない滝川には、その構図がちょっと息苦しいものに感じられた。

「花沢くんはまだ仕事していたか」

「ええっ？　ええ」

不意をつかれ口ごもった。

「連れてくればよかったのに」

「まだ何かやっていましたので」

「彼もよく働くようになったな。こんなこと言っちゃ悪いが、箸にも棒にもかからない奴かと思っていたのに、どうしてどうして見直したよ」

「本部長から見たら、ぼくだって箸にも棒にもかからない奴だったでしょう」

　滝川が言った。

「そうね、君は、仕事もさることながら、そのファッションだよ。こんな派手なネクタイしちゃって……。おれはお洒落《しゃれ》に関心を持っている男なんか、仕事ができるはずないと思っていたからな」

「そりゃないですよ、本部長。ぼくと幾つも違わないのに古いんだから……。住宅ってのは最新のファッションセンスで造らなきゃいけないんですよ。その営業マンならファッションだって……」

「分かってる、分かってる。そっちの方のセンスはおれもあるつもりなんだがな。どうも服装とか髪型にまでは気が回らない……。滝川くんなんか夜寝る前にパックかなんかしているんだろう」

　ずいぶん乱暴な冗談だと思ったのに、また三人が媚《こ》びるように笑った。仕方なく滝川も苦笑をつきあった。

「その点、○○くんなんか、野暮な格好しているじゃない。ぼさぼさ頭によれよれなコート、まるで刑事コロンボだ。惚れぼれしちゃうよ。おれはこういう奴を見ると仕事ができそうな気がするんだ。実際がどうかは言わぬが花だけれどな……これからだよな、××くん」

滝川は篠田の口調に無理を感じた。篠田も七年ぶりの上司を、しかも一遍《いっぺん》に五〇人もの部下を持つことになった上司を必死になって演じているに違いないと思った。

「本部長だって」と部員の一人が口を挟んだ。顔には機嫌のよさそうな笑みがある。「自分でどう思っているか知らないですが、結構びしっと決めているんですよ……。滝川氏と違ってフォーマルなお洒落をしているんです。つまりあまり仕事ができそうもないタイプということになりますよ」

「これを選んだのはおれじゃないの、背広もネクタイもYシャツも全部かみさんなの。おれ自身はこの背広の下の一七二センチ、六八キロ、たいして丈夫でもない体だけ。外見は皆女房の借りものよ」

今度は皆自然に笑った。

「そうだ」と篠田は滝川の方に顔を向けた。

「滝川くん、君、再婚しないのかい。いつまでも一人じゃ困るだろう」

滝川は答えず、グラスを口に運んだ。

「もてすぎて、相手を絞れないのかな。それも困るな」

やはり滝川は何も言わない。

「ああ、照れてる、照れてる」

篠田らと別れてからは、電車の中でも、ラーメン屋の屋台の前でも、しきりと春子のことが思い出された。停まる駅ごとのプラットホームの雑踏の中に、春子の姿があるような気がした。まるでガキだと自分に呆れたが、どうにもならなかった。

部屋に入るとまた春子の面影に取りつかれそうな気がした。その孤独感はもう勘弁して欲しいと思った。

鍵を開け、部屋に入った。奥の部屋からダイニングキッチンに明かりが洩れていた。出がけにつけっぱなしにしていたことを思いだした。

寝るにはまだ早い。部屋がおぞましいほど散らかっていた。滝川は着替えてから、畳の上に散乱しているゴミを両手ですくうように拾い、屑籠《くずかご》に放りこんだ。だらしなく広げられている新聞や広告を畳みなおし、部屋の隅に重ねた。缶ビールやジュースの空き缶を流しに逆さに出し、中身を完全に空にしてから燃えないゴミ用のビニール袋に入れた。

それだけやってからテーブルの前に座った。テレビをつけてちらちら見ながら夕刊を開いた。

意識が活字にもブラウン管にも集中しない。

(春ちゃんは本当に結婚するのだろうか?)

ふと疑問が湧いた。

(自分を諦《あきら》めさせるために嘘をついたのではないだろうか)

滝川はあの時の春子の表情を細部まで思い出そうとした。そうすればあの言葉が嘘か本当か分かると思った。

(わたし、今度、結婚するんです)

突然、春子の口から出てきた声の調子だけは思い出せる。しかし顔を思い出そうとすると、あの時の表情にはならない。いつも見慣《みな》れている笑顔になってしまう。

「ダメだ、こりゃ」

滝川はおどけて声に出してみた。自分の感情をいなすつもりだった。

本当に春ちゃんが婚約したとしても、それを破棄するというわけにはいかないのか。なんだか春子の婚約なんかいつだって破棄できそうな気がした。ほんの仮契約のように思えた。自分が本気で春子を口説けば気持ちを変えるのではないか。

「ダメだ、ダメだ」

もう一度口に出した。ブラウン管の中では誰かが歌っているが、こんな時にテレビなんかちっとも気持ちを紛らせてくれない。

立ち上がってキッチンのテーブルの前に座った。冷蔵庫からビールを取りだした。今日これ以上飲めば明日が辛くなる。少したためらってからグラスに注いだ。とことん酔っ払って寝てしまうしかない。

若いときと違って、この感情がいつか薄らぐ時が来ることは知っていた。しかしかなりの時間がかかると思った。

第13章　値引き交渉

3月22日

朝、横山が出社してきたのを見届け、すぐに副社長室に行った。滝川と南野を一緒に連れていった。横山も覚悟していたらしく、今日は逃げなかった。以下こんなやりとりとなった。

篠「横浜商事が厚木タウンズを五戸買うと言っている。ついては値引きを一五パーセント、内装変えの費用を一戸あたり一〇〇万円ほど認めて欲しい」

横「両方で幾らになるか」

篠「一七パーセントほどだ」

横「そんなに値引きはできない。マンション市場もそろそろ回復しつつある。先だっても業界の懇談会で、いたずらな値引き合戦に陥《おちい》らないよう申し合わせたばかりだ」

篠「しかし、最近のよその事情を見ると、東西不動産も昭和ハウジングも小山田工務店も、出し値を二〇パーセントほど割って販売しているようだが」
横「そんなことはない。それはやつらが出し値をふっかけているからそう見えるだけで、ウチは出し値そのものがぎりぎりなんだ。そこからさらに一七パーセントも引けない」
篠「ウチの出し値の方が高い」
横「そんなことはない」
とこれはしばらく水掛け論となった。
篠「いくらまでなら値引きするか」
横「それは今までと同じ一二パーセントが上限だ」
篠「しかし五戸分だ。三億円近い商売になる。一戸ずつの商売より余計割り引いてもよかろう」
横「一二パーセント以上割り引くと銀行が承知しない」
篠「私に銀行と交渉させてくれ」
横「それは越権だ。きみらはわしが冷たいと思っているかもしれないが、それは誤解だ。新聞を開けば毎日のように指名解雇や内定取消しのニュースばかりが載っている。そういう情勢の中で、ともかくも君らにチャンスを与えているということを理解して欲しい」

横山はとんだおためごかしを言った。こいつと話しているうちに、なんだか吐き気がしてきた。それほどおれは話に神経を集中していた。背水の陣の心境だった。連れていった二人も一言も口を挟まなかった。おれの勢いが激しかったからその隙《すき》がなかったと、後で二人とも言い訳していたが、おれの方もその時少しも二人の応援が欲しいとは思わなかった。

篠「こんないい商売は滅多《めった》にない」

横「一七パーセントも値引きして何がいい商売だ」

篠「一七パーセントなら御の字だろう」

横「そんなことはない。もう少し我慢していれば市況は上向く」

篠「どうしてもダメか」

横「どうしてもダメだ」

篠「それなら社長に直訴する」

横「社長だってわしと同じ判断だ」

篠「話してみなくては分からない」

横「君がわしを飛び越えて社長のところにいくのなら、わしにも考えがある」

篠「そう言われても実績を上げなくては、首都圏特販部がなくなってしまう。

　我々も生きるか死ぬかだ」

おれは南野と滝川を促し、横山の部屋を出ようとした。駆け引きではなく、本当に社長のところにいくつもりだった。

そしたら横山が我々を呼びとめた。

横「一二パーセントに内装費をプラスしたものを認めよう。それなら一四パーセントになるだろう。これが最大限の譲歩だ」

おれはそれでも社長の所にいこうかと考えたが、横山の提案に乗ることにした。社長に話してもその辺りまでのような気がした。とすれば、これ以上横山と争っても得になることはない。

首都圏特販部に戻ってから、四人の部長を会議室に呼んだ。

横浜商事の件とジャストタイムの倉庫の件を伝え、首都圏特販部の展望が結構明るいと皆に話した。

それを聞いても、花沢は憔悴《しょうすい》しきった顔をくしゃくしゃにしただけだった。どこか体の具合でも悪いのだろうか。

柳田も無感動に見えた。奥さんの具合がますます悪いことは、ついこの間も報告を受けた。首都圏特販部がどうなろうと嬉しい顔にならないのも当然かもしれない。

それから各部の報告を受けた。

一部の中央ビルは苦戦。近日中にテナントが入る見通しはない。中央ビルよりランクの高いビルが、軒並みかなりの空室を出しているのだからどうにもならない。

二部は鷲尾タウンズと与野タウンズがそれぞれ一室ずつ決まりそうだ。その他小規模なマンションの一室が成約になっている。うまくいけば月内に一億円くらいいくだろう。

三部のドラゴンマンションは「住宅情報ウイークリー」のお陰で一室売れ、幾つかの引合いが継続している。

四部は横浜商事しだいで、大きな商売となる。

花沢はこの日、篠田に会議室に呼ばれたとき、心臓が急に早く鳴りだすのを感じた。自分が首都圏特販部のスパイをしていたことを、滝川が篠田に告げたのだろうと思った。誰にも言わないと言っていたが、そんなこと当てにならないと思っていた。

滝川は前日、「横山に頼まれたのか、脅されたのか」と聞いた。もしそうだったら滝川に言うことができたかもしれない。しかし実際は花沢が自分から横山に申し出てスパイになったのだ。

あの日、アルバイトさえ雇ってもらえないと横山に宣言された直後、花沢は首都圏特販部の寿命は風前の灯だと確信してしまった。ノルマを果たし、存続することなどできっこない。

首都圏特販部が空中分解して、五〇人の部員が三有不動産から追い払われた時、自分は一体どうやって食っていくことができるのだろうと考え、花沢は空恐ろしくなった。何もできはしない。何かを新たに始める意欲など、もう自分には残されていない。わがままな娘と自分で金を稼ぐことなど考えたこともない妻を抱えて、失業者になったら、と思うと居ても立ってもいられなくなった。

そして二晩、寝られない夜を過ごした後、横山の自宅をこっそりと訪れた。首都圏特販部の情報を伝えるから、首都圏特販部がつぶれた後にも三有不動産に置いてくれるように頼んだのだ。

最初、横山は花沢の提案を罠《わな》だと思ったようだ。横山でさえスパイを首都圏特販部に潜りこませるなどとは考えていなかった。しかしその翌日、横山は花沢の自宅に電話を入れ、彼の提案を受け入れることを伝えた。その一日の間に何があったか花沢には分からなかった。横山の話を聞きながら、

（社長に相談したのだろうか？）

という疑問が花沢の頭をかすめた。

スパイ行為そのものはわけのないことだった。首都圏特販部でうまくいきそうな商談を、成約前に横山に報告するだけでよかった。部員の電話を注意深く聞いていれば、商談がどう進んでいるのかたいていのことは分かった。それでも分からなければ、隙を見て営業日誌をのぞけばいい。

昨日、滝川に見つかったときは、心臓がつぶれてしまうのではないかと思うほど驚いた。滝川に正面から見据えられ、頭の中が空白になって判断力が停止した。その空白の中を、首都圏特販部のみんなの怒号、篠田の罵声、しらを切りとおす横山、クビ、泣きわめく妻、軽蔑《けいべつ》の目を向ける娘……、破滅のイメージが沸きかえるように浮かんだ。

滝川が誰にも言わないと言っても信じられなかった。

帰りに新宿西口の赤提灯《あかちょうちん》で不安を忘れるためたくさんの酒を飲んだ。今朝、布団の

中で体が泥水を吸いこんだように重かった。何か病気にかかっているに違いないと思った。

それでも出社した。このまま休んでしまえば、会社で自分が欠席裁判を受け職を失うことになるという、妄想が湧いた。出社すれば別の可能性があるような気がした。部長会議で篠田も滝川もいつものとおりだった。自分に冷たい目を向けてくることもなかった。

業績の見通しを報告させられた時は辛かった。花沢はスパイになって以来、仕事はやっている振りをしていただけだ。それどころか部下たちの足をさりげなく引っぱっていた。報告できる業績など何もありはしない。

皆が言葉を交わしているのに、花沢の意識は別のものに向かいがちだった。篠田の勢いのよい言葉も花沢の意識を上滑っていく。

（これから、おれはどうしたらいいのだろうか）

花沢の頭の中はその疑問でいっぱいになっていた。

スパイを辞めれば横山を裏切ることになる。横山を裏切れば首都圏特販部が成功しようと失敗しようと、自分は三有不動産から追い出されてしまうのではないか。

花沢は三有不動産の中で横山が一番恐い男だと思っていた。何をするか分からない男である。義理も人情もない。あるのは三有不動産でなるべく早く社長になり、周囲は自分の側近だけで固めたいという強烈なエゴイズムだけのような気がした。彼に睨まれたら身の安全が図れるはずがない。

(横山にだけは睨まれたくない)

強烈な恐怖心だった。

「なあ、花沢くん」

不意に自分の名が呼ばれ、花沢は慌てて篠田を見た。

「この二室なんとかもう一踏ん張り頑張って契約にこぎつけてくれよ。とにかく一億円だけは死守してくれよ」

「ええ、頑張ってみます」

花沢は口ごもりながら言った。

会議が終わり部屋から出るとき滝川と肩が触れたが、滝川は年長の自分を立てるように体をかわし道を譲ってくれた。

へこへこと頭を下げ、花沢は滝川より先に部屋を出た。

自分のデスクに座り、部下の報告を幾つか受け、二本の電話をかけ終えたところ

で、花沢の意識はまた、

（これからどうしよう？）

という迷いに捉えられた。

ふと目が滝川のデスクの方に向いた。滝川はサインペンを持ち、デスクに被いかぶさるようにして何かを書いている。花沢からすれば信じられない男だ。自分のスパイ行為を見つけながら誰にも言わないなんて。

花沢は横山を嫌っていたが、その行為の意味するところはよく理解できた。人間は自分が得をするように振るまうものだ。横山の行為にはその原理が貫かれていた。滝川にはさわやかなものを感じていたが、彼が何を考えているかはさっぱり分からなかった。不気味な気もした。

首都圏特販部が生き残ったら、自分はこの不気味な男に首根っこを摑《つか》まれ、一方では横山の凄《すさ》まじい恨みを買い、いつまでもおどおどして過ごさなくてはならない。

（首都圏特販部を潰《つぶ》そう）

花沢は心の中ではっきりとそう呟《つぶや》いた。呟いてから覚悟が決まった気がした。

それから間もなく営業に出かけると言って、花沢は外出した。

新宿駅の公衆電話センターで辺りをうかがってから電話をかけた。いないかもしれないと思っていた相手はすぐに電話に出た。

「花沢ですが」

「君か、横浜商事の件は見逃していたのか」

その横柄《おうへい》な口調は横山だった。

「えっ、ええ」と花沢は口ごもった。以前滝川に聞かされていたのに、横山に報告していなかった。実現すると思っていなかったのだ。

「あいつら、あればっかりはしっかり情報管理をしてまして」

花沢は嘘をついた。少しくらいのでまかせはすらすらと口から出るようになっていた。

「それを探るのが君の役目じゃないか。あんなでかい商売を見逃したんじゃ、君の役目は果たせないだろう」

「すみません」

「あれが成立してしまえば、首都圏特販部をすぐには潰しにくくなる」

「…………」

「話を壊せるか」

「考えてみます」

「お前なんかが考えたって、いい知恵が湧くものか」

「なんとかやってみます……」

そう言いながら、花沢は何のアイデアも持っていなかった。

「なにをやるつもりだ」

「いま考えているところです」

「契約を壊せなければ、大幅に遅らせるだけでもいい。三月末の売上げが目標の半分にもいかなければ、最初の条件どおり首都圏特販部を解散に持ち込める」

「遅らせる？」

「そう、遅らせるだけでもいい」

花沢はすぐには、契約書を隠すことや、篠田が重い病気にでもなればという子供じみた考えしか思いつかなかった。

電話を切ってから花沢はいつもの飲み屋に寄り道せず、まっすぐ家に帰った。家で方策を考えてみようと思っていた。

帰る道々、

（うまくできるだろうか）

と不安感が胸をふさいだ。午前中の部長会議の様子では、厚木タウンズの契約はもう万全のように思えた。

玄関を開けた妻、幸子は花沢を見て、

「あら」

と意外そうな顔をした。久しぶりの早い帰宅なのだ。

「電話をくれればよかったのに」

「なんだ、もう飯は済んだのか」

「これからだけど、予定があるじゃない」

あまり歓迎されていないようでむっとしたが、何も言わなかった。言えば幸子と言い争いになるかもしれない。頭の中に大問題を抱えている。これ以上葛藤《かっとう》を抱えこみたくはない。そんなに幾つも葛藤を抱えこめるほど元気は余っていないのだ。

着替えてから、居間のテレビをつけ、テーブルのそれが見える位置に座った。テーブルの上にはすでに幾つかの食器が並び、中ほどの大皿に野菜と肉を炒《いた》めたものが乗っている。

「ビールないかな」

「冷蔵庫に缶ビールがあったと思うけど」

と幸子はこっちに尻を向けたまま、流しで何かしている。仕方なく冷蔵庫を開けると、たしかに扉の裏側に二本の缶が横たわっていた。

椅子に戻りふたを開けたがグラスは置かれていない。そのまま缶に口をつけた。幸子はこちらを振り返って言った。

「今おかずができるから待っていればいいのに」

間もなく幸子も椅子に座った。

「あらっ、二本とも飲んじゃうの？」

グラスも出さずちょっと非難がましい。返事をせず、花沢は二本目を開けた。

幸子も黙って自分の茶碗にごはんをよそい始めた。

花沢の頭の中には、まだ横山から与えられた課題が浮かんできた。

(契約を遅らせる？　どうしたらそんなことできるんだ)

「今日は早かったのね」

幸子が言った。

「ああ」

(あの話はもうほとんど固まっているのだ)

花沢は電話でのやり取りで交渉の経緯はうすうす知っていたし、今朝の篠田の報告でも明らかだった。

「どうしたの？」

「ああ？」

「ずいぶん難しい顔しているわ」

「別に」

と言いながら花沢は、幸子が自分の考えていることを知っているような錯覚にとらわれた。その動揺をごまかすように言った。

「真由美はいつもこんなに遅いのか」

「今日はね……デートみたい」

幸子はにやりと笑った。急に目許《めもと》のシワが多くなりいつもの顔と違うように見えた。

「デート？　男、と、も、だ、ち、か」

「女の子とじゃ、デートとは言わないでしょう」

ボーイフレンドがいるくらいの話は、真由美が高校生のころから耳にしたことがある。しかし今の幸子の顔はもう少し思わせぶりだった。

「恋人か？」

「あの子も、もう四よ。あたしは結婚してたわ」

「時代が違うだろう……。今は皇太子妃だって二九歳……」

「とにかく、真由美だっていつお嫁に行くか分からないわ」

「馬鹿な、あの子はまだまだ子供じゃないか……」

「父親って、娘の結婚を嫌がるっていうけど、あなたまでそうだとは思わなかった」

「そうじゃないさ。あんなに子供で、何にもできないんじゃ先様が困るだろう。もう少し花嫁修行をさせて」

「それこそ時代が違うわ……。まあ、まだ何にも決まったわけじゃありませんから」

「当たり前だ、おれが知らないうちに決まってたまるか」

その時花沢が考えていたのは、真由美が家を離れていく寂しさではなく、結婚にかかる膨大《ぼうだい》な金だった。最近の結婚には数百万円の費用がかかると、何かに書かれていたのを見たことがある。真由美はそのくらいの貯金はしているのだろうか。そのことを幸子に聞いてみようと口を開きかけたが、思い止《とど》まった。なんだかやぶ蛇《へび》になるような気がした。

「お父さんがそんなこと言っていたって真由美に話したら驚くわ。あの子、自分がお嫁に行くの、お父さんが寂しがるなんてちっとも思っていないもの」

そうじゃないよ、と口に出しては言わない。

「まあな、いずれ行くことにはなるだろう。そうじゃなきゃ困るしな。お前、少しは料理くらい教えておけよ」

「できますよ、あの子は、何だって。この間あなたも青椒肉絲《チンジャオロースー》を食べたじゃないの。あたしより上手なくらいよ」

真由美の結婚式に、花嫁の父のおれは何と言って紹介されるか。そのことがふと花沢の頭に浮かんだ。もしかすると失業中ってこともありうるのだ。

(三有不動産にいなくてはならない)

真由美や幸子のためにというよりおれ自身のために。

とにかく横山のスパイを成功させなくてはならないと思った。その横浜商事の契約を何とかしなくてはいけない。

花沢はビールの最後の一口を飲んでから、自分の前に伏せてあった茶碗を幸子の方に差しだした。それを受けとり、ごはんをよそいながら、

「あらっ、何でしょう」

と幸子が言った。

花沢は最初それが何のことか分からなかった。

「こっちに来るわ」

それで気づいた。どこかでサイレンの音がする。パトカーか救急車か、消防自動車か。たしかにだんだん近くなる。

「この間もね、駅の近くで不審火があったのよ。あの角の八百屋さん知っているでしょう。あの裏のアパートがまる焼け。あとで見に行ったんだけど怖くなっちゃった」

幸子はその光景を思い浮かべたかのように体を震わせた。

不審火、という言葉が花沢の頭の中に、その時はかすかに刻印されただけだった。

3月22日（承前）
午後、柳田に呼ばれて会議室に入った。予感があったが、予感どおり彼はポケットから辞表を出した。
柳「妻がいよいよという状態になった。私は彼女のもとに一緒にいてやりたいので、辞めさせて欲しい」
篠「それなら休職にすればいい。辞めることはない」
柳「皆が頑張っているのに、それでは私の気が済まない。辞表を受けとって欲しい」

篠「辞めたら今後のことも困るだろう。いずれ就職しなくてはならないのに、世間は雇用調整ラッシュだ」

柳「その時はまたゼロから始める。今は辞めて看病に専念した方が、妻は喜んでくれると思う」

篠「同じことだ」

そしたら柳田は言いにくそうにこんなことを言った。

「こう言っちゃ悪いが、首都圏特販部だって存続できるかどうかまだはっきりしない。そこに私のようなただ飯食らいがいては申し訳ない」

押し問答の末、辞表を押しつけられた。仕方ないから預かっておくことにする。

こっちで勝手に休職の手続きをとる。

秀子が何か仕事をやっているようだ。

髪型も化粧も違う。

言うべきか言わざるべきか。

こんなことで無駄なエネルギーを使いたくない。

最近の女はなんだって金稼ぎなんかやりたがるのだろう。どうせ半端仕事しかやらせてもらえないで、わずかな金をもらって、亭主のやる気を殺《そ》いで気が済むのか。家の中にばかりいるのが嫌なら、外に出て好きなことをやればいいさ。しかしなぜそれが金稼ぎでなければならないのか！

秀子は日記のこの個所にきたとき夫の勘の鋭さに驚いた。髪型だって化粧だって、それまでと変わっているはずはなかったのだ。当分は気付かれまいと細心の注意を払っていたのだから。

仕事は簡単なもので週に一度、送られてきたモニター用紙を持って新宿の百貨店に行き、店内を隈《くま》なく歩きまわってから、膨大な質問項目に答えを書きこむ。そしてその翌日に一時間ほどモニター仲間と一緒に佳子のヒアリングを受けた。

週一日半のささやかな仕事である。

それでも質問項目の一つ一つにデパートの経営とはこんなことに注意を払っているのかと目を開かれる思いがして、いかにも新鮮だった。

ヒアリングの時の佳子は、学生時代の鈍臭《どんくさ》いイメージとはうって変わったシビアさで秀子を驚かせた。それでもヒアリングが終わって、二人だけで喫茶店に短い時間立ち寄ると、やはり昔の佳子に戻っていた。その落差が不思議だった。

ペイはそれほど高くなかった。しかしかけた時間と比較すればうんと高いともいえた。

でもどうしてあたしがお金を稼ぐことがあの人の意欲を殺ぐことになるのかしら？秀子にはその理由がまるで分からなかった。

それにしてもお金を稼ぐということは、不思議なことだ。あの人は自分が女房子供を食わせているなんて態度はしないけれど、なんだか自分の体の真ん中に自分だけの柱が一本立ったような気がする。心がゆったりとし自分に安心できる。あの人に寄りかかっている気持ちがなくなる、ううん、少なくなるというくらいかしら。でもそれがあの人の意欲を殺ぐことになるのかしら？

第14章　現行犯

3月23日

滝川と一緒に横浜商事に行った。

おれにも滝川にも、一二パーセントプラス内装費ならうまくいくだろうという気持ちが半分くらいはあった。

ところが鹿児島はうんとは言わなかった。

彼は一五パーセントプラス内装費に断固としてこだわった。迷うそぶりも見せなかった。

総額三億円ほどの買物なのだから、この三パーセントの差は一〇〇〇万円にもならない。パスぽーと本店の半日分の売上げより少額なのにシビアなものだ。

鹿児島は声も荒らげず、切り口上にもならずに、にこにこしながら粘り強く一五パーセントの値引きを言い続けた。

根負けして、「その一〇〇〇万円くらいおれが自分の懐《ふところ》から出す」と言いそうになった。首都圏特販部を存続させるためにはそのくらい構わない気分になった。

言いそうになったとき別のプランを思いついて言った。

「あの倉庫の件がうまくいったら、一二パーセントプラス内装費でいいことにしてくれませんか」

鹿児島はしばらく考えこんでいたが、

「それでいいでしょう」

と答えた。今度は拍子抜けするほどあっさりとしていた。

急いで売買契約書を差しだし、鹿児島に確認してもらった。あとは横浜商事の署名捺印《なついん》さえもらえばいいばかりになっている。

この空欄が埋まりさえすれば首都圏特販部は存続するのだ、と思うと胸がドキドキした。町田の10キロ圏で1000坪の倉庫を探せばいいのだ。難しいことではない。

帰る道々滝川に、

「可及的速やかに倉庫を探してくれ」

と言った。滝川も、

「任せておいてください」

と自信ありげだった。

ここまでくればもう大丈夫だ、と思った。首都圏特販部は間違いなく残る。

このプロジェクトに人数をできるだけ動員した方がいいという気がした。

「花沢を助っ人に回そうか」

と滝川に言うと、

「いえ、私のところだけで大丈夫ですよ」

と断った。滝川は手柄を独り占めしたいのだろうか。

滝川は、倉庫を探すために声をかけてある町田の知り合いの不動産屋に回ることになり、私はまっすぐに会社に戻り、花沢を探したが外出中だった。


町田の近年とみに膨れあがる駅周辺の繁華街の外れに新町田不動産がある。大きな看板が出ている五階建てのビルの、一階から三階までを新町田不動産が占めていた。

滝川はその三階の社長のデスクのあるフロアに入って行った。

「今日は」

とフロア中に向けて晴れやかな声を上げた。幾人かがデスクから顔を上げ、滝川を見て軽く頭を下げた。

「やあ、いらっしゃい」

社長の井出《いで》三郎《さぶろう》がデスクから立ちあがった。天井に届くかと思わせるほど大柄である。

「お忙しいところお邪魔します」

「また皮肉言って！ 忙しいはずはないでしょう、この不景気に」

デスクの前のソファに座り、滝川にも座るように勧めた。

「例の件いかがですか。いよいよ重大になってきましてね」

「幾つか候補はあるのですが、まだ、値段が折り合わないんですよ……。もう少しお時間をください」

「どのくらい？」

「一週間でどうですか」

「三日」

間髪《かんはつ》をいれず、滝川は競《せ》り市のような言い方をした。井出は一度二度と首をゆっく

り左右に傾けたが、

「……やってみますが、時間も駆け引きの大きな武器ですからな。急ぐと足元を見られる」

「よく分かってます。けど、うちも月内に決めたいんです……こんな内情は井出社長だから言うんですよ」

「滝川さんにはいろいろ儲《もう》けさせてもらっているし、ウチもできる限りのことをさせてもらいます」

かつて滝川が担当となり、三有不動産の不動産の売出しを部分的に請け負わせ儲けさせたことがある。

「こんなことを言って申し訳ないんですが、よそさんにも声をかけて早いもの勝ちということにしますよ」

井出は細い目で上目づかいに滝川を見た。少し不愉快そうに見えた。

「分かりました。うちも全力でかかります。しかし、さすがは背水の陣の首都圏特販部ですな」

井出は「住宅情報ウイークリー」の記事の一部を皮肉っぽく口にした。

それから滝川は厚木タウンズの現場に立ち寄ることにした。改装の段取りを確認しておきたかったのだ。

現地に向かうタクシーの中から目をやると、住宅の切れ目に富士山がくっきりと、いやに大きく見えた。目が、いや心が洗われるような気がした。新宿からそれほど遠くないのにずいぶんと田舎《いなか》なのだ。

厚木タウンズから一〇〇メートルほど離れたところでタクシーを降り、徒歩で現場に向かった。周辺を歩きながら物件に辿《たど》りつくと、その雰囲気がよく分かる。その地域にふさわしいものなのか、唐突なものなのか。安っぽく見えるか、贅沢な雰囲気を漂わせているか。

古びた建物がぽつりぽつりと建ち並んでいる道路の外れに、クリーム色の厚木タウンズが見えてきた。

全部で一二棟、一目で見渡せるわけではないが、目に入るかぎりどれもこれも青か赤の瓦《かわら》屋根、黒い窓枠《まどわく》、塀《へい》の格子も黒い鉄でできている。どことなく薄っぺらだが、そう品は悪くない。壁のクリーム色も、瓦の青も、窓枠の黒も、ひと頃のものより色が深くなっている。

敷地はどれも25、6坪のはずである。一つ一つに個性を持たせたつもりだが、みんな同じように見える。

（おれだったら、こんな所に住むのはご免だ）

と滝川は思った。その時また春子を思い浮かべた。相変わらず滝川の頭の中を、たえず春子が出たり入ったりしている。

春子と二人で大きな田舎家に住んでみたいと思った。古くてもいい、暗くてもいい、なにか木の香りとか草の香りとか土の香りのする家に住んでみたい。

そんなことを考えている自分に気がつき、滝川はふふっと自分を嘲《あざわら》笑った。まだ春子に振られたことを克服できないなんて、どうかしてしまったと思った。

一度だけ本気で春子にぶつかってみようという気持ちが、時々衝動のように湧きおこる。こんな中年男に口説かれたって春子は本気にするまいと、その気持ちを揶揄《やゆ》するもう一人の自分もいる。

少しずつ、とにかく一度正面から春子にぶつかってみようという気持ちに傾きつつある。それは破滅の予感と言えば大げさだが、もう三有不動産にはいられなくなるだろうという予感を含んでいた。

それでもいいやと思い始めている。妻もいない、子もいない、仕事だって認められずクビ切り候補の首都圏特販部にぶちこまれている。

自分のこれまでの日々はまるで賽《さい》の河原だった。積みあげてきたはずのものが、すっかり波に押し流され飲みこまれてしまった。まったくのゼロだ。その代わりになんだか得体《えたい》の知れない澱《おり》のようなものが、身の回りに降りつもっている。それはあの汚れきった1DKの部屋がまさしく象徴している。もう片づける気力さえない。春子に思いを打ち明けて見事に振られたら、汚れた部屋は放り出してどこかに引っ越し、仕事も替えてゼロから人生をやり直すいいきっかけになるだろう。

(おや)

その時、滝川は思った。厚木タウンズの奥の角の家の向こうに、誰かが身を隠したような気がした。それも滝川のことを見て、滝川の視線を逃れるために隠れたように見えた。男だった。その表情に見覚えがあった。

滝川は走りだしていた。角まで二〇メートルほどの距離を一息に走り、向こう側をのぞきこんだ。

いた。一つの影が五〇メートル前方を勢いよく遠ざかっていく。

「待て」

声を投げかけた。一瞬、男の体はこわばったようだったが、後ろも見ず走り続けている。滝川は後を追った。なぜ追わなければならないか、自分でもよく分からない。たちまち肺が熱くなってきた。最近こんなに走ったことはない。足がよれてきた。

思うように動かず自分の足ではないような気がした。しかし前を行く男の方が先に参ったようだ。滝川との間隔がすぐに詰まってきた。

後ろ姿に見覚えがあった。思わず声が出た。

「花沢さん」

男はぴたりと止まった。名前を呼ばれなくてももう走れなかったろう。足を拡げ膝《ひざ》に両手を置き上半身を手の上に委《ゆだ》ね体中で息をしていた。滝川が近づくと苦しそうな呼吸が聞こえた。顔が土気色をしている。

滝川も胸を大きく開き深呼吸した。冷たい空気が鼻から流れこんで、肺が痛むような気がした。

「どうしたんですか、花沢さん」

しばらく呼吸をととのえてから滝川は言った。はあはあと言うだけで花沢は声が出ない。滝川は花沢が普通の呼吸になるまで待って、もう一度聞いた。

「花沢さん、どうしてここへ来たんですか？」

「いやあ」息もたえだえという声で言った。

「二部の客で厚木タウンズに関心のある人がいて……、物件のことを君に聞こうと思ったんだが、いなかったものだから自分で見に来たんだよ」

「それだったら、なんだってぼくの顔を見て逃げたんですか」

「君とは思わなかった。さっき駅前で変な男に絡まれたものだから、またそいつがやってきたのかと思ったんだ……。君も見なかったかい、やくざみたいな奴だったよ」

嘘だ、と思った。花沢の視線がおどおどしていたし、あまりに無理な説明だ。

「横山さんですか？」

花沢の体がびくりとしたように見えた。

「何を言ってんの」

「花沢さん、ダメだよ。この間あれだけ言ったじゃない。花沢さんが考えを変えてくれないんなら、ぼくも黙っているわけにいかなくなる」

「本当だよ。嘘じゃない……分かった、それなら今からでもそのお客に電話をして、ここへ来てもらおう」

滝川はその顔を見ているのが辛《つら》かった。苦しまぎれの嘘を言っているのは歴然だった。

「分かりました。そうしてもらいましょう。どこの何というお客ですか」

ちょっと待ってくださいよ、と言いながら、花沢はスーツの内ポケットに手を入れ手帳を取りだした。それから辺りを見回して、

「どこかに公衆電話がありましたっけ」

と言った。

二人は並んで駅の方角へ歩きだした。花沢の歩き方は地に足がついていないようだった。

しばらく行くと煙草屋があった。その店先に緑色の電話機が置いてある。

「ちょっと待っていてください」

花沢が電話機に近づいた。花沢を追い越し滝川が言った。

「ああ、花沢さん。ぼくがかけますよ」

「それは……、私のお客ですから」

「そうは言っても、こんな場合ですから。花沢さんに弁慶《べんけい》の勧進帳を読まれても困りますし……。大丈夫ですよ。もし本当にお客が出ても怪しまれないようにやりますから。さあ、番号を教えてください」

滝川は受話器を握り花沢を見た。一瞬花沢は小さくまばたきをした。それから手帳をぱらぱらとめくり始めた。

待ちくたびれた滝川は手にしていた受話器をフックの上に戻した。それでも花沢は手帳をめくり続けている。

もういいでしょう、と口にしかけて滝川はこらえた。花沢の方から言わせなくてはいけない。花沢が顔を上げた。

「どうもここにはメモをしていなかったようだ……。会社に戻ってからでもいいだろう」

「会社のどこにメモがあるのですか」

「電話を受けたときメモしたまま、デスクの上に忘れてきたらしい」

「それじゃ会社に電話をして聞けばいいじゃないですか」

「そ、う、ね」

と花沢は気弱げに言った。滝川は受話器を持ち、素早く首都圏特販部に電話をかけた。出たのは春子だった。はい、三有不動産です、という声を聞いただけで、滝川は胸を鋭く刺す感覚を覚えた。

「滝川ですが」

はいっ、と小さく春子が言った。声は耳の中で大きく響いた。しかしそこにどんな感情がこめられているか滝川には分からなかった。

「花沢さんのデスクの上にお客のメモがあるんだけど……」とまで言ったところで、送話口を押さえ花沢に聞いた。

「なんて名前の人ですか?」

花沢は眉をしかめた。もう一度手帳をめくった。

「そこには書いてないんでしょう」

それでも手帳をめくりつづけている。

「それじゃ、花沢さんが話してください。春ちゃんが出ていますから」

答を聞かず、

「ちょっと花沢さんに替わります」

春子にそう言い、滝川は受話器を花沢に握らせた。花沢は力なく受話器を持ったが、それを耳元にまで持ちあげる意志はまったくないようだった。

「花沢さん、春ちゃんにメモを見てくれるように頼んでください。向こうで待っているんだから」

滝川はじれったくなり花沢の肩を軽く揺すった。弾みで花沢は受話器をとり落とした。受話器は煙草の陳列ケースに当たり、ガラスが割れるような派手な音を立てた。

あーあ、滝川は舌うちをした。受話器を拾いあげ、

「春ちゃん、ご免なさい、また後で事情は話すから」

と電話を切った。花沢は呆然《ぼうぜん》と佇《たたず》んでいる。

「花沢さん、あそこで何をしようとしていたのですか。花沢さんが厚木タウンズを見に来るなんて理由がさっぱり分からない」

「…………」

「今日は、だんまりでは通りませんよ」

「…………」

「厚木タウンズが大きな商売になりそうなことはあなたも知っていた。それでなんとかそれをご破算にするよう、横山から命令されたんでしょう」

花沢はうなだれた首を小刻みに左右に振った。まるで幼児のしぐさだった。

「じゃあ、なぜここに来たんですか。それで、ぼくを見て逃げ出して、問い詰められると嘘までついて」

「…………」

「この間は皆に言いませんでしたが、今度はそうはいきませんよ。報告しなくてはぼくの責任が果たせなくなる」

「…………」

「言ってみなさいよ」滝川の口調がきつくなった。

「子供じゃあるまいし、黙りつづけて逃げ切るなんて、そうはいかない」

そのとき花沢の上体がかすかに震え始めた。そして奇妙な音が聞こえてきた。滝川はすぐに花沢のすすり泣きと気がついた。声はだんだん大きくなりやがて手放しで泣きだした。花沢の小さな目からは涙が次々とあふれ、鼻水まで出てきた。

溜息をついて滝川は言った。

「泣いてもダメです。見逃すのは一度きりです。花沢さん、こんなこと、もう二度とやらないと思っていたよ。度胸がいいというか馬鹿というか、呆れましたよ。ぼくら、篠田さんも柳田さんも南野さんも必死なんだから、いや首都圏特販部のみんなそうですよ……。もう何と言われても絶対に見逃しません」

花沢は泣き声を抑え、滝川を上目づかいに見た。

「もう一度同じことを聞きますよ。一体ここへ何をしに来たんですか」

「…………」

「さあ、言ってくださいよ」

突然、花沢は何も言わずに歩きだした。駅とは反対の方に向かう。あわてて滝川もその後に続いた。

「どこに行くのですか、厚木タウンズ？」

その問いかけに花沢は不意に立ち止まり、反対の方に歩き始めた。

「今度は駅の方に行くのですか」

花沢は歩く速度を速めた。

「花沢さん、子供みたいだな。そんな風にしても仕方ないでしょう。どうせ会社に帰ったら篠田さんに報告しますよ、この間のことも一緒に」

「娘がね」花沢が口を開いた。

「二四歳でね。もうすぐ結婚するんですよ。その子が結婚するまでは三有不動産の部長という肩書を持っていてやらないと……」

「悪いけど、そんなこと聞いても同情しないよ。部長の肩書を持っていたかったら、首都圏特販部で一所懸命商売するしかないでしょう」

「君なんか、女房子供がいないから気楽でいいよ。こっちはもう五五歳で娘が二四歳じゃ一巻の終わりだ。地べた這《は》いつくばって生きていくしかない」

「会社のスパイじゃ地べたすぎますよ。奥さんだって娘さんだって喜ばないでしょう」

「…………」

「横山に何て言われたんですか」

ますます速度を速めて花沢は歩き続ける。滝川はむきになって花沢の前に回り、花沢と向かいあった。花沢は睨《にら》みつけるように滝川を見返した。さっきまでの気弱げなものは消えうせている。何か開き直った強情なものが表情に漲《みなぎ》っていた。

電車が新宿駅のプラットホームに滑りこんだときには、辺りはもうすっかり暗くなっていた。一時間近い帰路を滝川と花沢はほとんど口をきかなかった。滝川は時々、話しかけたが花沢は黙りつづけていた。

会社が近くになるにつれ、滝川の迷いは強くなってきた。花沢のことをどうしたらいいか分からないのだ。花沢がスパイだと告げたら、篠田はどういう行動に出るだろう。花沢を厳しく尋問してスパイ行為の中身を吐きださせようとするのか。今日の花沢の様子を見ると、ずっと黙秘しつづけるかもしれない。だとすれば、横山の悪事は藪《やぶ》の中で、花沢一人が皆に疎《うと》んじられ軽蔑され、三有不動産にいられなくなって出ていくことで決着となる。

(そんなこと無意味だ)

と思った。彼がスパイ行為さえ止めてくれればいいのだ。

新宿駅で降りる時、滝川は大勢の乗降客に押し飛ばされ花沢の姿を見失った。花沢がまた自分を置き去りにしたのだろうと思った。先に会社に着いて何食わぬ顔でおれを迎えるのだろうかと苦笑した。

ところが首都圏特販部の部屋に花沢はいなかった。もぬけの殻の花沢のデスクを見、トイレにも行ってみたが花沢の姿はなかった。

その代わりに二人の人物が滝川を待っていた。篠田と春子だった。

篠田は入口から入ってきた滝川を見るとすぐに、

「おお、遅かったな」

遠くから大声で呼びかけた。春子の方はデスクの上に落としていた視線を、滝川にまっすぐに向けただけだった。六時を過ぎている。いつもの春子だったらもう帰っている時間だ。さっきの電話で「後で事情を話す」と言ったことを思いだした。それを待っているのだろうか。ぽっと、心が暖かくなるのを感じた。あの程度のことで今まで自分の帰りを待っていたとなれば、まだ脈があると思えた。

滝川は春子のデスクに近づき、

「遅くなって申し訳ない」

と言った。オフィスで女子事務員に話しかけている気分ではなかった。三分の一ほど女生徒がいた高校時代の教室を思いだした。あのころ時々こんな甘酸っぱい気分になったことがある。

「どうしたんですか、あれは？　びっくりしちゃいました」

「いやご免なさい。話せば長いことになる。とりあえず謝るよ……。改めて話すから」

「………」

「こんなに待たせて済まなかったね。待っていると思わなかったものだから」

「待っているようにって言いませんでした？」

「そうだったかな。そりゃあ春ちゃんが待っていてくれればいつだって嬉しいんだけれど」

冗談に紛らせながら滝川は頰が弛《ゆる》んでくるのを感じた。「待っていてくれ」なんて言った覚えはない。春子がそう錯覚したのだ。そういう錯覚をしたことは、多分自分への好意を表わしているだろう。

「何だ、損しちゃった」

と言って春子は立ちあがった。もうすっかり帰り支度はできていた。滝川はこのまま一緒に帰りたいと思った。しかしそうはいかない。ご苦労さん、と声をかけてから、篠田のデスクに向かった。

「ああそうだ」

後ろから春子の声がした。ドアの前でこちらを見ている。

「部長が帰るちょっと前、花沢部長から電話がありました。例の件……」

滝川は慌てて春子に近づいた。篠田に聞こえるところで大きな声で言われたくなかった。春子の肩に手をかけてドアの外に出た。春子の長い髪の匂いがふわっと滝川を包んだ。掌に春子の体の柔らかさが伝わってきた。

「何だって？」

「例の件マル秘に願います、と言っただけなんですが、それで分かりますか」

畜生、と声に出さず、花沢を罵《ののし》った。あいつはおれを舐《な》めているのか！

「他には」

「それだけですが……それで分かるはずだ、って」

春子の左右の大きさの違う目を近くで見るのはあのとき以来だ。

もう一度オフィスの中に戻ると、篠田がデスクから立ちあがり滝川の方へゆっくりと歩いて来た。今の春子の言葉を聞かれただろうか、と滝川は考えた。聞かれたとなると、説明を求められるに違いない。

(言うべきか、言わざるべきか)

滝川は迷った。

「おい、どうだった、倉庫の方は?」

「ああ」とほっとして、

「新町田不動産に行ってねじを巻いてきました。三日で何とかしろと言っておきましたが、何とかなるでしょう」

そう言いながらも、花沢のことが気になって仕方がない。何だか自分の不正を隠しているような気持ちになる。

「三日か。三月二六日ね、綱渡りだな」

と言ってから篠田は、ははははっと笑った。滝川は篠田が自分にも器《うつわ》の大きな上司ぶっているように見えた。他の者の前ならいざ知らず、自分にまでそんなことをすることはないじゃないかと思った。

「これができれば、首都圏特販部は大丈夫ですかね」

「ああ、絶対だよ。そうでなかったらただじゃおかない。五〇人の部下の運命が、いや家族も入れたらその三、四倍にはなるだろう、それだけの運命がかかっているんだ。こっちも生半可《なまはんか》なことはできない」

ずいぶん入れこんでいる、と思った。首都圏特販部の責任者を引き受けようかどうしようか迷っていた頃の篠田の姿はどこにも見当たらない。なんだか横山と共通する雰囲気が漂っているようにさえ思える。

花沢のことが口の奥に出そうで出ないくしゃみのようにひっかかっている。思いきりよく出してしまえばスッキリするのだろうが、どうしても出てこない。篠田に報告すればとんでもない大混乱になりそうな気がする。

(何が例の件マル秘に願います、だ)

あいつ、今後どうしようと思っているのだろう?

滝川は花沢の貧相な顔を思い浮かべた。

第15章　背信の心境

カウンターの端っこに花沢は座っていた。他に一人の客もいない。店の暖簾《のれん》をくぐったとき、もうとうに水気のなくなった女将《おかみ》が、

「花沢さん、真ん中に座れば」

と抑揚のない声で言ったが、花沢は端の席を選んだ。その方が気が休まる。どうせ顔見知りが来るはずもないのだが、ここでひっそり飲むのが今の気分にぴったりだ。女将もそのことを知っているくせに、他に客がいなければいつもそう勧める。

すぐに二合の熱燗《あつかん》が出て、数本の焼鳥が並ぶ。これが花沢の定番のメニューだ。両方とも旨《うま》くはないが、安いのが何より気にいっている。

大きなぐい呑《の》みになみなみと注ぎ、一気に半分ほど飲んだ。お腹の中に熱いものが下りていき、そこから体中に拡がっていくのが分かる。指の先がぽっと熱くなり少し脹《ふく》らんだような感触がある。週刊誌の記事で肝臓が悪いとこうなると読んだことがあ

るが、医者に行って確かめる気にはなれない。

焼鳥を頬張った。肉の中に固い部分がある。なかなか嚙《か》み切れない。花沢はそれをごりごりと嚙みしめた。

もう一つ花沢が嚙みしめた。花沢の骨の細いあごに筋が浮かんだ。

いことになったという不安感である。これもなかなか嚙み切れない。

あのときの恐怖感は今でも忘れられない。いや今でも胸がどきどきしていると言っていいくらいだ。

あそこで最初に滝川を見かけたときはまだしも、うまく逃げ出したと思ったのに追いつかれ、名前を呼ばれたときは心臓が破裂するかと思った。

その後のことは思い出す気にさえならない。

(おれは泣いたんだ)

ちらっとそのことが頭に浮かぶだけで、屈辱感のあまり叫びだしたい気持ちになる。

新宿駅で弾みで滝川とはぐれた。逃げだしたわけではない。それで会社に戻らない気になったのだ。その方が我身が無事なような気がした。

先日、滝川の営業日誌をのぞいているのを見つかったときは、首都圏特販部のみんなに知らされると覚悟を決めたが、今日は滝川が内緒にしてくれるような気がした。この間のことがあってから、滝川は見てくればかりでなく気持ちの方もどこか甘い奴だと思うようになった。今日のこともきっと見逃してくれるような気がした。それでも春子に電話をかけてダメ押しをした。他の奴だったらこんなことをすれば腹を立てるに違いないが、滝川には効果があると思った。

厚木タウンズに行ったのは、思いついた計画を実行するための下見だった。しかしあそこで滝川に見つかった以上、計画は断念しなくてはなるまい。計画を実行すればすぐに自分が疑われ、犯人と突き止められるだろう。

思いついた計画とは、厚木タウンズに放火することだった。恐ろしい計画だが、他にうまい知恵が湧かなければやるつもりでいた。火事になれば横浜商事との契約はダメになる。それで首都圏特販部は一巻の終わりだ。篠田や滝川は三有不動産から追われ、自分だけが生き残るはずだった。しかしもうこの計画は実行できない。

（どうしよう？）

滝川にばれてしまってからも、花沢は横山の手を離れ首都圏特販部におとなしく戻ろうとは考えなかった。横山を裏切って三有不動産に残っても、すぐに放りだされるに決まっている。それより滝川に気づかれるような証拠を残さず、首都圏特販部の商売を邪魔すればいいのだ。

「花沢さん、おいしいホタルイカがあるんだけれど食べない？」

女将が低い声で聞いた。花沢が何も言わないから退屈したのかもしれない。

「そんな贅沢《ぜいたく》はできないよ。なにしろ娘がもうすぐ嫁入りだからな」

「あら、ほんと」

と女将はつまらなそうに言った。このなんにも関心なさそうな女将の態度が花沢の心を気楽にする。

あいつ、と花沢は娘のことを考えた。幾らくらい貯金しているんだろう。結婚費用の半分は自分で出せるのだろうか。残りはどうせおれが持つことになる。そんなに大金を出したくはないが、出さなければ幸子や真由美がヒステリックにおれをかき口説くに違いない。それに耐えられずおれはきっと言うとおりにするだろう。

定期預金だとか、ずいぶん下がってしまった幾つかの株だとかは花沢が自分で管理している。多分一五〇〇万円を少し越えているだろう。それをどのくらい取り崩すことになるのだろうか。

（あいつらにヒステリックになられるのが嫌で、ここまでやってきたようなものだな）

それほどはっきり形をとったわけではないが、そんな溜息のような思いが花沢の頭の中をかすめた。あいつらのいないところに逃げ出したい、と思った。あいつらさえいなければおれはおれの金を減らすことはないし、横山のスパイなんかやらずに済んだかもしれない。

「ママさん。もう一つね」

花沢は銚子の首をもち女将の方に振って見せた。

「あら、珍しい」

「馬鹿言え」

「二合でいいの？」

「ああ、二合にしてくれ」

どうしよう、どうしようという思いが心の一番底にある。何を考えていてもその奥の思いが花沢を落ち着かない気分にしている。

（どうしたら首都圏特販部を潰せるのだろうか、おれは安全無事のままで……）

花沢が一人で酒を飲んでいる時間、南野は部下の一人を引き連れ、阪神エレクトロンの東京支社担当役員、真野治《まのおさむ》と赤坂の料亭にいた。

阪神エレクトロンは二年前、大手町のインテリジェントビルに入ったが、家賃が高いので他に移りたいという意向を持っていると聞きつけ、ようやく会うことができた。

「どうやら半導体も、底を打ったようですね。アメリカの方から需要が出てきたとか」

南野は聞きかじりの知識で一所懸命、真野の気を引こうとするが、真野ははかばかしい応対はしてこない。自分には少し荷が重い相手なのだ。

篠田に同行してもらいたかったが、篠田はいまパスぽーとに夢中で、中央ビルには関心が向いていないのを感じていた。それが南野には物足りなかった。

自分を強引に口説き落としながら、自分に冷淡じゃないかという不満があった。

篠田の手を借りず、話を進めて篠田を驚かせてやりたいと思った。

「ぜひ一度、ウチのビルを見に来てください。ロケーションは最高ですし、家賃の方もできるだけ相談に応じますから……、なあ、——くん」

なんとかその約束を取り付け、ハイヤーで真野を送り出したときには、南野は体じゅう、汗になっていた。

その後、年長の部下に軽く一杯やろうと誘ったら、あっさりと用事があると断られ、そのまま家に帰ることにした。

玄関をあけても母が出てこない。どうしたんだろう？　風呂にでも入っているのかと部屋の中に入ると、母は居間の炬燵《こたつ》に上半身を潜りこませてうたた寝をしていた。

なんだお袋、と声をかけようとしたが、南野は口をつぐんだ。

座布団を枕にした母の表情は、いつもの見慣れたものではなかった。

髪はすっかり白くなり、頬や額のシワも深く、紛れもない老婆の顔だった。

炬燵の上の天板にはみかんと乾し芋がじかに置いてあった。

昔は毎晩のように父と一緒に寝る前のお茶を楽しんだものだ。

(田舎に帰りたくないのかな)

南野はふとそう思った。

「あら」と邦子が目を開けた。

「何だ、帰っていたのかい」

急に見慣れた顔に戻った。

第16章　焦り

3月23日（承前）

言わないつもりだったのに、秀子に、

「何か仕事をやっているのだろう」

と言ってしまった。

「ええ」と図々しく答えた。その後こんなやり取りになった。

「やるなと言ったろう」

「なぜやっちゃいけないか、分からない」

「家のことがちゃんとできていないと嫌なんだ。ぼくが働いて金を稼いで、君が家と子供のことをやる。そういう約束で結婚しただろう」

「そんなこと約束しなかった」

「契約書は作らなかったが、二人ともそうしようと思っていたはずだ。だから君も太郎が生まれるとき勤めを辞めたんだろう」

「そうだったかもしれないけど、時代がそのころと違う。子供は大きくなったし、家にばかりいたら、わたしはおかしくなっちゃう」

「家にばかりいなくてもいい。地域のことでも趣味のことでも何でもやればいい。金を稼ぐための仕事をやらなくてもいいだろう」

途中から秀子は黙ってしまった。

おれもそれ以上追及はしなかった。後味が悪かった。言い出さなければよかった。

話を変え、ついでに太郎の進学のことを聞いた。

「太郎の方はどうなった？」

「××美術大学が第一志望よ」

「普通大学の方は？」

「受けないって言っている」

「それで君はいいのか」

「仕方ないじゃない、本人がそう言うのだから」

「一八歳の本人の言うとおりにするんだったら親なんかいらない」

「あたしも同じように言って説得してみた。今度はあなたが言ってみてよ。親はあたしだけじゃない」

秀子は本気で怒った顔をした。

そう言われたとき、おれは自分がたじろぐのを感じた。太郎を説得するのにたじろぐなんて、一体どうしたというのだ。

おれは太郎を呼ばせた。ぶすっとした顔で太郎は居間に来た。炬燵の前からおれは太郎を見上げた。なんだか頭が天井に届いているように見えた。目の前の足もおれより一回りでかい。

横に座らせてから言った。

「太郎、お前、美術大学だけじゃなく普通の学校も受けたらどうだ」

「普通用の勉強はしていない」

「まだ一年近くあるじゃないか。今からでも間にあうだろう」

「普通大学に行きたくない」

「絵描きじゃ食えないかもしれないぞ」

「その時はなんとかするよ」

「なんとかって、どうするんだ。お前は小さいときから、高校だってなりたい職業だって、ころころと志望を変えてきた。また途中で絵描きは止めたなんてことになるかもしれないだろう」

おれは意地になってきた。

「ならないよ」

「分かるもんか、父さんの方が小さいときからのお前の性格をよく知っている」

「どこの学校に行くかは基本的人権だから、ぼくの自由だ」

太郎の声が興奮して震えていた。

「そんな生意気なことは自分の金で暮らすようになってから言え」

「分かったよ、そうする。父さんの金は出してもらわなくていいさ」

太郎はそう言って自分の部屋に戻ってしまった。おれはその後ろ姿を見て、まずい話の仕方をしたと後悔した。

「あなたはやっぱりそう考えているのね」

と秀子が言った。

「あなたが稼いだお金で暮らしている者は、あなたの気に入るように生きなきゃいけないってことね」

馬鹿野郎、子供と女房は違うんだ、と言うべきだった。しかしおれはそうは言わなかった。

「うるさい」

おれの口から出たのはそれだけだった。

滝川の方の倉庫探しがなかなかうまくいかない。

滝川は遠慮しているのか、手柄を独占したいのか、花沢の援助を断っているが、もう時間がない。明日からは花沢にも手伝わせよう。おれも飛び回る。

3月24日
今日は横山を捕まえて言質《げんち》をとった。

この間、みんなに横浜商事との契約さえうまくいけば、首都圏特販部が存続すると断言したが、もう一つ不安だった。

そこでうまいこと横山を嵌《は》めてやった。

横山の部屋に行ったら都合のいいことに社長もいた。社長の方がおれにとっては与《くみ》しやすい。予《あらかじ》め考えていたとおりの話の持っていき方をした。

篠「先日の横浜商事の契約の件、なかなかうまくいきません。先方も必死なんです。やっぱり一五パーセントじゃダメですか」
横「ダメだよ。あの後、社長とも相談したが、社長も一二パーセントが上限だとおっしゃっている。ここを譲《ゆず》ったら三有不動産の営業はめちゃめちゃになる」
社長にも念を押してみたがダメだった。ここまではダメを承知の演技だ。
篠「期限が近づいてきて、私はもう覚悟しているのですが、万一、売上げが目標の半分に達したら、首都圏特販部は存続させてくれるのでしょうね」
横「毎日の新聞を見ていないのか。雇用調整の話ばかりだ。うちも仕方ないだろう。商売の規模に比べて、人が多すぎるんだ」
篠「しかしこんな時期に二ヵ月で五億円も売り上げていれば御の字じゃないですか」
菊「分かった、五億円にいったら、残すと約束するのではなく、もう一度どうするか再検討しよう」
横山は不満そうな顔をしたが、社長はどちらが会社経営に得になるか分からないと考えている様子だった。

滝川のいないのを確かめてから、花沢を会議室に呼んだ。

花沢はしきりと汗を拭《ぬぐ》っていた。このところずっと体が悪いのではないかという印象がある。これまでさぼり放題さぼっていた男が、急に一所懸命働くようになったから、体のどこかに負担がかかったのかもしれない。

「体の具合が悪いように見えるが大丈夫か」

と言ってから倉庫の件を話し始めた。

最初は、町田から10キロ圏に1000坪の倉庫を探してくれとしか言わないつもりだったが、

「そこは滝川くんの守備範囲じゃないですか」

と気が進まないようだったので、横浜商事のことを話した。話しているうちに花沢はどんどん元気になってきた。本当に仕事に打ち込んでいるのかもしれない。

篠「三月いっぱいがめどだから、君の守備範囲はしばらく他の者に任せて、君はこっちをやってくれ」

花「三部から人を少し出しましょうか」

篠「この話は君以外のものには内緒だ」

花「どうしてですか」

篠「ここのところなんだか重要な話が横山に筒抜けになっているような気がする。誰かスパイがいるのかもしれない」
花「まさか」
花沢は心底驚いたようだった。そりゃ驚くだろう。厳重なマル秘にするよう念を押した。花沢がずいぶん素直に見えた。年上なのに可愛らしくさえ思えた。

篠田に呼ばれたとき、花沢は体じゅうの血が沸きたつのを感じた。とうとう滝川が話したのだと思った。そのままどこかへ逃げだしたくなった。

しかし逃げだす勇気もなく会議室に向かい、篠田から話を聞いて気が抜けてしまった。自分のことを疑っているどころか、首都圏特販部のトップシークレットを話してくれたのだ。しかもスパイの存在を以前から疑っていたという。自分はまったく疑いの外にいるのだ。

なんだか罠を仕掛けられたような気もした。しかし話を聞いているうちにそうではないことが分かった。それどころか篠田は自分をすっかり信じこみ、重要な情報をくれたのだ。

会議室を出て、自分のデスクに座り、しばらく呆然としていた。呼ばれた時の緊張が急にほどけて頭がよく働かなかった。

部下の一人がやってきた。

「赤羽の――さんの件ですが、あのマンションが三五〇〇万円で売れれば与野タウンズを買うと言っています」

「えっ、何だって?」

花沢の耳にはほとんど何も入っていなかった。部下はもう一度、今度は少し丁寧に説明した。

「ふうん」

と花沢は気乗りしない相槌《あいづち》を打った。これまでは二部で一円の売上げだって増やして欲しくはなかった。だからそれとなく部員たちの商売を邪魔してきた。しかし今は小さな商売はどうでもいい。問題は横浜商事の三億円だ。

「えっ、何だって」

花沢は突然、部下の話のある部分に気がついて問いただした。部下は気分を害した口調ではしょった説明を繰り返した。

「与野タウンズか」

花沢は先ほど篠田から聞いたパスぽーとの倉庫が与野にあることを思いだしたの

だ。この倉庫が売れなければ、横浜商事は厚木タウンズを買わないことになる。

「ぼくもお客様のところにお供しようか」

「もう気持ちははっきりしているから、結構ですよ。それより――さんの――ハイツが三五〇〇万円で売れるよう、なんとかなりませんかね」

「どこが扱っているの？」

「××商事ですが」

「専任媒介なんだろう」

「ええ」

「それじゃ××商事がうまくやってくれることを祈るしかないな」

話しながらパスぽーとの倉庫に火をつけるイメージがちらちら頭に浮かんだ。やばいな、とそのイメージを振りはらった。とにかく今は滝川にマークされている。絶対に分からない方法をとらなくては、こっちの手が後ろに回ってしまう。放火はまずい。

とにかくその倉庫を見てこようと思った。与野市は二部の守備範囲だから自分がうろついていても疑われずにすむだろう。

埼京線南与野の駅前は北側にも南側にもかなり広い公園がある。新宿駅まで四〇分足らずの距離を考えると、驚くほどひなびている。駅舎に隣りあうコンビニエンスストア以外、駅前に商店はほとんど見当たらない。

その南与野駅に花沢が降りたのは午後一時を少し回ったころだった。花沢は片手に地図を持ちながら急ぎ足で歩き始めた。

畑や小住宅が雑然と並ぶ地帯を一五分ほど歩くと、行く手にひときわ大きな建物が見えてきた。花沢は辺りを見回した。畑の向こうの庭の広い家の門から現われた老婆が一人こっちへ歩いてくる以外に人通りはない。

片側がけっこう幅の広い道路に面し、反対側は畑に面した倉庫だった。

倉庫は敷地いっぱいに建てられていたが、入口の前には舗装されたかなりのスペースがあり、そこに小さな事務所らしき建物があった。中に人のいる気配はない。荷物の出入りのないときには無人なのだろうか。

花沢はゆっくりと倉庫前の道路を歩きながら倉庫の様子をうかがった。

スレート製の屋根は所々欠けていて、青色だったはずの壁はすっかり黒ずんでいた。屋根までの高さは一五メートルくらいか。壁の中ほどに幾つかの窓が取られている。

倉庫を通り越してしばらく行ってからくるりと振り返り、今来た道を戻り始めた。入口の所でもう一度辺りをうかがってから、レールの上を滑るスライド式の扉に手をかけた。軽く押してみたがぴくりともしない。よく見ると頑丈そうな鉄製の錠がかけられている。

扉の背丈はそう高くはない。花沢は乗り越えて中に入ろうかと思った。しかし中に入った後、身を隠すところがない。誰かが通りかかって不審に思われたらまずい。それに人目はなくても警備保障会社と契約していて、電子的な警戒装置が設置されているかもしれない。

倉庫の馬鹿でかい両開きの扉もぴたりと閉ざされ、真ん中に大きな錠がかかっている。右手の方に椿《つばき》らしい木があり、その根元に小型のドラム罐《かん》のようなものがあった。ゴミを燃やすために置いてあるようだ。

あの中に石油を入れ倉庫に接近させて火をつければ、たちまち燃え上がるだろうと思った。

(ダメだ、ダメだ)

花沢は先ほどから何度か放火のイメージを描いては消している。そんな危ないことは絶対にしてはいけない、と自分に言い聞かせている。しかし完全に消えてはくれない。他にいい知恵が湧かないせいでもある。最も簡単そうだからでもある。しかし最も危険でもある。

花沢が与野市の南端で物騒なことを考えているころ、新宿の三有不動産七階では花沢にとって物騒な話が交わされていた。

篠田が出先から帰ってきたばかりの滝川を自分の席に呼び、

「例の件、きみは遠慮していたけれど、やっぱり花沢くんに応援を頼むことにしたからな。気を悪くするなよ。首都圏特販部にとってここが正念場《しょうねんば》だからな」

と言ったのだ。

「例の件と言いますと……?」

「パスぽーとの倉庫だよ。君も頑張ってくれているが、いかにせん、時間がない」

「本当ですか」

滝川は大きな声をだした。

「そう言うなよ。同じ首都圏特販部の仲間だろう」

「………」

滝川は返す言葉を失った。まるで野良猫をニワトリ小屋に招き入れたような気がした。その時、篠田に花沢のことを言うべきだったのだろう。ところがそれでもまだ、滝川は言い出す決心がつかなかった。

「それで花沢さんは今どちらですか」

花沢の席を振りかえりながら滝川が聞いた。自分で花沢に釘を刺しておこうと思ったのだ。今にも花沢が何かをしでかすのではないかという気がした。

「さあ、さっそく倉庫探しに行ったんじゃないか」

「…………」

「新町田不動産の方はダメだったんだろ?」

「一両日中には何とかと言っています」

「それじゃ仕方ないだろう、君でも花沢くんでも早く倉庫を探してくれれば、首都圏特販部のためになるんだ」

滝川は篠田の席を離れ、二部のコーナーに行った。三人の部員がデスクワークをしていた。

「花沢さん、どこへ行ったか知りませんか」

「さあて」

その中の一番若いのが顔を上げて言った。後の二人は顔を上げもしない。よその部の年下のにわか部長などと口をききたくはないのだろう。遠くから篠田が自分のことを見ているのが分かった。誤解されるのは無理もないと思った。花沢のことを言わない自分が悪いのだ。

滝川は春子の席に行った。

「春ちゃん、花沢さんどこに行ったか知っている?」

「いいえ」

春子は穏やかな声で言った。何故そんなことを聞くのかと疑っているでもなく、仕事中に話しかけられるのを面倒臭がっているでもなかった。

いいえと答えて、春子は滝川を見上げている。次の質問を待ち受けている顔だ。

篠田にではなく、春子に花沢のことを話してみたいと切実に思った。春子なら誰も傷つかないうまい方法を考えてくれそうな気がした。

滝川は春子のデスクの上のサインペンを取り、封筒の端に「7時、パイランド」と走り書きした。いつぞや春子と行ったパイのおいしい喫茶店だ。

春子ははっとした表情で滝川を見上げ、すぐに視線を落とした。それから自分の手にしていたペンでその走り書きを消した。

パイランドの中はガラスの壁越しにすっかり見渡せたが、春子はいなかった。女性客ばかりの店内に入るのをためらい、滝川は道を隔《へだ》てた向かいのブティックのショーウィンドウをのぞく振りをしながら、パイランドの入口を見ていた。

七時を二〇分も過ぎていた。もう来ないだろうと思った。あの時、春子が自分の書いたメモの上に何本も線を書いて消したことを思いだしていた。あれは断りの意思表示だったのだ。婚約をした女に思いを向け続けている中年の自分が醜悪だと思った。何で頭の中から追い出せないのかと思った。

七時半になった。もうダメだ、と思いながらその場を去ることができなかった。その店に人が出入りする度に春子かと思った。

もう帰ろうと心を決めたのは八時に近かった。ふくらはぎが痛み、落胆の脱力感が体中を占領していた。

首都圏特販部のことなどどうでもいい気がした。明日、篠田に辞表を出そうと思った。こんな気持ちのまま仕事なんかできない。

今まで気がつかなかった霧のような雨が降っている。日のあるうちは暖かかったのに急に冷えこんできた。

歩き始めたが自分でもどこへ行くと決めていなかった。

大通りを人の流れに沿って歩いた。

公衆電話ボックスを見つけてふと思いついた。プッシュボタンを押し、

「原さんいますか？」

と言った。

「お待ちください」

男の声が答えた。原俊子を待っている間の視線が新宿の雑踏を泳いだ。ボックスのガラス戸に自分の顔がかすかに映っている。目だけははっきり見える。他人を見るように睨《にら》みつけた。

「はい、原ですが」

原俊子の声が出た。よそ行きの声だ。滝川は言葉が出ない。

「もしもし、もしもし」

原俊子がくり返した。何かを言おうと思うが言葉が思い浮かばない。

「あの」

声を出すより早く電話が切れた。

滝川が新宿をさ迷っている時刻。いつもの店で定量の二合の晩酌をやった花沢は、駅から自宅に向かう路上にいた。

先ほどまで小降りだった雨の粒が少し大きくなっている。傘《かさ》を持っていなかった。駅の公衆電話で幸子を呼ぼうかと思ったが止めた。電話の前に長い列があったし、嫌な声を出されるに決まっている。このくらいの雨ならそれほど濡れないですむだろう。

南与野ほどではないが、ここの駅前も商店街はほんのわずかしか続いていない、まだ九時にもならないのに、ほとんどの店はシャッターを下ろしている。花沢は閉じた商店の軒《のき》を伝うように歩いた。が、それもすぐに切れ、雨を避けるものは街路樹しかない暗い道が始まる。

小走りになったとたん、ぽたりと大粒の雫《しずく》が襟元に入った。どこか木の枝にでも溜っていたものだろう。ちぇっと舌打ちしてよろけた足が水たまりに踏みこんだ。舗装がずさんで見た目よりずっと深かった。すぐに靴下に湿った感触が伝わってきた。

少し腰をかがめ足元を見ながら歩いた。雨に濡れるより水たまりに踏みこむ方が不快だった。頭髪の毛先から雨の雫がたれてきた。額を伝い頬を伝い襟首から入ってくる。爪先《つまさき》でぐじゅぐじゅと音がしているのが分かる。

毎日毎日、ぼくらは鉄板の
口から歌がもれた。長いこと口ずさんだことのない歌だ。若いころは面白がって歌っていた記憶がある。ユーモラスで悲哀に満ちた歌詞を面白がるだけ元気の良かったころだ。

上で焼かれて、嫌になっちゃうよ

(畜生め)

花沢は歌を止め、声にだしてそう言った。誰に向かって呪咀《じゆそ》を吐いているのか自分でも分からなかった。

玄関のチャイムボタンを二度押すと中から幸子が現われた。

「あらあらお父さん大変だったわね。傘もってなかったの?」

「もってたら濡れるか」

「真由美、真由美。タオル持ってきてちょうだい」

幸子の声が大きかったせいか、タオルを持った真由美もすぐに姿を現わした。

風呂に入り体が温まると、冷えていた心もようやく暖かくなった。

風呂から上がりダイニングキッチンのテーブルで一人だけの食事を始めたとき、廊下の電話が鳴った。すぐにドアが開き真由美が、

「お父さん、電話」

と言った。

「誰だい」

「何とかさんって言ったけど、よく聞こえなかった」

受話器を握り、

「はい、花沢ですが……」

「ああ、私だけれど……あれどうだった」

「ああ、副社長」

と花沢は声をひそめた。横山だった。最初のとき以外連絡はすべて花沢の方からした。用心深い横山から家に電話が来るなんて思いもしなかった。花沢は後ろを振り向いた。ドアはきちんと閉めてある。

「厚木だよ……、昨日、連絡をくれるはずだったろう」

「すみません……。あれはダメです……。周りじゅうに人目があります」

花沢は滝川のことは口にしなかった。

「夜中なら大丈夫だろう」

「……無理ですよ」

横山は沈黙した。息づかいだけが低く聞こえる。

「何とかならんかな、君の望まない事態になるぞ」

「……今度の取引の条件に横浜商事の与野の倉庫があります」

「どういうことだ？」

「先方は一二パーセント引きでは納得していないのです。その代わり与野市の倉庫を売って、新しく町田周辺に別のを買うという条件が持ち上がっています……。この倉庫が消えて無くなれば厚木は売れません」

「できるか」

「私には無理ですよ」

「君のことは最大限バックアップするさ」

花沢は無意識に舌の先で上唇を舐めた。

「私に目をつけている奴がいるんです」

「……誰だい？」

「滝川くんです」

「なんだってそんなことを」

横山が吐きだすように言った。

「大丈夫です。決して尻尾《しっぽ》を摑《つか》まれるようなことはしませんから。副社長にご迷惑がかかることは万一にもありません……。でも少し行動は控えておきませんと」

「……仕方ないな、肝心な時に」

電話を切ってから花沢はその場に座りこみたいような疲れを覚えた。

第17章　尾行

3月25日
滝川が出勤してきてすぐに辞表なんぞ出しやがった。

理由を聞いても言おうとしないから、

「お前、辞めるなら倉庫の方をなんとかしてからにしてくれ」

と、強引に言ってとりあえず保留にさせた。

こんな本土決戦前夜のようなときに、敵前逃亡をしようなんて、まったく気楽な奴だ。何を考えてそんなことを言いだしたのか分からないが、四十面下《づら》げてガキと変わりゃしない。

そのくせその二時間後に、新町田不動産からの話をおれに伝えるときは目の色が変わっていた。

「パスぽーとの倉庫が見つかりました。広さも坪単価も問題ないと思います。鹿児島氏と一緒にこれから見に行ってきます」

と聞いておれも一緒に行くことにした。

途中の電車の中で、なぜ辞表を出したのか手を替え品《しな》を替え聞いてみたが、

「人生をもう一度ゼロからやり直してみたい」などと青臭いことしか言わなかった。

「首都圏特販部は見捨てるのか」

「篠田さんがいればちゃんとやっていけます」

「首都圏特販部の仕事が嫌になったのか」

「そんなことはありません。今までの仕事の中で一番おもしろかった」

「それならここに踏み止《とど》まっておれを助けてくれ」

と言ったが、滝川はごまかして返事をしなかった。

人生なんかどこでゼロからやり直したって、すぐに元《もと》の木阿弥《もくあみ》になることを、滝川は感じたことがないのだろうか。

横浜商事の鹿児島と新町田不動産の井出三郎が——駅前で我々を待っていた。鹿児島は部下を一人連れていた。お互い同士は初対面だったので滝川が二人を引き

合わせた。

それからタクシーで一五分ほどの現地へ向かった。幹線道路に面した馬鹿でかい建物だった。鹿児島はまず建物の周囲を見て回り、部下に持ってきた巻尺で道路の幅や入口の幅など何ヵ所も測らせた。

それから倉庫の中に入り、床を踏みしめたり壁を叩いたり、まるでインチキ物件を売られるような顔であちこちを確認した。

滝川と井出は鹿児島につきっきりで、彼の質問に答えていた。おれはひやひやし気分が落ち着かなかった。

一時間もかけてそんなことをやった後、

「悪くない」

と言った。


「ねえ、あなた」

春子がノートから顔を上げ、滝川に声をかけた。顔がすっかり上気している。滝川はもう二冊とも読み終え、布団の上に横たわっていた。

「うむ?」

「あなたって、けっこう本部長に水臭かったのね」

「どこが？」

「だって、辞表を出したわけなんか何も話してないじゃない」

「おれが春に振られたから、もう三有不動産にいたくなくなったと言えば君は満足だったのか」

「そのとおり」

春子は冗談めかして言い、またノートに目をやった。

この日、篠田と滝川が横浜商事に出かけて間もなく、春子は滝川からの電話を受けた。

「ああ、春ちゃん」

「はい」

春子は胸が騒ぐのを感じた。昨日は、約束の時間にパイランドの近くまで行きながら、迷いに迷ってそのまま帰ってしまった。

母に説得されお見合いをして、八分通り結婚が決まった相手がいる。滝川のことは結婚の対象に考えたことがなかった。春子がというよりも、母親が娘の結婚相手は初婚の男に決まっていると思いこんでいることが、春子の気持ちを縛《しば》っていたのだろう。
二七、八歳までは言い寄る男もいたが縁がなく、三〇歳過ぎてから近づいてきた男は真面目ではなかった。
「いいかい、さりげなくしていてよ。そこに花沢さん、いるだろう」

「えっ、ええ」

春子は花沢の席を見た。花沢はどこかへ電話をかけている。

「花沢さんがどこかに出かけたら、後をつけて欲しいんだ」

「そんなこと」

「わけは後で話す。とにかくそうしてくれないと首都圏特販部は大ピンチになる」

「後をつけるって、あたしにそんなことできませんよ」

「いざとなったら見つかってもいいんだ。見つかったら花沢さんに、ぼくからみんな聞いていると言ってくれていい」

「でもあたしの仕事もありますし……」

「それじゃ、こうしよう。花沢さんが出かけたら、電車に乗るところまで行って、それが埼京線だったらどこまでもつけて行ってよ。そのほかの線だったら、会社に戻って春ちゃんの仕事をやってください」

「部長、なんか変ですね」

春子は昨夜のことを思った。それに関係した策略かもしれないという疑いが、ちらっと頭に浮かんだ。

「変は、よく分かっているよ」滝川はしばらくためらってから言った。

「花沢さんが副社長に何か頼まれているかもしれないんだ」

その言葉を聞いたとき、胸がずきんとする衝撃を春子は感じた。まさかと一笑に付したいが、二日前の奇妙な電話がある。

「一昨日のあれ、そうなんですか？」

「ああ、そうだ。偶然、厚木タウンズで花沢さんと会ったんだ……今度は南与野の倉庫が危ない」

「でも……」

「頼むよ」

と言って電話が切れた。春子の頭の中に混乱したものが渦《うず》を巻いている。どうしたらいいのか、考えがまとまらない。

春子は花沢を見た。今度はデスクに顔をうつむけ何か書いている。当分動きだすようには見えない。

春子はまた部員たちから回ってきた伝票の整理を始めた。

顧客と打合せの喫茶店や手土産《てみやげ》代、資料代などは毎週月曜日に、定期券が使えない範囲の電車賃、タクシー料金は半月単位で支払う。経理からうるさく言われるので、篠田も伝票のチェックには神経質になっている。春子も中身をよく点検して、おかしいと思うものにはクエスチョンマークをつけ、各部長に突き返している。

しかし仕事に集中できない。依頼されたことが驚くべき内容だったこともあるし、滝川のことが気になることもある。

点検すべき伝票の上に滝川のイメージが重なってしまう。

見合いした相手と結婚してもいいと、春子は思っていた。浅草《あさくさ》の方の菓子屋の三代目で自分で菓子を作り自分の店で売っている。作るところを見せてもらったが、なんだかいい感じがした。その時、自分も菓子を作る技術を教わろうかしらなどという考えが浮かんで楽しい気分になった。

顔を少し上げて花沢の方を見た。

(あれっ)

思わず立ち上がっていた。花沢の姿がない。ほとんど無意識で机の上に拡げていた伝票を帳簿の間に挟み、ハンドバッグを腕に抱え、席に座っていた二部の部員には、花沢の行方《ゆくえ》を聞きもせず、急いで首都圏特販部のオフィスから出た。

短い廊下に花沢の姿はなかった。エレベーターの赤い表示が6の所にあり、下に移動している。

春子は一瞬の思案の後、階段を降り始めた。それほど高くはないがハイヒールだったので走りにくい。こつこつと慌ただしい足音が階段にこだました。

四階から三階に向かうところで、エレベーターの表示は1になった。

春子は息を切らせて玄関を出、駅への方向を見た。二〇メートル先に花沢の小柄な体があった。

慌てて柱の後ろに身を隠した。まだ胸が大きく弾んでいる。

数秒後、柱の陰から顔だけ用心深く出した。

花沢が見えない。春子は飛び出て、道を小走りに進んだ。

いた。数人の学生の向こう側に花沢の姿が見えた。右足を引きずるように歩いている。二〇メートルの距離をとり、間に何人もの人をおいて春子は花沢の後をつけた。

花沢が歩道橋を上り始めた。向こうからの見通しがよくなる。何かの拍子に振り返ったら見つかるだろう。春子はとっさに電話ボックスの陰に入った。そこから橋の上を歩いていく花沢を見ていた。花沢は後ろを警戒する様子は少しもない。花沢が渡りきってから春子も歩きだした。

新宿駅までの数分の道を花沢はまるで退社した後、家路を辿るかのように落ち着き払って歩いた。それだけ後をつけるのは簡単だった。

新宿駅西口の構内は大勢の人で混雑していたが、花沢を見失うことはなかった。

花沢は切符の自動販売機の前に並んだが、春子は駅に入るのに自分の定期券を使おうと思っていた。もし南与野へ行くのであれば、向こうに着いてから精算すればいい。

改札口周辺は人が幾重にも重なっている。ここで花沢との距離をとると見失う可能性もある。春子は数メートル後に続いた。花沢が気紛れに後ろを振り向いたら見つかるかもしれない。春子は顔をうつむけていた。自分の心臓が驚くほど速いテンポで動いているのを感じた。

花沢が改札を通り抜けた。春子もハンドバッグの口を開け、定期券を取りだそうとした。

「あっ」

と声が洩《も》れた。定期券がない。思いだした。コートのポケットに入れたままなのだ。一瞬、気が動転したが、すぐに自動券売機の所に戻った。改札から最も離れた所の機械の前には人の列はない。はやる気持ちを抑えながら、財布から小銭を取りだし、一二〇円の切符を買った。

もう一度改札に走った。視線を遠くに向け、左右に振り、花沢の姿を探すが見当たらない。

(どうしよう?)

すぐに答えが出た。

(埼京線のホームに行けばいいんだわ)

花沢が他の線に乗るのだったら見逃してもいいのだ。埼京線に乗る花沢だけは後を追わなくてはならない。

埼京線のプラットホームまで長い距離があることを春子は知っている。春子は人の間を縫って走った。途中で追いつけるかもしれないと思った。走りながら向こうへ歩いていく人の後ろ姿に油断なく目を走らせた。

花沢はいない。切符を買うのに何分くらいかかったかしら? 春子は考えた。機械の所まで行くのに一〇秒、小銭を取りだし機械に入れて切符が出てくるまで一五秒、また改札口に戻るまで一〇秒、長くても四〇秒くらいだ。

それだったら、埼京線のプラットホームに着くまでに追いつけるはずだと思った。

しかし花沢は見当たらなかった。

階段の下まで来たとき発車の合図が鳴り始めた。春子は階段を駆け上がった。右側に乗客が大勢乗った電車が停まり、反対側にはまだ空席の目立つ電車が停まっていた。右側のが発車するのだ。

春子はそれに飛び乗ろうと思った。その時、閃《ひらめ》くものがあった。

(花沢さんはこれに乗っていないわ)

日頃、社内で花沢がわずか一階の上り下りでも階段ではなく、エレベーターを使うことを春子は知っていた。一台遅らせてもきっと空いている方に乗るだろうと思った。

春子はプラットホームから窓越しに、左側の電車の乗客を調べることにした。

右の電車はドアを閉め発進した。

そちらは見向きもせず、ゆっくりとホームを歩き始めた。

花沢に見つからないように、遠くから乗客を確認していく。

最初の車両にはいなかった。二両目にも見当たらなかった。どんどん乗客の数がふえていき確認がやりにくくなっていく。

三両目にもいなかった。

春子は自信が無くなってきた。さっきの電車に乗っていたかもしれない。他の路線に乗っているのならいいのだけれど……。

四両目には、もう立っている乗客の方が多いくらいだった。

それでも必死に乗客の一人一人を確かめた。顔よりも姿の方がすぐに分かる。あの小柄な体つきはやや例外に属するのだ。

いた。

春子は、体がこわばるのを感じた。

四両目の一番奥のドアの隣に花沢は座っていた。腕を組んで目を閉じ眠っているようだ。

少しためらったが、春子は二つ離れたドアからその車両に乗りこんだ。隣の人の肩越しに花沢が見える位置で、吊り革にぶら下がった。

やがて電車は動き始めた。花沢は上体を電車の振動に委《ゆだ》ねて揺らせている。顔色も悪くシワも深くとても疲れているように見えた。

春子の父の年にはまだかなりあるのに同じくらいに思えた。春子自身は今までこの男に嫌な目にあわされたことはない。気の小さい人だと思っていた。

（本当に南与野に何かしに行くのかしら）

やはり滝川の言ったことが信じられなかった。

誰にも言わずに出てきてしまったことも気になった。自分がいないことに気づいて、首都圏特販部が大騒ぎになっているのではないかという気がした。

埼京線は新宿から池袋までノンストップである。その五分間も、春子は絶えず花沢の方に視線を向けていた。見る度に花沢が消えていなくなっているような錯覚に捕らわれた。

電車が池袋駅に着いたとき少し緊張した。ここでは大勢の人が乗りこみ大勢の人が降りる。その時花沢も目を開けて周りを見るような気がした。

春子は両腕で吊り革をつかみ、その間に顔を埋めた。これなら見えないだろう。腕の間から花沢の方を見た。

いない、また、姿がなくなっている。片方の腕を離しもう一度見た。やはりいない。腰をかがめて窓越しに、花沢のいた位置のドアからホームにかけての人波に視線を向けた。いない。そこから視線を左右に振った。いた。

花沢は春子のすぐ目の前を右手に歩いていく。一枚のガラスを隔てたわずかの距離しかないが、花沢はまったく気がつかない。

春子は慌てて出口に急いだ。閉じかけるドアの間に体を滑りこませた。ハンドバッグが半分挟まれたが、辛うじて引きだすことができた。

プラットホームに降りたってから、春子は気がついた。池袋駅で乗り換えるのなら、花沢は南与野に行くのではないのだ。西武線か東上線に乗るか、池袋駅の周辺に用事があるはずだ。

混雑した人の流れに身を任せて、花沢の後を追った。春子はもうかなり大胆になっていた。花沢は辺りにほとんど注意を払わずに歩いている。

花沢は自動改札から外に出た。春子は駅員のいる改札口に不足分の三〇円を置いて通り過ぎた。

花沢はまっすぐに西武線の駅を目指している。自動券売機で切符を買い、改札口を通り抜けたとき、春子はほっと短い溜息をついて体じゅうの力を抜いた。

(もう、後を追う必要はないわ)

春子は辺りを見回し、公衆電話のあるコーナーを見つけた。そこから首都圏特販部に電話を入れた。

「すみません。ちょっとお使いに出たら、知り合いに会ったものですから……」

「いいってことよ。おれがうまいこと言ってやるから、少し息抜きしておいでよ」

電話を受けた部員は何事もないようにそう言った。

篠田と滝川は三時過ぎに首都圏特販部に戻ってきた。

春子は反射的にそちらを見て、滝川と視線があった。滝川の視線は何かを言いたげだったが、それが何か春子には分からなかった。滝川は春子の所に来ようとはしない。

春子は帳簿に数字を書き込みながら、意識はなかなかそれに集中しなかった。

ほとんどの部員が部屋に戻ってきた五時前に篠田が全員を会議室に招集した。

柳田以外の三人の部長はいつもどおり、篠田の横に並んでいた。滝川は胸を張り部員たちに顔を向けていたが、花沢は顔をしかめうつむき加減だった。

篠田が満面の笑みを浮かべて話し始めた。

「本日、大きな契約が取れました。発足以来諸君にはいろいろご心配をかけましたが、これで首都圏特販部は安泰です。これは初めに掲げた目標数字には達していませんが、社長と約束していますので間違いありません。諸君の努力の賜物《たまもの》と感謝しています」

話の途中で拍手が起こった。それはしだいに大きくなり、全員が嬉しそうに手を叩いた。

「つきましては、今週末、ささやかな祝賀会をやりたいと思いますので、皆さんそのつもりでいてください。まあ、この部屋で酒盛りをするという程度のことですが……」

また拍手が大きくなった。

3月25日（承前）

仕事を終えてから南野と花沢を誘って「酔虎伝」に行った。滝川も連れて行きたかったが、用事があると断られた。あいつ本当に辞めるつもりなのだろうか。

「酔虎伝」で南野が、

「目標に四億円も数字がたりなくても首都圏特販部が存続できるのか」

と不安そうに言った。

「社長の約束だから大丈夫」

とおれは断言したが、約束したのは再検討するということだけだから一抹《いちまつ》の不安はある。しかし一〇中八、九大丈夫だろうと思う。二ヵ月で六億円。営業本部に比べてもまずまずの成績だ。

そう思うしかない。

花沢には、

「あなたの勧めで首都圏特販部の部長を引き受けることになったが、やってよかったと思う」

と言ったら、しきりに照れていた。

花沢は篠田らと別れてまっすぐに家路を辿った。

(これで本当に首都圏特販部は生き残るのだろうか?)

と何度も思った。首都圏特販部が存続することになれば、自分にとって最悪の状態になるだろう。片方に横山、片方に滝川がいて自分を脅かす。いつもびくびくしていなくてはならない。

(もう自分に打つ手はないだろうか?)

夜道をひゅーひゅーと吹き荒れている風が、心の中にまで吹きこんでくるような気がした。体が寒い、心が寒い。

駅から自宅への道の最後の角を曲がったとき、家の前に誰かがいるのに気がついた。

一組の男女だった。

数歩あるいて誰だか分かった。女の方は真由美だ。

花沢が気がつくのと同時に、真由美の方も気がついて声を上げた。

「お父さん」

一緒にいた男は少しうろたえた風だったが、

「……と申します。突然で恐縮です。いつも真由美さんにお噂はうかがっています」

ときちんとした挨拶をした。

「送っていただいたの」

花沢が今までに見たことのない女の子らしい表情で真由美が言った。

上がっていただいたらどうだ、とでも言えばよかったのだろうが、花沢にはそんなゆとりはなかった。ひたすら動転していた。

（これが真由美の恋人なのだろうか）

と思った。一見して自分より風格があるような気がした。

「それでは失礼します」

とすぐに男は帰っていった。その姿が角の向こうに消えてから、

「いいのか」

花沢は言った。

「何が？」

真由美が言った。

「帰しちゃってさ」

「うん、いいよ」

「お前の恋人か」

「そんなんじゃないよ」

「きちんとした人だな」

「そう？」

「お前にはもったいない」

「ひどい」

真由美が嬉しそうに言った。

「まさかお父さんと会うとは思わなかった」

「見つかりたくなかったのか」

「ううん、いいよ、どうせ会ってもらおうと思っていたんだもの」

「呼んでくるか」

花沢は男が歩いて行った方をあごでしゃくった。

「また今度ね」

二人で揃って玄関に入った。

幸子がびっくりしたように二人を迎えた。

「あら、どうしたの？　一緒に帰ってきたわけじゃないでしょ」

「そこで、会ったのよ。……さんびっくりしてた」

「……さんも一緒だったの。寄ってもらえばよかったのに、お父さん」

「また今度だと」

花沢は、不意に、

（おれもきちんとしなきゃいけないな）

と思った。

第18章　プロポーズ

今夜は春子の方が先にパイランドに着いた。昨日のお詫《わ》びのつもりだった。時計を何度も見た。約束の七時までまだ八分ある。

なんだか気持ちが落ちつかない。滝川に頼まれて緊張した濃密な時間を過ごしたせいなのか、意識に滝川の存在が染みこんでいるような気がする。花沢の後をつけている間じゅう、滝川が隣にいたようなものだから。

滝川がドアから入ってきたとき、そちらを見たわけではないのに、そのことが分かった。目ではなく肌が、滝川が入ってきて生じた微妙な空気の変化を感じたのだ。

滝川は照れたような顔で近づいてきた。春子の前に座りながら、

「また来ないんじゃないかとひやひやしてた」

と言った。とても大人の台詞《せりふ》じゃないな、と思ったが、それが滝川に似合っているように思えた。滝川がずいぶんハンサムなことに初めて気がついた。

「だって……」

とだけ言った。だって来ないと悪いから、でもないし、だって花沢さんのことがあるから、でもない。

「今日、無理なことを頼んで申し訳なかったよ。びっくりしたろう」

「ええ、部長の方がなんだか変だと思いましたよ……、今でも半分そうだけれど」

春子は少しこわばった笑いを漏らした。

「そうだろうな……。わけはこれから話すけれど、花沢さんどうだった。出かけた？」

「大変でしたよ。わたし探偵なんかやっちゃった、怖かった」

「南与野に行ったの？」

「とにかく人の後をつけるなんて、やったことないでしょう。いつ見つかるかと思うと、本当にドキドキするんですよ。定期忘れて行ったんで、切符買っている間に見失っちゃうし……、わたし、西口の改札のところから埼京線のホームまで、人が一杯いる中を全力疾走したんですよ」

「申し訳なかったね。それで花沢さんは」

「やっぱり埼京線に乗ったんです」

「そうか」

滝川の声に力が入った。

「でも、池袋で途中下車しました。その後もつけたのですけれど、西武線に乗りましたから南与野には行きませんでした」

そうか、と今度は力が抜けた。

「よくやってくれたね。そんなことまでやれるとは思っていなかった……。頼んでからずっと頼まなければよかったと後悔していたんだ」

じっと注がれている滝川の黒い目を、春子はちょっと息苦しく感じた。

「それで、なんで花沢さんの後をつけなくてはいけなかったんですか」

滝川はポケットを探り「あまり吸わないんだけどね」と言いながら、マイルドセブンを取りだした。ウエイトレスを呼び、マッチをもらって、煙草をくわえて火をつけてから、話し始めた。

滝川が話している間じゅう、春子は時々かすかにうなずくだけで、一言も言葉をさし挟まなかった。

一〇分ほど経って話が終わったが、春子はすぐには口を開かなかった。

「まだ、ぼくの方がおかしいと思うかい」

滝川が言うと春子は夢から覚めたように滝川を見て、首を左右に振った。それから春子は手を延ばし、滝川のマイルドセブンを取った。

「わたしにも一本くれますか」

「吸ったっけ？」

「いいえ、でも吸いたい気分なんです」

春子は煙草に火をつけ一口吸った。

「驚いた？」

「ええ、頭がおかしくなりそうです」

春子は横を向いて煙をそっと吐きだした。

「それで本部長はなんて……？」

「篠田さんにはまだ言っていない」

「本当ですか？　どうして」

「よく、分からないけど……決断できないんだ。とんでもないことが起きそうな気がして……、春ちゃんだったら報告する？」

それは、と言って春子は口ごもった。黙ったまま考えこんでいる。自分の考えはよくまとまらない。でもこの人いい人だなという気持ちがじわじわと体に拡がっていく。

「そうだろう。言えばいいってわけにはいかない。言えば、ただじゃ済まないからね。このまま彼が何もしないでくれればいいと思っているんだ。それだったらぼくは誰にもこのことを言わないで済む」

あれっ、わたしは「誰にも」の内に入らないのだと春子は思ったが、別のことを口にした。

「厚木で何をしようとしたのかしら」

「……考えられるのは、厚木タウンズを売り物にならなくすることだよ」

「どうやって」

「……ガラスをみんな割っちゃうとか、家の中にペンキぶちまけるとか……」

春子の煙草が灰皿に置かれたまま、まっすぐ上に細い煙を上げている。

「花沢さんにそんなことできると思えないわ」

「ぼくだってそう思っていたさ。でもぼくの営業日誌を盗み見ていたところをぼくに見つかりながら、厚木に来たんだぜ……。また何かしないとも限らないさ」

「ずっと見張っているつもりですか」

「今月一杯と思っているんだ。横浜商事さえ終わってしまえば、首都圏特販部は安泰で会社もぼくらのクビを切ることはできない。そしたら花沢さんも、何かやる意味はなくなるだろう」

「あと六日ですね。もう部長の方からしっかり釘を刺したら、花沢さんもできないいんじゃないかしら」

「営業日誌のときにかなり脅したつもりなんだ。それでも効き目がなかったわけだから……、これからぼくと春ちゃんで、手分けして見張っていようよ」

「この時間は大丈夫ですか」

春子がはっと息を飲むような表情をして言った。

「今夜は大丈夫だ。さっき篠田さんに誘われて一杯付き合わされているから」

滝川のパイも春子のパイも、ほとんど手がついていない。二人とも話している間、レモンティーに口をつけるだけだった。

「春ちゃん、せっかくのパイを食べたらどうだい」

はい、と春子は素直に言って、フォークを手にした。マロンパイを一口切り取りながら、さっき心に浮かんだことを言ってみたくなった。

「部長、本部長にも花沢のことを言わないのに」舌がもつれるような気がした。

「なんでわたしなんかに」

そこまで言ってパイを口の中に頬ばった。

滝川もパイを荒っぽく切り取り口に入れた。むしゃむしゃ口を動かしながら言った。

「今朝ね、ぼくは篠田さんに辞表を出したんだ、止められたけどね」

「えっ、嘘っ」

春子は信じられないという顔をした。

「春ちゃんも、嘘っ、なんて言うんだね。やっぱり若いんだ」

「どうしてですか?」

「つまらないことさ」

「どうしてですか」

春子の口の中のマロンパイは、まったく味がしなくなっていた。

「女に振られた」

滝川は台詞を棒読みするような言い方をした。

「もう三有不動産にいたくないんだ、その人の近くにいるのが耐えられない」

「嘘っ」

「本当だよ」

ちゃりんと音がした。春子が手にしていたフォークをパイの皿の上に取り落としたのだ。

「だって、そんなの、嘘よ」春子は無意識にしゃべっているようだった。

「誰も振ったりしていないじゃない」

「振られたよ、春ちゃん、結婚するんじゃないか。見事に振られたよ」

「馬鹿なこと言わないでください、滝川さん、わたしに結婚、申し込んだりしていないでしょう」

春子は怒ったように言った。

「そうか、分かった。ぼくもこんなことを言うつもりじゃなかったんだ。申し訳ない、いい年してガキみたいで、自分でも呆《あき》れている。ぼくも早く立ち直りたいんだ。春ちゃんに何も打ち明けないのに振られたなんて言っているから、ダメなんだな」

滝川は座り直して背筋を伸ばした。

「それじゃ申し訳ないけれど……春ちゃんぼくと一緒になってくれませんか」

春子は頭の中がクラクラするのを感じた。何も考えられない。お腹の底の方から叫びたいような気持ちが衝《つ》き上げてくる。ああ、叫んでしまいそうだ。

気がつくと目からすうっと頰を伝って流れるものがある。叫びたい気持ちが涙となって溢《あふ》れている。

春子の涙を見て滝川が慌てた。

「ご免なさい、ご免なさい。春ちゃんが結婚申し込んでいない、なんて言うから……。もう忘れてください」

「お受けいたします」

喫茶店の喧騒《けんそう》の中で、小さな小さな声だった。しかし、滝川には聞こえた。聞こえてもそれを信じることができなかった。だから、

「えっ」

と聞き直した。

「ありがとうございます、お受けさせていただきます」

声は少し大きくなった。

「えっ」

滝川はその場で立ち上がった。

「ほんと、かよ。本当なの。おれと結婚してくれるの。まさか」

第19章　契約破棄

横浜商事の総務部長が厚木タウンズの購入契約をしないと伝えてきたのは、三月二九日の昼前だった。

電話を受けた滝川は、最初、回りくどい総務部長の話がよく飲み込めなかった。

「結局どういうことですか？」

と問うと、総務部長は意を決したように、

「今回の契約を見あわせたいということです」

と言った。

「まさか！　今になってそんなことを！」

「申し訳ないと思いますが、今期の売上げが非常に厳しい状態にありますので、ここでこれだけの投資はできないという判断になりまして……」

「だって、四日前にお宅の社長と我々と一緒に倉庫を見たときに、社長は『問題ない』とはっきりおっしゃったじゃないですか。総務部長だってそのことはご存じのはずでしょう」

滝川の周りにいた部員たちは話の成り行きに気づいて、自分の仕事の手を止め滝川の方に注目した。滝川の周りに騒然とした雰囲気が作られた。中の一人が篠田に知らせに行き、篠田も滝川の席にやってきた。

電話のやり取りをしばらく聞いていた篠田が、滝川に目で合図をした。

「ちょっと本部長に代わりますので」

滝川は受話器を篠田に渡した。篠田ももう一度初めから事情を聞いたが、総務部長の返事は要領を得なかった。篠田は滝川のデスクを拳《こぶし》でこつこつと神経質そうに叩き始めた。

「鹿児島社長はいらっしゃいますか」

「今、ちょっと出ております」

と言ったまま相手は黙っている。

「いつお帰りですか」

「午後は戻っていると思いますが」

「それじゃ、午後二時にお訪ねしたいと思いますのでお伝えください。のちほどまたご連絡します」

「予定を聞いてみないと分かりませんが」

と言うのを強引に了解させ、電話を切って、

「馬鹿野郎」と吐き捨てるように言った。それから滝川に聞いた。

「なんだ、この期《ご》に及んで。どういうことなんだ」

噛みつくような口調だった。

「分かりません」

「倉庫のあのしつこい点検は何だったたというのだ」

「そうですよね」

「あれか？」

篠田は眉間《みけん》にシワを作った。滝川がどきりとするような険悪な表情になった。滝川はすぐにスパイのことだと思いついた。

「この段階でそんなものに有効な手段があるとは思えませんが……」

口ではそう言ったが、さっきからそのことが滝川の頭にも浮かんでいた。滝川は花沢の方にさりげ無く視線をやった。花沢はこちらに関心のないかのようにデスクの上に視線を落としている。

「他に何か考えられることがあるか」

滝川は首を振った。

「君が担当だろう。少しは考えたらどうだ」

頭ごなしの怒鳴り声だった。八つ当たりをされていると思ったが、滝川は素直に謝った。

「すみません」

「とにかく午後から先方に行くからな。君も一緒だぞ」

少し声を和らげて言った。

篠田が自分の席に戻った後、滝川は花沢の席に行き小声で言った。

「花沢さんちょっと顔貸してくれない」

花沢は机から顔を上げ、

「何ですか」

と気弱そうに言った。

「いいからちょっと」

滝川は花沢の両肩を摑んだ。骨ばった感触が掌に伝わってきた。

花沢は仕方なく立ち上がり滝川の後に続いた。滝川は首都圏特販部の入口から外に出た。

　エレベーターではなく階段を使い、下に降りるのではなく上に上っていく。

「どこへ行くんだい」

「屋上ですよ」

「何だって屋上なんかに……？」

「いいからついてきてよ。みんなのいるフロアで大きな声で言われたら、自分が困るんだから」

　屋上へ続く扉を開けると、外はすっかり陽春の日差しだった。微風が頬に生暖かい。

　給水塔の陰まで行ってから滝川は後ろを振り返った。花沢はひるんだ表情をした。

「何をやったんですか？」

　花沢は絶句している。

「今まで二度も見逃してきたけれど、今度はダメだよ……。何をやったんですか」

「何のことだ」

「電話、聞いていたでしょう。横浜商事の件は今頃キャンセルになるような話じゃないんだ。あなたが横山と一緒に何か仕掛けたんでしょう」

「そんなこと、してませんよ」

「嘘だ！——電気だってあなたの仕業《しわざ》だろう。横浜商事に何をしたの？」

滝川は花沢の胸倉を摑んでいた。

「何もしていないって！　私に何かできるような相手じゃないだろう」

「厚木タウンズに火でもつけに行ったあんたなら、何だってやるさ」

「まさか、火だなんて」

「それしか考えられないよ、他に何の用事があって、あんなところに行ったんですか」

「それは、お客の……」

「そんな見え透いたことを言ったってダメだよ」

滝川は花沢の体を力まかせに揺さぶった。小柄な花沢は無抵抗のままふらふらした。

「さあ……、言わないんだったら、このまま下に行ってあなたのことみんなに話す」

花沢はその場に倒れこんだ。その肩に手をかけ引きずり起こしてもう一度「さあ」と言った。

「やめて」

二人の後ろから声がした。春子だった。

「なんだってここへ」

滝川が聞いたのには答えず、

「花沢さんは昨夜、本部長と一緒だったのでしょう。何かやる時間なんかなかったじゃないですか」

そのことは滝川も考えないではなかった。しかし時間の間隙《かんげき》をぬって何かやったんだろう、と大ざっぱに考えていた。

「そうだよ、昨日は九時まで篠田さんと飲んで一〇時には家に帰って一一時には寝ていたんだ。何ができると言うんだ。疑うなら家に電話をして女房に聞いてくれ」

「スパイのくせに威張《いば》るなよ。あんたなんか、ぼくが一言みんなに言ったら……」

そこまで言いかけて滝川は言葉をのんだ。それから花沢と春子を交互に見た。花沢は気圧《けお》されたようにまばたきをくり返した。春子は左右の大きさの少し異なる目でじっと滝川を見ている。

「悪かったよ、証拠もないこと言ったりして……、しかし、それなら何があったと言うんだ」

滝川は途方に暮れた表情になった。

花沢は気まずそうにうつむき、首を左右に振った。

一時に横浜商事に電話を入れ、有無を言わせず鹿児島との面会の約束をとりつけてから、二人は会社を出た。

新町田不動産の井出も呼びだし、向こうで落ち合うこととした。

途中、篠田は奥歯を嚙みしめじっと黙りこんでいたかと思うと、急に「こんなことは何かの間違いだ。二人で行けばきっとうまくいくさ」などと楽観的なことを言った。

応接室に通されるとすでに井出がそこに座っていた。二人を見ると慌てて立ち上がり、大きな体を折り曲げるようにして、

「とんでもないことになりましたな」

自分のミスでもあるかのように頭を下げた。

待たされることなく鹿児島が、総務部長を引きつれて姿を現わした。

「いや、お手間をとらせて申し訳ないですね」

鹿児島は屈託ない口調でそう言った。

「手間なんか、大事な横浜商事さんのためなら、たとえ火の中水の中ですよ」

篠田が言った。顔に笑みを浮かべている。

「話がここまできて申し訳ないのですが、昨日出た数字が思っていたよりずっと悪いんですよ。うちのようなディスカウントは不景気と無縁と思っていたが、そうでもないんですな。これじゃ社宅どころか、組合と約束した昇給もままならないということになりまして……」

鹿児島は笑いながら言った。

「何か当方で鹿児島社長の意に染まないところがございましたでしょうか。おっしゃっていただければ、何でも御意《ぎょい》に添いたいと思っております」

「いやいや、そんなんじゃないのですよ。純粋に数字の上でのことでして」

「だって先日まで……、倉庫もご覧になって気に入っていただけたわけですし、私もすっかり安心して、社内でもうみんなに報告もして、皆『鹿児島社長には足を向けて寝られない』なんて申しているのです」

篠田の笑みはすでに消えていた。

「そう言われると本当に辛くなります……。きみ、このままじゃあれだから、ちょっと数字を持ってきてくれないか。ウチでも幹部しか知らない資料なんですが、皆さんには見ていただかなきゃ話にならない」

総務部長が応接室を出て行き、間もなく戻ってきた。一通の茶封筒を手にしている。

それを鹿児島に手渡した。鹿児島は封筒を逆さに振り、中から数葉の書類を出した。

「これですよ。今年の一月から昨日までの売上げが出ていますが、対前年比がマイナス五パーセントにもなっているでしょう。これはパスぽーとが始まって以来の不名誉な記録でしてね。これじゃ社宅への投資をしたくても、できやしない」

篠田は沢山の数字が書きこまれた書類を手渡されそれを拡げた。

パスぽーとの支店別の売上げと対前年比の推移が記録されている。

「昨日までの売上げというのは、ずいぶん中途半端ですね」

横からのぞきこんでいた滝川が、篠田より先に疑問を口にした。

「そんなことはないですよ。売上げの記録はPOSで毎日出ますからね。たんにそれを集計したにすぎません」

「それでしたら先日あの倉庫を見にいった時点で、売上げが減っていることは分かっていた、ということになりませんか？」

「確かに誠にうかつでした。だから申し訳ないとお詫び申し上げて……。契約上のキャンセル料でも何でもきちんとお支払いするようにいたしますので」

鹿児島の言葉を聞いて滝川は、調子のいいことを言うと思った。まだ契約を取り結ぶには至っていないのだ。キャンセル料の取り決めなどしているはずがない。この丁重な言葉の裏に何か言えない事情があるのだ。

「社長」篠田が口を開いた。重苦しい声だった。

「私どもの一体何がお気に召さなかったのでしょう。何でもやらせていただきますので、是非おっしゃってください」

そう言いながら篠田は両手をぴたりと体の両脇に添え深々と頭を下げた。自尊心の強い篠田の最大限におもねった態度だった。

「そんな風にされては私の身の置きどころがなくなってしまいます。本当に経営的判断でこうさせてもらったので、おたくに何の不満もありません。さあ、頭を上げてください」

篠田は頭を上げ鹿児島を見た。人相が変わっていた。

「しかしこんなおかしいことないじゃないですか。あなたの方で値引きを要請したから、私は社内を根回ししてそれに応じた答えを出したんです。あなたの方で倉庫を探せば厚木タウンズを購入すると言ったから、四方八方飛び回って倉庫を探したんです。その倉庫をあなたはよくよく点検して問題ないと言ったんです。その舌の根もかわかないうちに全部キャンセルなんてありますか」

滝川は話している篠田の肩が、上下に揺れ声が震えているのに気づいていた。

「それは確かに申し訳ないと思います。だからこうしてお詫びをしている。倉庫を探していただいた手間賃はウチで見させてください。一〇〇万円でも二〇〇万円でも言ってください。しかし契約はまだしていないのですから」

滝川は篠田の肩の揺れを気にしていた。

「契約はしてませんが……、あそこまでいけばしたも同じでしょう」

「ウチだって生きるか死ぬかのいろんな取引をやってきましたが、契約を結んでなければどう転がったって、文句は言えませんからな。下駄《げた》を履くまでどうなるか分からないのは、お互いっこじゃないですか」

鹿児島は篠田の肩の揺れに気がついていないのだろうか。

「横山か」

「……？」

「横山に何か言われたんだろう？」

「何のことですか」

ふざけるな。

篠田が鹿児島に摑みかかろうとしたのと、滝川が篠田の肩に手をかけたのとが同時だった。

「本部長」

離せ、滝川。

滝川はがっちりと篠田を押さえた。篠田は体をひねって滝川の手を払いのけようとしたが、滝川は渾身《こんしん》の力をこめて篠田にしがみついた。ふりほどかれそうだった。

その時、

「滝川さん、放してあげてください」

と言ったのは鹿児島だった。腕組みをして顔を前に突き出している。

「別におれは殴られるくらいどうってことないんだ。そんなことで怖がるようじゃパスポーとはやってこれなかった……。気の済むようにさせてやってくださいな」

口調が一変していた。その言葉に、思わず滝川は腕の力を弛《ゆる》めた。しかし篠田はもう鹿児島に飛びかかろうとはしなかった。

帰路、篠田はほとんどものを言わなかった。滝川も慰めの言葉が見つからなかった。横浜駅から品川駅まで空席がなく、二人でドアの脇に立っていた。滝川はその場に倒れこみそうなほど疲労を感じていた。三〇分程度の短いやり取りだったのに、それほど落胆し消耗《しょうもう》し切っていた。

篠田はドア越しに外の景色に視線を投げていた。所々にピンク色の群雲《むらくも》のように咲き盛る桜の木々が見えた。日差しがガラスを通して車内に降り注ぎ篠田の頬を照らしていた。

滝川はその横顔を見ていた。白いものの混じった髭《ひげ》が半日分伸びている。右耳の下に一〇円玉ほどの薄いシミがある。自分にはまだない。五歳の年齢差がこのシミとなっているのだろうか。五歳の年齢差があのとき鹿児島に飛びかからせたものなのだろうか。自分が篠田の立場だったら飛びかかったろうか。

(やっぱり横山ですか)

(これからどうしますか)

(首都圏特販部、どうなりますか)

口にできない疑問が滝川の頭の中でくるくると回っていた。

新宿駅が近づいたころ、

「横山と話をしなきゃな」

ぽつりと篠田が言った。落ち着いた口調だった。

「証拠はないですよ」

「そうじゃないよ。売上げの締めを一月延ばしてもらえないかどうか、交渉するんだ」

滝川は不意に熱いものが込み上げてくるのを感じた。

そんなことは無理に決まっている。横山が応じてくるはずがない。篠田はリングに叩きつけられ、ナインカウントまで取られてまだふらふらしているのに、もう一度敵に接近戦を挑み、かなわぬまでのパンチを入れようとしているのだ。

「そうですね。ぼくもご一緒させてください」

滝川が言うと、

「ああ、そのつもりだよ」

篠田は素直に言った。滝川は涙が滲《にじ》み出そうになった。

「君、悪いけど、辞表はしばらく預からせてもらうぞ」

「すみませんでした。あれは撤回させてください。こんな時にわがままを言いまして……」

「そうか、撤回してくれるか」

まだ三時半だというのに、首都圏特販部のフロアでは、ほとんどすべての部員が席にいて、二人の帰りを待っていた。二人の話の成り行きしだいで、自分たちの運命が決まることを皆が知っていた。その行方を知らずに自分の仕事をしても意味がない。しかし彼らはドアから入ってくる二人の姿を見ただけで、話が不調に終わったことを知った。

篠田も滝川も一見して、生気がすっかり抜けているように見えた。何事かを成功させ凱旋《がいせん》してきた男の姿ではなかった。

ふっと首都圏特販部のフロアを寒々しい空気が覆《おお》った。それまでの私語がぴたりと止んだ。誰も会話を交わさず声を上げなかった。これで首都圏特販部の寿命がつきたかと誰もが思った。

その寒々しい空気の中から南野が立ち上がり、二人に近づいてきた。

「お疲れさま」

そう言わせたのは部長としての義務感だったろう。

「ああ」

篠田が力を振りしぼって応えた。

「いかがでした」

ダメだ、ダメだ。篠田は力なく首を振った。

南野は、「そうですか」と言っただけで、それ以上は聞こうとしなかった。

篠田は部員たちのデスクの間を通って、自分の席に戻った。

滝川も席についた。斜め前方の席から春子が自分の方を見ているのに気がついた。視線を返しかすかに首を左右に動かした。春子は痛ましそうな表情になって目を逸《そ》らした。

滝川は、夕方までに篠田から横山の部屋に行こうと誘われるだろうと思っていた。仕事をする意欲はまったくなく、その誘いを待つだけの気分になっていた。首都圏特販部が消滅するのなら、仕事をしたって意味がない。

四時になっても、四時半になっても篠田は何も言ってこなかった。四時四〇分になったとき滝川の方から篠田の席に行った。

篠田は腕組みをして机の上に視線を落としていた。机の上には何もない。

「本部長」

滝川が言うと篠田は顔を上げた。目には先ほどまでとは異なる意志の光が宿っていることに滝川は気がつかなかった。

「例の件ですが、どうしますか？」

「例の件？」

「副社長との話ですが」

「ああ、明日にしよう。話の持って行き方を考えなくてはいけないだろう」

「しかし少しでも早い方がよくないですか」

「今夜ゆっくり作戦を考えたいと思うから、明日にしよう」

滝川もそれ以上押すことはできなかった。篠田がすっかり弱気になってしまったのだろうと思った。

五時になると、首都圏特販部のフロアからいっぺんに人の姿が消えた。花沢も五時ちょうどに席を立った。

五時一〇分には、篠田と滝川と南野と春子しかいなかった。

滝川と南野が顔を見あわせてから、篠田に声をかけた。

「本部長、ちょっと、『酔虎伝』に寄り道していきませんか」

何かに気を取られていた篠田は、

「ちょっとやることがあるので君らだけで行っててくれないか。後で寄るかもしれない」

と言った。

「ぼくらにお手伝いできることなら何でもやりますが……」

「そう気を使ってくれなくてもいいさ」

篠田は笑った。

そこで滝川と南野と春子の三人が連れだって首都圏特販部を出た。

三人が帰ったのを見定めるとすぐに、篠田は首都圏特販部の部屋を出て、階段を降り始めた。篠田が訪れたのは五階の横山の部屋だった。軽く深呼吸してからドアをノックした。

「はい」

篠田が部屋に入ると、横山はデスクからこちらを見ていた。

「ああ、来たか。話っていったい何かね。こんな時間を指定するんだから、よっぽどのことなのだろうね」

篠田は部屋の中央の応接用ソファに座った。

「副社長、パスぽーとに何をしたんですか」

「何のことだ？」

「厚木タウンズの件、ダメになりましたよ」

「それは残念だったね」

横山は頬を歪《ゆが》めて愉快そうに笑い、デスクから立ちあがり、篠田の前に座った。

「副社長が何かやったとしか考えられないんですがね」

「何を馬鹿なことを言っているのだ。何をしたというのだ」

「会社に大損をさせても、我々を追い出したいという意志はよく分かりましたよ。しかしそう簡単には追い出されないと言ったでしょう」

「君の言っていることの意味が分からん。首都圏特販部の発足時にも言ったとおり、ウチは従業員がだぶついているんだ。君らにはすまないが、首都圏特販部で頑張ってもらって、それがうまくいかなければ、退職してもらいたいということだ。よそでもやっていることだ。辛抱してもらいたい。退職金も上乗せするんだし、会社としては目一杯の努力だよ」

篠田は横山の話をさえぎるように言った。

「そのタイムリミットを一月延ばしてください。四月いっぱいにしていただけませんか」

「それはないだろう。あれだけきちんと皆の前でした約束じゃないか」

「あんたの方で汚いことをしたんじゃないですか」

「おい、気をつけて口をききなさいよ。いったい何のことだ」

「厚木タウンズの契約を壊したじゃないですか」

「馬鹿を言え、何の証拠があって」

「証拠はいずれ幾らでも見せますよ。その前にタイムリミットの延長をお願いします」

「まともな神経とは思えないな。当初の約束どおり、今月末日までに目標数字が達成できなければ首都圏特販部は解散、諸君らは希望退職に応じるということにしてもらう。それが役員会の総意だ。君たちともそう約束していたろう」

横山の口元には薄笑いが浮かんでいる。

「横山さん、私は最後の最後まで口に出すつもりはなかったのですがね。延ばしてくれないとあなたが痛い目にあいますよ」

「…………」

「私は言うつもりはなかった」

「何を思わせぶりを言っているんだ」

「S市の某マンションの工事であなたは汚い金を取り放題だった。それだけじゃない。住田建設が絡んだ工事で、あなたはいくつもいい加減なことをやっている。あれだけ手足に使われた私が気づかなかったとでも思っていたのですか。住民対策費の名目でどれだけの金があなたの懐に入ったことか。パスポーとの証拠は後になっても、こっちの証拠はすぐにでも出せるんですよ」

「馬鹿な奴だ、そこまで馬鹿とは思わなかった……。おれはそんなことは知らん。証拠などというものがあるのなら、いますぐに出してみろ」

横山は落ち着いた口調で言った。

「そうやって高をくくっていればいいさ。じきにそんなことは言っていられなくなる」

「君、そんなくだらんことを言っていると恐喝で訴えるぞ」

横山は居丈高に言った。その迫力に篠田は怯《ひる》むものを感じたが、言い返した。

「あなた竹中《たけなか》氏を覚えているでしょう。S市の市会議員だった酒屋の親父さんですが」

「ああ、それがどうした」

「竹中氏はあなたに散々な目にあわされたと怒ってましてね。住民対策費に関していつでもあなたと直接対決してもいいと言っているんですが……」

横山が笑いだした。勝ち誇った笑いだった。

「そうか、あいつが君の下らん勘ぐりの元だったのか」

「下らん勘ぐり？　何とでも言いなさい」

「竹中氏が何を考えていたのかは知らないが、君は一月ほど前の新聞を見なかったのか」

「……？」

「竹中氏の訃報が載っていたぞ。わしも竹中風情《ふぜい》の訃報をよく載せたなと意外に思ったのでよく覚えている」

「酔虎伝」で滝川は南野と春子に今日の顚末《てんまつ》を尋ねられていた。

詳しく話した後、

「どうしても副社長の方から何かあったとしか思えない」

と言った。

「何かって、一体どんなことですかね？」

南野がそう聞いたとき、滝川は思わず花沢のことを話しそうになったがこらえた。この状況でそんなことを話したら、花沢は首都圏特販部の皆に袋叩きになりかねない。少なくとも今度のことには花沢が関与しているとは思えないのだ。

「だっておかしいでしょう。昨日の今日で、態度が一八〇度変わるなんて」

「しかし、どんなことが考えられますか」

「分からない……。まったく荒唐無稽でよければ、金をやるとか、脅すとか、少し時間をおいて他のずっと有利な物件を世話する約束をするとか……」

滝川は思いつくままに言ったが、最後の条件が最もありそうに思えた。

「首都圏特販部はなくなっちゃうんですか」

春子が言った。

「多分ね」滝川が答えた。

「その件で、明日、本部長と一緒に副社長と交渉しようということになっている。見通しは暗いけどな」

春子は二人の盃に酒を注いだ。

「本当はね、今日の内に、副社長のところに行くはずだったんですよ。ところが夕方になって、篠田さんが明日にしようって……。篠田さんもすっかりめげていたからな」

「そうね、帰ってきたときの二人の顔といったらなかった。疲れきって表情がなくなっていて、埴輪《はにわ》みたいだったわ」

「埴輪か。そんなにひどかったたか」

「首都圏特販部がなくなったらどうなるんですか」

「クビだろう」

滝川が答えた。

「クビか。この不況の真っ只中に放りだされるんだ」

南野が皮肉っぽく言った。

「五体満足で、若くて、そう若くもないけど、それでもびくびくすることはないさ。何をやったって食えるじゃない」

「まあね。ぼくや滝川さんはまだいいけど、花沢さんとなると大変だな。五五歳だったか、再就職はうんと条件悪くなるだろう」

南野の言葉に、滝川は先ほど胸倉を摑んで振り回したときの花沢の体の華奢《きやしや》な手応えを思いだした。

春子に止めてもらってよかったと思った。

第20章　自暴自棄

横山の部屋から出た篠田は、誰もいない首都圏特販部に戻り、デスクの上の鞄を抱えてその部屋を後にした。

部屋を出るとき、後を振り返りゆっくりと部屋じゅうを眺め回した。

頭の中に滝川が言っていた飲み屋の名前があったが、足はそちらに向かわなかった。

篠田は半ば無意識に大ガードをくぐり、歌舞伎《かぶき》町の雑踏を目指した。

行きつけの店に入る気はしなかった。誰にも見咎められない所で酒に酔いたかった。

靖国《やすくに》通りをしばらく行くと、ビルの上に碁会所の看板が出ているのが目に入った。

しかしそのビルに入る気もしなかった。

区役所通りの手前を左に曲がると、両側に派手なネオンが輝き大勢の客引きが立っていた。その間をまだアルコールの入っていないサラリーマン達が、それぞれの止まり木を目指してゆっくりと歩いていた。

篠田は声をかけてくる客引きには目もくれず大股で歩いた。

靖国通りからかなり入った所で、紺地の暖簾《のれん》に大きな「酒」という文字が白く浮きでた店が目に止まった。

暖簾をかき分けガラス戸越しに中をのぞいてから戸を開けた。

カウンターとテーブルの席とがあったが、テーブルの方に座った。まだ空席だらけだった。注文を取りに来たアルバイトらしい女の子に、

「酒、二本。それから刺身の盛り合わせ」

と言った。

一合徳利を二本のつもりだったのに出てきたのは二合徳利が二本だった。

(まあ、いいか)

篠田は頭を早く酒で痺《しび》れさせたいと思っていた。大きなぐい呑みになみなみと注ぎ、勢いよく飲んだ。酒が胃の腑《ふ》から急速に体じゅうに回りだすのが分かった。

刺身の盛り合わせもすぐに出てきたが、これにはあまり箸をつけなかった。

少し痺れかけてきた頭の中でいろんな思いが浮かんでは消えた。

篠田は自分が凄《すご》めば、横山が脅えるだろうと思っていた。篠田のよく知っている七年前の横山はその程度の臆病者《おくびょうもの》だった。

しかし今日の横山はびくともしなかった。篠田の知らないところで横山は大きくなっていた。作戦がまずかった、と思った。こちらから凄んでみせるのではなく、明日大勢で泣き落とした方が、まだ首都圏特販部存続の可能性があっただろう。

その可能性が弾けとんでしまった。

横山と対決するために、証人らしき人を一人、確保しているつもりだった。

関西のS市でマンションを建てたときの地元の町会長である。ひょんなことから彼と親しくなった篠田は、彼の口から横山が住民対策費と称して会社から引き出した金が、ほとんど彼らの手元に渡っていないことを知った。

彼は横山のやり口に怒り、なんとかひと泡吹かせたいと仄《ほの》めかしていた。篠田はいつかこれが使えるときがあるかもしれないと頭に刻《きざ》みこんでいた。ところが彼がつい最近亡くなっていたなんて。

（そうか！）

篠田の頭に閃いたものがある。二月前に、「南野を首都圏特販部にくれないと大阪のことをばらす」と脅したら横山は篠田の希望を聞き入れた。あのときにはまだ竹中氏は死んでいなかったのだ。横山は竹中氏のことを気にして、その動向をずっとフォローしていたのではないだろうか？　今度の訃報を知ったときには快哉《かいさい》を叫んだに違いない。

たちまち二本の徳利が空き、追加を頼んだ。まだ少しも酔っていない気がした。

篠田は横山なんぞ、仕事も人物もまったく評価していなかった。そいつにこんなに手も足も出ない思いにさせられている。

（間違いだった）

溜息が出た。

何を間違いだったと溜息ついているのか、自分にもはっきりしなかった。横浜商事をガードしきれなかったことか、横山を脅そうとしたことか、それとも首都圏特販部を引き受けたことにまで遡《さかのぼ》るのか。

首都圏特販部を引き受けていなければ、三有不動産を辞めるはずだった。辞めていたらいったい今頃は何をしていただろうか。

篠田は選ばなかった選択へ思いを馳《は》せた。

もちろん碁打ちは無理だ。知り合いの伝《つて》を辿って中小企業に拾われるのが精々だったろう。給料は六、七割になる。その時は自分から頼んで秀子に働いてもらわなくてはならなかったかもしれない……。今となってはもうそんな選択は残されていない。他人《ひと》ごとのように篠田はそう考えていた。

二合徳利を三本倒してその店を出た。少しずつ意識がぼけてきている。適量はとうに超えていた。しかしその店だけで切り上げるつもりはなかった。一ヵ所に長くいると、居ても立ってもいられない気分になってくるのだ。その酒屋に鞄《かばん》を置き忘れた。店の者が気がついて後を追った時、その通りに篠田の姿はなかった。

その時、篠田はそこから数軒離れた同じような造りの店に入ったところだった。そこで徳利一本も空けないうちに学生のグループがやって来て、やがて一気飲みをしたり歌を歌い始めた。

篠田はきつい目で何度か睨みつけた後、

「お前らだけが客じゃないんだぞ」

と怒鳴りつけた。

「何だ、おやじ。酒飲んで酔っ払っちゃいけないというのか」

学生たちが反論してきた。

「やかましいから静かにしろ」

篠田が言うと、リーダーらしき学生が、

「不景気だから窓際のおやじは短気になっているんだよ。みんなかまうな」

と言って仲間たちの笑いを誘った。

「脛《すね》かじりが生意気に酒なんか飲むな」

「おやじ、オレたちに喧嘩売っているのか」

さらに言い返そうとしたとき、篠田の席に年配の店員がやってきた。

「お客さん、すみませんが、また出直して来てくれませんか」

と頭を下げた。篠田が、

「あっちに言ったらどうだ」

と言ったが、困った顔をして、

「すみませんがお願いします」

と言い続けた。篠田は今度はその店員を睨みつけていたが、急に立ち上がりその店を出た。

三軒目は区役所通りに出て、さらに奥に行った雑居ビルの中だった。もう職安通りが目と鼻の先である。

玄関ホールに入ってから、階段で二階に上がり目についたドアを開けた。そこにいた女が「あら、いらっしゃい」と篠田の肩に手をかけ中に連れこんだ。そこは照明が薄暗く怪しげな雰囲気だったが、篠田はもうそれが気にならないほど酔っていた。カウンターと背凭《せもた》れの高いボックスが三つほどのバーだった。先客も奥のボックスに一組いるらしかった。

ボックスに座ると女がやってきて隣に座り、

「あら、こちらいい男ね」

と嬌声《きょうせい》を上げた。濃い化粧をしたやけにおっぱいの大きな女だった。それを誇示するような胸の開いたワンピースを着ていた。

「お前はあまりいい女じゃないな」

と篠田は言った。舌がもつれている。

「まあ口が悪いのね」

何も注文しないのに、新しいボトルと氷、水、グラスのセットが出てきた。

「おい、ボトルなんていらんよ」

「だってシステムなんですもの」

女はグラスにどぼどぼとウィスキーを注いだ。

「ずいぶん入れるな。ここは暴力バーじゃないのか」

けらけらと女が笑った。

「あたしもいただいていい？」

「ああ、好きにやってくれ」

女はテーブルに出したボトルで水割りを作るのではなく、席を立って何か注文してきた。

すぐにウィスキーによく似た色の飲物が出てきた。そこで二人で乾杯をした。

篠田はオンザロックのような濃い水割りを一気に半分飲んだ。それでも水を飲んでいるような舌ざわりしか感じなかった。女が二杯目を作った。篠田はすぐに口をつけた。その辺りから意識が朦朧《もうろう》としてきた。

「ねえ、どっかから出張してきたの？」

女は篠田の手を取って胸の間に導いた。

「そうだ、出張だ」

「どこから来たの」

「あっちさ」

篠田は天井を指差した。新しい水割りが何回か作られ、怪しげな飲物が何度か運ばれた。篠田は理性の最後の一滴を振りしぼって言った。

「おい、景気よくやるのはいいが、おれはそんなに金を持っていないぞ。世の中、不景気なの知っているだろう。おれは今日クビになったばかりなんだ」

「またまた」

女は冗談にした。

「本当だよ。予算二万円まで、それ以上になったら払えないよ」

「冗談でしょう。もうとっくに二万円なんか超えているわ」

「それは困るよ」

篠田の言葉は言葉になっていなかった。困るよ、が、ほまるよ、と聞こえた。

女がカウンターに声をかけ中から男が出てきた。目付きの悪い体の大きな男だった。

「お勘定してくれる？　この人、お金がないなんて言っているの」

男は予《あらかじ》め手に伝票を持っていた。それを篠田に差し出したが、篠田はすでにその数字が読めなかった。

男が篠田の肩を押さえ、女が篠田のスーツの内ポケットをまさぐった。

「よせよ」

と篠田が言ったが、言葉にはほとんど力が入っていなかった。女が財布を抜きとりファスナーを開けた。

「結構あるじゃない」

女が言った。男も肩から手を離し中をのぞいた。

その時、篠田は何を考えたのだろう。そんなことをしてここから逃げ出せると思ったのだろうか？　アイスペールを両手に持ち、財布をのぞいていた男の頭に力一杯振り降ろした。男はぐぇっと言ってしゃがみこんだ。

悲鳴を上げている女の手から財布をもぎ取り、出口の方に走った。ドアを開け、あと数段で玄関ホールというところまで階段を降りた時、後ろから男が追いついた。男は篠田の背中を蹴った。ただでさえ足取りのおぼつかなかった篠田は、よろけてホールに転げ落ちた。

そこに立っていた髪の長い女の背につかまり、篠田は倒れるのをこらえた。男が追いつき篠田のスーツの胸元をつかんだ。

「お客さん、無銭飲食は困りますよ」

そう言って男は篠田の頬に一発パンチを食らわせた。

篠田はふらふらと入口の脇に置かれていたプランターの上に倒れた。その時プランターの軟らかな土を一つかみ手の中に握りしめた。

なかなか立とうとしない篠田を男がひきずり起こし、階段の方へ連れて行こうとした。男が顔を向こうに向けた時、篠田は男の目に掌《てのひら》いっぱいの土をこすりつけた。

男は手を離し絶叫した。篠田は体勢を立て直し、区役所通りに駆けおり、職安通りの方に駆けだした。歩道にたむろしていた何人かのフィリピーナを突き飛ばし、職安通りも二度三度つんのめって転びながら、必死に起き上がっては走り続けた。男はなかなか追いかけてこなかった。それは篠田にとって幸運ではなく不幸だった。いや、篠田の逃走は運、不運という領域にあったのではなかったのかもしれない。職安通りの車の流れはわずかに途切れていたが、

「横断歩道の信号は赤だった」

と、あとで誰もがそう証言している。青から黄色になったのでもなく、黄色から赤になったのでもなく、初めから赤だったと。

しかし篠田はためらいも見せずそこを走り抜けようとした。だから、

「自殺しようとしているのか、精神異常者の行動のように見えた」

とやはり何人もが証言した。

右手の方からタクシーが走ってきた。その前に篠田は飛びだした。タクシーがブレーキを踏む音がキーッと高く上がった。

その中に土嚢《どのう》を叩くような鈍い音が混じり、篠田の体が跳ねあげられた。二回転し

て車道に叩きつけられた。即死だった。

エピローグ

春子はノートをテーブルの上に開いたまま、自分を抱き締めるように両腕を体に回した。

そうしないと体の中に膨れあがった息苦しい思いを支えきれない気がした。篠田が死んだなんて信じられなかった。しかもあんな風に痛ましく。

「ねえ」

思いが溢れて滝川に声をかけた。滝川も目を開けて天井を睨みつけていた。

「篠田さん、事故じゃないわよね」

「……、自殺ってことか」

「犯人がいるのよ」

滝川は布団の上に起きあがった。

「まさか。……殺人だって言うのか？」

「そうは言わないわ、横浜商事の取引を壊した人が……、そのことが篠田さんを殺したのよ」

「ああ、そう言ってもいい」

「そう言ってもいい、じゃない、そうなのよ。それがなかったら篠田さんは絶対に死ななかった」春子は泣き声になった。

「花沢さんに真相を聞くことはできないの？」

「……誰が花沢さんをスパイに仕立てたかということは話すかもしれない……、一〇中八、九、副社長だよ。しかし横浜商事の方の仕掛けは彼も知らないだろう」

花沢とは、あの後、篠田の葬儀で上司を亡くした部下同士として参列し、首都圏特販部が解散されるプロセスでは、同じ過酷な運命を押しつけられる者同士だった。どこにいてもおどおどと臆病そうに振る舞う花沢に、滝川の怒りはいつの間にか消えてしまった。もしかするとそれは自分の悪事をばらされないための花沢の策略だったかもしれない。

首都圏特販部が解散され、指名解雇に近い形で希望退職が募《つの》られると、滝川はすぐにそれに応じたが、花沢は今でも会社にすがりついているごく少数の男たちの一人となっている。そろそろ不当解雇の裁判闘争とやらを始めているはずだ。

南野も柳田も滝川と同様にためらうことなく希望退職に応じた。南野はつい先日、母親とともに田舎に帰り、篠田の死とほぼ同時期に妻を失った柳田は当分、就職先を探さず家にいて妻の供養をするという。

滝川はテーブルの上のノートをもう一度、取りあげた。

「一つ、ぼくが気づいたことがある」

「………？」

流れる涙を拭きもせず、春子は滝川を見た。滝川は一冊目のノートをめくりながら、

「南野くんを首都圏特販部にスカウトする時に、篠田さんは副社長を脅しているんだ。何か脅す材料があったということだ」

と言った。

「そうだわ。何かあるんだわ」

「何だろう？　それがあったのに、どうして副社長に負けてしまったんだ」

「それほど強力ではなかったということ？」

「それなら、初めから副社長は篠田さんの脅しなんかに乗らなかったろう」

「それじゃ、どういうことになるのかしら？」

「……分からない」

「篠田さんは、あなたに何かそのことを言わなかったの」

「…………」

滝川が立ち上がり、居間の本棚の隙間に置いてある電話の受話器を握った。

「どこへかけるの？」

滝川は何も言わずにプッシュボタンを押し、相手が出るのを待って緊張した表情になった。

「ああ、花沢さん。滝川です。ご無沙汰《ぶさた》しています。その後いかがですか」

（花沢さん？）

と春子は滝川の顔を見た。じっと相手の言葉に耳を傾けている滝川の表情は変わらない。

「そうですか、それはよかった。それならお願いしやすい。実は本部長の件でご相談したいことがありまして、なるべく早く会いたいんですが」

滝川が少し笑った。

「ええ、それじゃ、明日……。はい、そこで結構です」

電話を切ると春子が聞いた。

「知らないだろうって言ってたくせに、花沢さんに何を聞くの？」

「いちおう念押しをしておこうと思っただけさ」それから言い継いだ。

「花沢さん、再就職先、決まったんだって」

「そう……。あなたって変わってる」

「何が？」

「よく花沢さんと平気な顔でしゃべれるわね。こだわりはないの？」

「変かもね。しかしあのころは君の方が冷静だった」

「それは、……篠田さん、亡くなってはいなかったんだから」

春子はきつい目をした。

翌日、池袋のホテルのロビーで滝川は花沢と会った。

花沢の顔色はすっかりよくなっていた。頬にかすかに肉もついている。

「花沢さん、元気そうですね」

「お陰様でね。今月いっぱいは骨休みしているから」

「やっぱり花沢さんには、あんなことは向かなかったんだ」

口にしてから嫌味だったかと思ったが、

「今となってはみんな悪夢のようなものですよ」

と花沢は気にしていない。確かに憑物《つきもの》の落ちたような顔をしている。

それから滝川は、日記を読んでの自分と春子の推測を話し、横山の秘密を探りたいと告げた。

「何か、心当たりはありませんか？」

「あんな男に関わらない方がいいですよ」

「これで最後ですから」

「しかしそれは私にも皆目、見当がつきませんな」

「副社長との話の中に何か出てきませんでしたか」

「……申し訳ないが、そのことはもうすっかり忘れることにしたんです。何もお話しするつもりはありません」

「それは勝手すぎませんか。本部長のことを考えたら……」

「すみません。勝手はよく分かっているんですが、勘弁してください。今日ここに来るだけでも、心臓がどきどきしているんですから」

滝川は怒鳴りたい衝動を感じたが、辛うじてそれをこらえた。

翌日、滝川と春子は篠田の家を訪れた。

秀子が二人を出迎えた。告別式にここを訪れてからもう一月が経っている。

あのときは泣き腫《は》らしむくんだ顔をしていた秀子が、今日はすっきりした表情に戻っていた。

仏壇の位牌に線香を上げてから、滝川が秀子に言った。

「あの日記を読ませていただいて、今さらながら本部長の責任感に感じいりました。われわれは本部長のご不幸をもたらした犯人を探したいと思っています」

「犯人？　やっぱりあれは事故じゃないんですか」

「やっぱり……とは？」

「わたしも、あの人があんな事故に遭うような人とは思えなくて……皆さんに日記を見てもらったのです」

「犯人と言っても……、直接に手を下したということではなく、あれだけ本部長を追いこんだ人間は、いったい誰かということです」

「それは会社の仕打ち、でしょう？」

「たんに会社のやり方というんじゃないんです。われわれの最後の望みを汚い方法でぶち壊した奴がいるんです」

「あの横浜商事との契約のことですね……。誰ですか？」

「多分」と言って滝川は次の言葉を飲みこんだ。

「本部長はそいつの首根っこを押さえていたんです」

「誰ですか？」

「副社長だと思います。奥さんは本部長から何かお聞きになっていませんか」

「何かって」

「なんでもいいんです。お宅で副社長のことをお話しになりませんでしたか」

「あの方のことを言うとすれば、あいつは汚い野郎だ、くらいでした。具体的にはとくに……」

「副社長のことをそういう風に言い出したのはいつからですか」

「七年前に、総務へ移ったときからです」

「七年前か、本部長は確かその年に大阪支店からこっちへ移ってこられた。やはり大阪で何かあったんだ」

日記の中に何かヒントがないものだろうか——二人はもう一度検討し直してみようと、返すために持っていったはずの日記を借りることにした。

部屋に入るとすぐ二人で手分けをして、最初から克明に日記の記録を辿った。

「これ、どうかしら?」

三〇分ほどして、春子が言った。

一冊目の一月二六日に、

「一度、S市に行ってこなきゃいかんな」

という記述がある。

S市は大阪の郊外である。七、八年前に三有不動産が大きなマンションを建てた場所だ、と滝川は記憶していた。

そのプロジェクトを巡って、横山と篠田の間にきっと何かがあったのだ。しかしそこには、今でもその何かの痕跡《こんせき》が残っているのだろうか。

二日後、午前九時。二人は新幹線ひかり号の乗客となっていた。滝川が窓側に春子は通路側に座っていた。

「行っても、何もないかもしれないよ」

「分かっているわ」

「何かあったって、多分それで副社長を牢屋に繋《つな》ぐことはできないよ」

「分かっているわ」

発車のベルが鳴り始めた。春子は心細く思っているかのように滝川の腕をしっかりと抱えこみ、滝川はその腕に手を添えた。

S市に着いた二人はマンションの住人やその周辺の住民を訪ね回り、片端から当時の話を聞いた。

マンションの住人は入居前の事情を知るはずもなかった。周辺の住民は事情を知ってか知らずか、二人を疑わしそうに見、誰もはかばかしい話をしてはくれなかった。当時の町会長が二月ほど前に脳卒中で亡くなったことは知らされたが、二人ともそれと篠田の死を結びつけて考えはしなかった。

地方紙の編集部や市役所の建築課まで訪ねたが、二人が知りたいと思うことを話してくれるものは、どこにもいなかった。

二人は空《むな》しく東京に帰り、真実は永遠に藪《やぶ》の中に葬られるはずだった。

ところがその後、間もなくそれが他のところから解明された。

三有不動産の横山副社長が突然、解任されたのだ。解任の理由は公にはなっていないが、そのことを知った滝川が営業本部の友人にこっそり聞いたところ、次のような事情が分かった。

――先日の役員会で、横山が厚木タウンズ五戸を横浜商事に二割引きで売りたいと提案した。首都圏特販部でその商談が進んでいたことを知っていた菊川社長が不思議に思い、横浜商事や横山から事情聴取をして、事件の背景を知った。そして激怒した菊川社長がクビを切ったという。

しかし激怒したというのは表向きの理由で、内心、自分の寝首をかきかねない後継者気取りの横山を潰したのかもしれないと、情報をもたらした男は私的な観測もつけ加えた。

この物語はフィクションであり、実在の組織・人物・事件とは一切関係ありません。

本書は一九九三年七月に世界文化社より単行本として刊行され、一九九五年七月に祥伝社文庫として刊行されたものです。二〇一八年十一月に祥伝社文庫より新装版が刊行されています。

JASRAC 出1813753-906

|著者| 江波戸哲夫　1946年東京都生まれ。東京大学経済学部卒業。都市銀行、出版社を経て、1983年作家活動を本格的に始める。政治、経済などを題材にしたフィクション、ノンフィクション両方で旺盛な作家活動を展開している。近著に『起業の砦』『新天地』（講談社）、『定年待合室』（潮文庫）などがある。

集団左遷《しゅうだんさせん》

江波戸哲夫《えばとてつお》

2019年1月16日第1刷発行
2019年4月16日第6刷発行

発行者――渡瀬昌彦
発行所――株式会社　講談社
東京都文京区音羽2-12-21　〒112-8001
電話　出版（03）5395-3510
　　　販売（03）5395-5817
　　　業務（03）5395-3615

Printed in Japan

講談社文庫

定価はカバーに
表示してあります

デザイン―菊地信義
本文データ制作―講談社デジタル製作
印刷―――株式会社廣済堂
製本―――株式会社国宝社

ISBN978-4-06-513757-4

講談社文庫刊行の辞

二十一世紀の到来を目睫に望みながら、われわれはいま、人類史上かつて例を見ない巨大な転換期をむかえようとしている。

世界も、日本も、激動の予兆に対する期待とおののきを内に蔵して、未知の時代に歩み入ろうとしている。このときにあたり、創業の人野間清治の「ナショナル・エデュケイター」への志を現代に甦らせようと意図して、われわれはここに古今の文芸作品はいうまでもなく、ひろく人文・社会・自然の諸科学から東西の名著を網羅する、新しい綜合文庫の発刊を決意した。

激動の転換期はまた断絶の時代である。われわれは戦後二十五年間の出版文化のありかたへの深い反省をこめて、この断絶の時代にあえて人間的な持続を求めようとする。いたずらに浮薄な商業主義のあだ花を追い求めることなく、長期にわたって良書に生命をあたえようとつとめるところにしか、今後の出版文化の真の繁栄はあり得ないと信じるからである。

同時にわれわれはこの綜合文庫の刊行を通じて、人文・社会・自然の諸科学が、結局人間の学にほかならないことを立証しようと願っている。かつて知識とは、「汝自身を知る」ことにつきていた。現代社会の瑣末な情報の氾濫のなかから、力強い知識の源泉を掘り起し、技術文明のただなかに、生きた人間の姿を復活させること。それこそわれわれの切なる希求である。

われわれは権威に盲従せず、俗流に媚びることなく、渾然一体となって日本の「草の根」をかたちづくる若く新しい世代の人々に、心をこめてこの新しい綜合文庫をおくり届けたい。それは知識の泉であるとともに感受性のふるさとであり、もっとも有機的に組織され、社会に開かれた万人のための大学をめざしている。大方の支援と協力を衷心より切望してやまない。

一九七一年七月

野間省一

講談社文庫　目録

上橋菜穂子　物語ること、生きること
上橋菜穂子　明日は、いずこの空の下
上橋菜穂子原作　武本糸会漫画　コミック　獣の奏者 I
上橋菜穂子原作　武本糸会漫画　コミック　獣の奏者 II
上橋菜穂子原作　武本糸会漫画　コミック　獣の奏者 III
上橋菜穂子原作　武本糸会漫画　コミック　獣の奏者 IV
上田紀行　ダライ・ラマとの対話
上田紀行　スリランカの悪魔祓い
嬉野君　妖怪極楽
嬉野君　黒猫邸の晩餐会
上野誠　天平グレート・ジャーニー〈遣唐使・平群広成の数奇な冒険〉
うかみ綾乃　永遠に、私を閉じこめて
植西聰《あきら》　がんばらない生き方
海猫沢めろん　愛についての感じ
遠藤周作　ぐうたら人間学
遠藤周作　聖書のなかの女性たち
遠藤周作　さらば、夏の光よ
遠藤周作　最後の殉教者
遠藤周作　反逆 (上)(下)
遠藤周作　ひとりを愛し続ける本
遠藤周作　深い河《ディープ・リバー》
遠藤周作　周作塾〈読んでもタメにならないエッセイ〉
遠藤周作　新装版　海と毒薬
遠藤周作　新装版　わたしが・棄てた・女
江波戸哲夫　新装版　銀行支店長
江波戸哲夫　集団左遷
江上剛　頭取無惨
江上剛　不当買収
江上剛　小説　金融庁
江上剛　絆
江上剛　再起
江上剛　企業戦士
江上剛　リベンジ・ホテル
江上剛　起死回生
江上剛　瓦礫の中のレストラン
江上剛　非情銀行
江上剛　東京タワーが見えますか。
江上剛　慟哭の家
江上剛　家電の神様
江上剛　ラストチャンス　再生請負人
江國香織　真昼なのに昏《くら》い部屋
江國香織・文　松尾たいこ・絵　ふりむく
M・モーリス　江國香織訳　宇野亜喜良絵　青い鳥
江國香織他　100万分の1回のねこ
遠藤武文　プリズン・トリック
遠藤武文　パワードスーツ
遠藤武文　原調
円城塔　道化師の蝶
大江健三郎　新しい人よ眼ざめよ
大江健三郎　取り替え子《チェンジリング》
大江健三郎　鎖国してはならない
大江健三郎　言い難き嘆きもて
大江健三郎　憂い顔の童子
大江健三郎　河馬に噛まれる
大江健三郎　M/Tと森のフシギの物語
大江健三郎　キルプの軍団
大江健三郎　治療塔

大江健三郎 治療塔惑星
大江健三郎 さようなら、私の本よ！
大江健三郎 水　死
大江健三郎 晩年様式集《イン・レイト・スタイル》
小田　実 何でも見てやろう
沖　守弘 マザー・テレサ〈あふれる愛〉
岡嶋二人 あした天気にしておくれ
岡嶋二人 開けっぱなしの密室
岡嶋二人 ちょっと探偵してみませんか
岡嶋二人 そして扉が閉ざされた
岡嶋二人 どんなに上手に隠れても
岡嶋二人 タイトルマッチ
岡嶋二人 解決まではあと6人〈5W1H殺人事件〉
岡嶋二人 眠れぬ夜の殺人
岡嶋二人 コンピュータの熱い罠《わな》
岡嶋二人 殺人！ザ・東京ドーム
岡嶋二人 99％の誘拐
岡嶋二人 クラインの壺
岡嶋二人 増補版 三度目ならばＡＢＣ
岡嶋二人 ダブル・プロット
岡嶋二人 新装版 焦茶色のパステル
岡嶋二人 チョコレートゲーム 新装版
岡嶋二人 新版 七日間の身代金
太田蘭三 殺《さっ》・風《ぷう》景《けい》〈警視庁北多摩署特捜本部〉
太田蘭三 虫も殺さぬ〈警視庁北多摩署特捜本部〉
太田蘭三 口唇紋〈警視庁北多摩署特捜本部〉
大前研一 企業参謀 正・続
大前研一 やりたいことは全部やれ！
大前研一 考える技術
大沢在昌 野獣駆けろ
大沢在昌 死ぬより簡単
大沢在昌 相続人ＴＯＭＯＫＯ
大沢在昌 ウォームハート コールドボディ
大沢在昌 アルバイト探偵《アイ》
大沢在昌 調毒師を捜せ アルバイト探偵《アイ》
大沢在昌 女王陛下のアルバイト探偵《アイ》
大沢在昌 不思議の国のアルバイト探偵《アイ》
大沢在昌 拷問遊園地 アルバイト探偵《アイ》
大沢在昌 帰ってきたアルバイト探偵《アイ》
大沢在昌 雪　蛍
大沢在昌 ザ・ジョーカー
大沢在昌 亡命者〈ザ・ジョーカー〉
大沢在昌 夢の島
大沢在昌 新装版 氷の森
大沢在昌 暗黒旅人
大沢在昌 新装版 走らなあかん、夜明けまで
大沢在昌 新装版 涙はふくな、凍るまで
大沢在昌 語りつづけろ、届くまで
大沢在昌 罪深き海辺(上)(下)
大沢在昌 やぶへび
大沢在昌 海と月の迷路(上)(下)
大沢在昌 C・ドイル原作 バスカビル家の犬
逢坂　剛 コルドバの女豹
逢坂　剛 十《じゅう》字路に立つ女
逢坂　剛 重《じゅう》蔵《ぞう》始《し》末《まつ》
逢坂　剛 じぶくり伝兵衛〈重蔵始末(二)〉
逢坂　剛 猿曳遁兵衛〈重蔵始末(三)〉

講談社文庫　目録

逢坂　剛　嫁　盗　み〈重蔵始末(四)長崎篇〉
逢坂　剛　陰　の　声〈重蔵始末(五)長崎篇〉
逢坂　剛　北　門　の　狼〈重蔵始末(六)蝦夷篇〉
逢坂　剛　逆浪《げきろう》果つるところ〈重蔵始末(七)蝦夷篇〉
逢坂　剛　新装版 カディスの赤い星(上)(下)
逢坂　剛　暗い国境線(上)(下)
逢坂　剛　さらばスペインの日日(上)(下)
オノ・ヨーコ　飯村隆彦編　ただ　の　私《あたし》
オノ・ヨーコ　南風　椎訳　グレープフルーツ・ジュース
折原　一　倒錯のロンド
折原　一　倒　錯　の　死　角〈201号室の女〉
折原　一　倒　錯　の　帰　結
折原　一　帝王、死すべし
小川洋子　密やかな結晶
小川洋子　ブラフマンの埋葬
小川洋子　最果てアーケード
小川洋子　琥珀のまたたき
乙川優三郎　霧　の　橋
乙川優三郎　喜　知　次

乙川優三郎　蔓　の　端　々
乙川優三郎　夜　の　小　紋
恩田　陸　三月は深き紅の淵を
恩田　陸　麦の海に沈む果実
恩田　陸　黒と茶の幻想(上)(下)
恩田　陸　黄昏の百合の骨
恩田　陸　『恐怖の報酬』日記〈酩酊混乱紀行〉
恩田　陸　きのうの世界(上)(下)
奥田英朗　新装版 ウランバーナの森
奥田英朗　最　悪
奥田英朗　邪　魔(上)(下)
奥田英朗　マ　ド　ン　ナ
奥田英朗　ガ　ー　ル
奥田英朗　サウスバウンド
奥田英朗　オリンピックの身代金(上)(下)
乙武洋匡　五体不満足〈完全版〉
乙武洋匡　だから、僕は学校へ行く！
乙武洋匡　だいじょうぶ3組
大崎善生　聖《さとし》の　青　春

大崎善生　将　棋　の　子
小川恭一　江戸の旗本事典〈歴史・時代小説ファン必携〉
奥野修司　徳山大樹　怖い中国食品、不気味なアメリカ食品
奥泉　光　プラトン学園
奥泉　光　シューマンの指
大葉ナナコ　怖くない育児〈出産で変わること、変わらないこと〉
岡田斗司夫　東大オタク学講座
小澤征良　蒼　い　み　ち
大村あつし　エブリ リトル シング〈クワガタと少年〉
折原みと　制服のころ、君に恋した。
折原みと　時《とき》の　輝　き
面髙直子　ヨシアキは戦争で生まれ戦争で死んだ
岡田芳郎　世界一の映画館と日本一のフランス料理店を山形県酒田につくった男はなぜ忘れ去られたのか
大城立裕　小説 琉球処分(上)(下)
大城立裕　対　馬　丸
太田尚樹　満　州　裏　史〈甘粕正彦と岸信介が背負ったもの〉
大泉康雄　あさま山荘銃撃戦の深層(上)(下)
大山淳子　猫　弁〈天才百瀬とやっかいな依頼人たち〉
大山淳子　猫弁と透明人間

大山淳子　猫弁と指輪物語
大山淳子　猫弁と少女探偵
大山淳子　猫弁と魔女裁判
大山淳子　雪　猫
大山淳子　イーヨくんの結婚生活
大山淳子　光二郎分解日記〈相棒は浪人生〉
大倉崇裕　小鳥を愛した容疑者
大倉崇裕　蜂に魅《ひ》かれた容疑者〈警視庁いきもの係〉
大倉崇裕　ペンギンを愛した容疑者〈警視庁いきもの係〉
大鹿靖明　メルトダウン〈ドキュメント福島第一原発事故〉
大野更紗／開沼博　1984フクシマに生まれて
荻原浩　砂の王国(上)(下)
荻原浩　家族写真
小野展克　JAL虚構の再生
小野正嗣　獅子渡り鼻
小野正嗣　九年前の祈り
大友信彦　釜石の夢〈被災地でワールドカップを〉
乙一　銃とチョコレート
織守《おりがみ》きょうや　霊感検定
織守きょうや　霊感検定〈心霊アイドルの憂鬱〉
織守きょうや　霊感検定〈春にして君を離れ〉
尾木直樹　尾木ママの「思春期の子どもと向き合う」すごいコツ
岡本哲志《さとし》　銀座を歩く〈四百年の歴史体験〉
クァク・ジェヨン原案／鬼塚忠著　風の色
おーなり由子　きれいな色とことば
海音寺潮五郎　新装版　江戸城大奥列伝
海音寺潮五郎　新装版　孫子(上)(下)
海音寺潮五郎　新装版　赤穂義士
海音寺潮五郎　列藩騒動録(上)(下)〈レジェンド歴史時代小説〉
加賀乙彦　新装版　高山右近
加賀乙彦　ザビエルとその弟子
柏葉幸子　ミラクル・ファミリー
勝目梓　小説家
勝目梓　死《し》に支《じ》度《たく》
勝目梓　ある殺人者の回想
鎌田慧　残夢〈大逆事件を生き抜いた坂本清馬の生涯〉
桂米朝　米朝ばなし〈上方落語地図〉
笠井潔　梟《ふくろう》の巨《おお》なる黄昏《たそがれ》
笠井潔　青銅の悲劇(上)(下)〈瀕死の王〉
川田弥一郎　白く長い廊下
神崎京介　女薫の旅　激情たぎる
神崎京介　女薫の旅　奔流あふれ
神崎京介　女薫の旅　陶酔めぐる
神崎京介　女薫の旅　衝動はぜて
神崎京介　女薫の旅　放心とろり
神崎京介　女薫の旅　感涙はてる
神崎京介　女薫の旅　耽溺《たんでき》まみれ
神崎京介　女薫の旅　誘惑おって
神崎京介　女薫の旅　秘に触れ
神崎京介　女薫の旅　禁の園へ
神崎京介　女薫の旅　欲の極み
神崎京介　女薫の旅　青い乱れ
神崎京介　女薫の旅　奥に裏に
神崎京介　女薫の旅　大人篇
神崎京介　女薫の旅　背徳の純心
神崎京介　I LOVE
神崎京介　美人と張形〈四つ目屋繁盛記〉

加納朋子 ガラスの麒麟
加納朋子 ぐるぐる猿と歌う鳥
かなざわいっせい ファイト!〈麗しの名馬、愛しの馬券〉
鴨志田穣 遺稿集
角岡伸彦 被差別部落の青春
角田光代 まどろむ夜のUFO
角田光代 夜かかる虹
角田光代 恋するように旅をして
角田光代 エコノミカル・パレス
角田光代 ちいさな幸福〈All Small Things〉
角田光代 あしたはアルプスを歩こう
角田光代 庭の桜、隣の犬
角田光代 人生ベストテン
角田光代 ロック母
角田光代 彼女のこんだて帖
角田光代 ひそやかな花園
角田光代他 私らしくあの場所へ
川端裕人 せちやん〈星を聴く人〉
川端裕人 星と半月の海
片川優子 ジョナさん
片川優子 明日の朝、観覧車で
神山裕右 カタコンベ
加賀まりこ 純情ババアになりました。
門田隆将 甲子園への遺言〈伝説の打撃コーチ高畠導宏の生涯〉
門田隆将 甲子園の奇跡〈斎藤佑樹と早実百年物語〉
門田隆将 神宮の奇跡
柏木圭一郎 京都大原 名旅館の殺人
鏑木蓮 東京ダモイ
鏑木蓮 屈折光
鏑木蓮 時限
鏑木蓮 真友
鏑木蓮 甘い罠
鏑木蓮 京都西陣シェアハウス〈憎まれ天使・有村志穂〉
川上未映子 そら頭はでかいです、世界がすこんと入ります
川上未映子 わたくし率 イン 歯ー、または世界
川上未映子 ヘヴン
川上未映子 すべて真夜中の恋人たち
川上未映子 愛の夢とか
川上弘美 ハヅキさんのこと
川上弘美 晴れたり曇ったり
海堂尊 外科医 須磨久善
海堂尊 新装版 ブラックペアン1988
海堂尊 ブレイズメス1990
海堂尊 スリジエセンター1991
海堂尊 死因不明社会2018
海堂尊 極北クレイマー2008
海堂尊 極北ラプソディ2009
海道龍一朗 百年の亡国〈憲法破却〉
海道龍一朗 真剣〈新陰流を創った漢、上泉伊勢守信綱〉(上)(下)
海道龍一朗 室町耽美抄 花鏡
金澤治 電子メディアは子どもの脳を破壊するか
加藤秀俊 隠居学〈おもしろくてたまらないヒマつぶし〉
鹿島田真希 ゼロの王国(上)(下)
鹿島田真希 来たれ、野球部
門井慶喜 パラドックス実践 雄弁学園の教師たち
加藤元 キネマの華《ヒロイン》
加藤元 私がいないクリスマス

講談社文庫　目録

亀井　宏　ミッドウェー戦記（上）（下）
亀井　宏　ガダルカナル戦記 全四巻
亀井　宏　佐助と幸村
金澤信幸　サランラップのサランって何?〈誰かに話したくてしかたなくなる"あの名前"の意外な由来〉
梶　よう子　迷子石
梶　よう子　ふくろう
梶　よう子　ヨイ豊《とよ》
梶　よう子　立身《りっしん》いたしたく候《そうろう》
川瀬七緒　よろずのことに気をつけよ
川瀬七緒　法医昆虫学捜査官
川瀬七緒　シンクロニシティ〈法医昆虫学捜査官〉
川瀬七緒　水底《みなそこ》の棘《とげ》〈法医昆虫学捜査官〉
川瀬七緒　メビウスの守護者〈法医昆虫学捜査官〉
川瀬七緒　潮騒のアニマ〈法医昆虫学捜査官〉
かわぐちかいじ　藤井哲夫 原作　僕はビートルズ　1
かわぐちかいじ　藤井哲夫 原作　僕はビートルズ　2
かわぐちかいじ　藤井哲夫 原作　僕はビートルズ　3
かわぐちかいじ　藤井哲夫 原作　僕はビートルズ　4
かわぐちかいじ　藤井哲夫 原作　僕はビートルズ　5
かわぐちかいじ　藤井哲夫 原作　僕はビートルズ　6
風野真知雄　隠密 味見方同心（一）〈くじらの姿焼き騒動〉
風野真知雄　隠密 味見方同心（二）〈干し卵不思議味〉
風野真知雄　隠密 味見方同心（三）〈幸せの小福餅〉
風野真知雄　隠密 味見方同心（四）〈恐怖の流しそうめん〉
風野真知雄　隠密 味見方同心（五）〈フグの毒鍋〉
風野真知雄　隠密 味見方同心（六）〈鵺《ぬえ》の闇鍋〉
風野真知雄　隠密 味見方同心（七）〈絵巻寿司〉
風野真知雄　隠密 味見方同心（八）〈ふふふの麩〉
風野真知雄　隠密 味見方同心（九）〈殿さま漬け〉
風野真知雄　昭和探偵　1
風野真知雄　昭和探偵　2
風野真知雄　昭和探偵　3
カレー沢　薫　負ける技術
カレー沢　薫　もっと負ける技術〈カレー沢薫の日常と退廃〉
カレー沢　薫　非リア王
下野《かばた》康史　ポルシェより、フェラーリより、ロードバイクが好き〈熱狂と悦楽の自転車ライフ〉
野崎雅人　佐々原史緒　戦国BASARA3〈真田幸村の章／猿飛佐助の章〉
矢野　隆　映島　巡　戦国BASARA3〈伊達政宗の章／片倉小十郎の章〉
タタツシンイチ　鏡　征爾　戦国BASARA3〈長曾我部元親の章／毛利元就の章〉
タタツシンイチ　梶　よう子　戦国BASARA3〈徳川家康の章／石田三成の章〉
風森章羽《しょう》　渦巻く回廊の鎮魂曲《レクイエム》〈霊媒探偵アーネスト〉
風森章羽　清らかな煉獄〈霊媒探偵アーネスト〉
加藤千恵　こぼれ落ちて季節は
神田　茜　しょっぱい夕陽
神林長平　だれの息子でもない
神楽坂　淳　うちの旦那が甘ちゃんで
神楽坂　淳　うちの旦那が甘ちゃんで　2
神楽坂　淳　うちの旦那が甘ちゃんで　3
加藤元浩　捕まえたもん勝ち!〈七夕菊乃の捜査報告書〉
岸本英夫　死を見つめる心〈ガンとたたかった十年間〉
北方謙三　君に訣別の時を
北方謙三　われらが時の輝き
北方謙三　夜の終り
北方謙三　帰路
北方謙三　錆びた浮標《ブイ》
北方謙三　汚名の広場
北方謙三　夜の眼

講談社文庫　目録

北方謙三　試みの地平線〈伝説復活編〉
北方謙三　煤煙
北方謙三　旅のいろ
北方謙三　新装版 活路(上)(下)
北方謙三　新装版 余燼(上)(下)
北方謙三　抱影
菊地秀行　魔界医師メフィスト〈怪屋敷〉
菊地秀行　吸血鬼ドラキュラ
北原亞以子　深川澪通り木戸番小屋
北原亞以子　新地橋〈深川澪通り木戸番小屋〉
北原亞以子　夜の明けるまで〈深川澪通り木戸番小屋〉
北原亞以子　澪つくし〈深川澪通り木戸番小屋〉
北原亞以子　たからもの〈深川澪通り木戸番小屋〉
北原亞以子　降りしきる
北原亞以子　贋作《うそばっかり》天保六花撰《えどのはなし》
北原亞以子　花冷え
北原亞以子　歳三からの伝言
北原亞以子　お茶をのみながら
北原亞以子　その夜の雪
北原亞以子　江戸風狂伝
桐野夏生　新装版 顔に降りかかる雨
桐野夏生　新装版 天使に見捨てられた夜
桐野夏生　新装版 ローズガーデン
桐野夏生　OUT(上)(下)
桐野夏生　ダーク(上)(下)
京極夏彦　文庫版 姑獲鳥《うぶめ》の夏
京極夏彦　文庫版 魍魎《もうりょう》の匣《はこ》
京極夏彦　文庫版 狂骨《きょうこつ》の夢《ゆめ》
京極夏彦　文庫版 鉄鼠《てっそ》の檻《おり》
京極夏彦　文庫版 絡新婦《じょろうぐも》の理《ことわり》
京極夏彦　文庫版 塗仏《ぬりぼとけ》の宴《うたげ》—宴の支度
京極夏彦　文庫版 塗仏の宴—宴の始末
京極夏彦　文庫版 百鬼夜行—陰
京極夏彦　文庫版 百器徒然袋—雨
京極夏彦　文庫版 百器徒然袋—風
京極夏彦　文庫版 今昔続百鬼—雲
京極夏彦　文庫版 陰摩羅鬼《おんもらき》の瑕《きず》
京極夏彦　文庫版 邪魅《じゃみ》の雫
京極夏彦　文庫版 死ねばいいのに
京極夏彦　文庫版 ルー＝ガルー〈忌避すべき狼〉
京極夏彦　文庫版 ルー＝ガルー2〈インクブス×スクブス 相容れぬ夢魔〉
京極夏彦　分冊文庫版 姑獲鳥《うぶめ》の夏(上)(下)
京極夏彦　分冊文庫版 魍魎《もうりょう》の匣《はこ》(上)(中)(下)
京極夏彦　分冊文庫版 狂骨《きょうこつ》の夢《ゆめ》(上)(中)(下)
京極夏彦　分冊文庫版 鉄鼠《てっそ》の檻《おり》全四巻
京極夏彦　分冊文庫版 絡新婦《じょろうぐも》の理《ことわり》(一)(二)
京極夏彦　分冊文庫版 絡新婦《じょろうぐも》の理《ことわり》(三)(四)
京極夏彦　分冊文庫版 塗仏《ぬりぼとけ》の宴《うたげ》 宴の支度《したく》(上)(中)(下)
京極夏彦　分冊文庫版 塗仏《ぬりぼとけ》の宴《うたげ》 宴の始末《しまつ》(上)(中)(下)
京極夏彦　分冊文庫版 陰摩羅鬼《おんもらき》の瑕《きず》(上)(中)(下)
京極夏彦　分冊文庫版 邪魅《じゃみ》の雫(上)(中)(下)
京極夏彦　分冊文庫版 ルー＝ガルー〈忌避すべき狼〉(上)(下)
京極夏彦　分冊文庫版 ルー＝ガルー2〈インクブス×スクブス 相容れぬ夢魔〉(上)(下)
京極夏彦・原作 志水アキ・漫画　コミック版 姑獲鳥《うぶめ》の夏(上)(下)
京極夏彦・原作 志水アキ・漫画　コミック版 魍魎《もうりょう》の匣《はこ》(上)(下)
京極夏彦・原作 志水アキ・漫画　コミック版 狂骨の夢(上)(下)
北森鴻　狐罠

北森　鴻　花の下にて春死なむ
北森　鴻　香菜里屋《カナリヤ》を知っていますか
北森 鴻 親不孝通りラプソディー
北村　薫　盤上の敵
北村　薫　紙魚家崩壊〈九つの謎〉
北村　薫　野球の国のアリス
岸　惠子　30年の物語
木内一裕　藁の楯
木内一裕　水の中の犬
木内一裕　アウト＆アウト
木内一裕　キッド
木内一裕　デッドボール
木内一裕　神様の贈り物
木内一裕　喧嘩猿
木内一裕　バードドッグ
木内一裕　不愉快犯
木内一裕　嘘ですけど、なにか？
北山猛邦　『クロック城』殺人事件
北山猛邦　『瑠璃城』殺人事件

北山猛邦　『アリス・ミラー城』殺人事件
北山猛邦　『ギロチン城』殺人事件
北山猛邦　私たちが星座を盗んだ理由
北山猛邦　猫柳十一弦の後悔〈不可能犯罪定数〉
北山猛邦　猫柳十一弦の失敗〈探偵助手五箇条〉
北　康利　白洲次郎 占領を背負った男 (上)(下)
北　康利　福沢諭吉 国を支えて国を頼らず (上)(下)
北　康利　吉田茂 ポピュリズムに背を向けて (上)(下)
北原尚彦　死美人辻馬車
北尾トロ　テッカ場
樹林　伸　東京ゲンジ物語
貴志祐介　新世界より (上)(中)(下)
北川貴士　マグロはおもしろい〈美味のひみつ、生き様のなぞ〉
木下半太　サバイバー
北原みのり　毒婦。〈木嶋佳苗100日裁判傍聴記〉
北原みのり　木嶋佳苗100日裁判傍聴記〈佐藤優対談収録完全版〉
北　夏輝　恋都の狐さん
北　夏輝　美都《みと》で恋めぐり
北　夏輝　狐さんの恋結び

岸本佐知子 編訳　変《ヘン》愛《アイ》小説集
岸本佐知子 編　変愛小説集 日本作家編
木原浩勝　文庫版 現世《うつしよ》怪談(一) 主人の帰り
木原浩勝　文庫版 現世怪談(二) 白刃の盾
木原浩勝　増補改訂版 もう一つの「バルス」〈宮崎駿と「天空の城ラピュタ」の時代〉
喜国雅彦・国樹由香　メフィストの漫画
金田一春彦・安西愛子 編　日本の唱歌 全三冊
黒岩重吾　新装版 古代史への旅
栗本　薫　新装版 絃《いと》の聖域
栗本　薫　新装版 ぼくらの時代
栗本　薫　新装版 優しい密室
栗本　薫　新装版 鬼面の研究
黒井千次　カーテンコール
黒井千次　日の砦
倉橋由美子　よもつひらさか往還
黒柳徹子　窓ぎわのトットちゃん 新組版
工藤美代子　今朝の骨肉、夕べのみそ汁
倉知　淳　新装版 星降り山荘の殺人
倉知　淳　シュークリーム・パニック

熊谷達也　浜の甚兵衛
鯨　統一郎　タイムスリップ森鷗外
倉阪鬼一郎　大江戸秘脚便
倉阪鬼一郎　娘飛脚を救え〈大江戸秘脚便〉
倉阪鬼一郎　開運十社巡り〈大江戸秘脚便〉
倉阪鬼一郎　決戦、武甲山〈大江戸秘脚便〉
倉阪鬼一郎　八丁堀の忍
倉阪鬼一郎　八丁堀の忍㈡〈大川端の死闘〉
草野たき　ハチミツドロップス
黒田研二　ウェディング・ドレス
黒田研二　ペルソナ探偵
黒田研二　ナナフシの恋〈～Mimetic Girl～〉
黒野　耐《たえる》　「たられば」の日本戦争史〈もし真珠湾攻撃がなかったら〉
楠木誠一郎　火除け地蔵〈立ち退き長屋顚末記〉
楠木誠一郎　聞き耳地蔵〈立ち退き長屋顚末記〉
群像編　12星座小説集
草凪　優　わたしの突然。あの日の出来事。
草凪　優　芯までとけて。最高の私。
桑原水菜　弥次喜多化かし道中

朽木　祥　風の靴
黒木　渚　壁の鹿
栗山圭介　居酒屋ふじ
栗山圭介　国士舘物語
決戦！シリーズ　決戦！関ヶ原
決戦！シリーズ　決戦！大坂城
決戦！シリーズ　決戦！本能寺
決戦！シリーズ　決戦！川中島
小峰　元　アルキメデスは手を汚さない
今野　敏　ST 警視庁科学特捜班 エピソード1〈新装版〉
今野　敏　ST 警視庁科学特捜班 毒物殺人〈新装版〉
今野　敏　ST 警視庁科学特捜班〈黒いモスクワ〉
今野　敏　ST 警視庁科学特捜班〈青の調査ファイル〉
今野　敏　ST 警視庁科学特捜班〈赤の調査ファイル〉
今野　敏　ST 警視庁科学特捜班〈黄の調査ファイル〉
今野　敏　ST 警視庁科学特捜班〈緑の調査ファイル〉
今野　敏　ST 警視庁科学特捜班〈黒の調査ファイル〉
今野　敏　ST 為朝伝説殺人ファイル〈警視庁科学特捜班〉
今野　敏　ST 桃太郎伝説殺人ファイル〈警視庁科学特捜班〉

今野　敏　ST 沖ノ島伝説殺人ファイル〈警視庁科学特捜班〉
今野　敏　ST 化合 エピソード0〈警視庁科学特捜班〉
今野　敏　ST プロフェッション〈警視庁科学特捜班〉
今野　敏　ギガース〈宇宙海兵隊〉
今野　敏　ギガース 2〈宇宙海兵隊〉
今野　敏　ギガース 3〈宇宙海兵隊〉
今野　敏　ギガース 4〈宇宙海兵隊〉
今野　敏　ギガース 5〈宇宙海兵隊〉
今野　敏　ギガース 6〈宇宙海兵隊〉
今野　敏　特殊防諜班 連続誘拐
今野　敏　特殊防諜班 組織報復
今野　敏　特殊防諜班 標的反撃
今野　敏　特殊防諜班 凶星降臨
今野　敏　特殊防諜班 諜報潜入
今野　敏　特殊防諜班 聖域炎上
今野　敏　特殊防諜班 最終特命
今野　敏　茶室殺人伝説
今野　敏　奏者水滸伝 白の暗殺教団
今野　敏　フェイク〈疑惑〉

今野　敏　同　期
今野　敏　欠　落
今野　敏　警視庁ＦＣ
今野　敏　継続捜査ゼミ
今野　敏　蓬　萊〈新装版〉
今野　敏　イ　コ　ン〈新装版〉
後藤正治　天　人〈深代惇郎と新聞の時代〉
幸田　文　崩　れ
幸田　文　台所のおと
幸田　文　季節のかたみ
小池真理子　記憶の隠れ家
小池真理子　美神ミューズ
小池真理子　冬の伽藍
小池真理子　恋愛映画館
小池真理子　ノスタルジア
小池真理子　夏の吐息
小池真理子　千日のマリア
幸田真音　マネー・ハッキング
幸田真音　日本国債(上)(下)〈改訂最新版〉
幸田真音　eの悲劇〈IT革命の光と影〉
幸田真音　凛《りん》冽《れつ》の宙《そら》
幸田真音　コイン・トス
幸田真音　あなたの余命教えます
五味太郎　大人問題
鴻上尚史　あなたの魅力を演出する　ちょっとしたヒント
鴻上尚史　あなたの思いを伝える　表現力のレッスン
鴻上尚史　八月の犬は二度吠える
鴻上尚史　鴻上尚史の俳優入門
小林紀晴　アジアロード
小泉武夫　地球を肴に飲む男
小泉武夫　納豆の快楽
小泉武夫　小泉教授が選ぶ「食の世界遺産」日本編
近藤史人　藤田嗣治「異邦人」の生涯
小前　亮　李《り》世《せい》民《みん》
小前　亮　趙《ちょう》匡《きょう》胤《いん》〈宋の太祖〉
小前　亮　李巌と李自成
小前　亮　中国皇帝伝〈歴史を動かした28人の光と影〉
小前　亮　朱元璋　皇帝の貌《かお》
小前　亮　覇《は》帝《てい》フビライ〈世界支配の野望〉
小前　亮　唐玄宗紀
小前　亮　賢帝と逆臣と〈康《こう》熙《き》帝《てい》と三藩の乱〉
香月日輪　妖怪アパートの幽雅な日常①
香月日輪　妖怪アパートの幽雅な日常②
香月日輪　妖怪アパートの幽雅な日常③
香月日輪　妖怪アパートの幽雅な日常④
香月日輪　妖怪アパートの幽雅な日常⑤
香月日輪　妖怪アパートの幽雅な日常⑥
香月日輪　妖怪アパートの幽雅な日常⑦
香月日輪　妖怪アパートの幽雅な日常⑧
香月日輪　妖怪アパートの幽雅な日常⑨
香月日輪　妖怪アパートの幽雅な日常⑩
香月日輪　妖怪アパートの幽雅な食卓〈るり子さんのお料理日記〉
香月日輪　妖怪アパートの幽雅な人々〈妖アパミニガイド〉
香月日輪　妖怪アパートの幽雅な日常〈ラスベガス外伝〉
香月日輪　大江戸妖怪かわら版①〈異界より落ち来る者あり〉
香月日輪　大江戸妖怪かわら版②〈異界より落ち来る者あり　其之二〉
香月日輪　大江戸妖怪かわら版③〈封印の娘〉

講談社文庫　目録

香月日輪　大江戸妖怪かわら版④〈天空の竜宮城〉
香月日輪　大江戸妖怪かわら版⑤〈雀、大浪花に行く〉
香月日輪　大江戸妖怪かわら版⑥〈魔狼、月に吠える〉
香月日輪　大江戸妖怪かわら版⑦〈大江戸散歩〉
香月日輪　地獄堂霊界通信①
香月日輪　地獄堂霊界通信②
香月日輪　地獄堂霊界通信③
香月日輪　地獄堂霊界通信④
香月日輪　地獄堂霊界通信⑤
香月日輪　地獄堂霊界通信⑥
香月日輪　地獄堂霊界通信⑦
香月日輪　地獄堂霊界通信⑧
香月日輪　ファンム・アレース①
香月日輪　ファンム・アレース②
香月日輪　ファンム・アレース③
香月日輪　ファンム・アレース④
香月日輪　ファンム・アレース⑤(上)(下)
近衛龍春　長宗我部盛親(上)(下)
近衛龍春　加藤清正〈豊臣家に捧げた生涯〉

香坂直　走れ、セナ！
小林正典　英国太平記
小鶴　カンガルーのマーチ
木原音瀬　箱の中
木原音瀬　美しいこと
木原音瀬　秘密
神立尚紀　祖父たちの零戦〈Zero Fighters of Our Grandfathers〉
神立尚紀／大島隆之　零戦〈搭乗員たちが見つめた太平洋戦争〉
古賀茂明　日本中枢の崩壊
近藤史恵　薔薇《ばら》を拒む
近藤史恵　砂漠の悪魔
近藤史恵　私の命はあなたの命より軽い
小泉凡　怪談四代記〈八雲のいたずら〉
小島正樹　武家屋敷の殺人
小島正樹　硝子の探偵と消えた白バイ
小松エメル　夢の燈《ほ》影《かげ》〈新選組無名録〉
小松エメル　総司の夢
近藤須雅子　プチ整形の真実
小島環　小旋風《つむじかぜ》の夢《む》絃《げん》

小島環／原作 あなしん／脚本 おかざきさとこ　小説 春待つ僕ら
呉勝浩　道徳の時間
呉勝浩　ロスト
呉勝浩　蜃気楼の犬
こだま　夫のちんぽが入らない
講談社校閲部　〈熟練校閲者が教える〉間違えやすい日本語実例集
佐藤さとる　〈コロボックル物語①〉だれも知らない小さな国
佐藤さとる　〈コロボックル物語②〉豆つぶほどの小さないぬ
佐藤さとる　〈コロボックル物語③〉星からおちた小さなひと
佐藤さとる　〈コロボックル物語④〉ふしぎな目をした男の子
佐藤さとる　〈コロボックル物語⑤〉小さな国のつづきの話
佐藤さとる　〈コロボックル物語⑥〉コロボックルむかしむかし
佐藤さとる　天狗童子
佐藤さとる／絵／村上勉　わんぱく天国
佐藤愛子　新装版 戦いすんで日が暮れて
佐木隆三　慟哭〈小説・林郁夫裁判〉
沢田サタ編　新装版 泥まみれの死〈沢田教一ベトナム戦争写真集〉
佐高信　石原莞爾その虚飾
佐高信　わたしを変えた百冊の本

佐高信　新装版 逆命利君
さだまさし　遙かなるクリスマス
佐藤雅美　影帳 半次捕物控
佐藤雅美　揚羽の蝶(上)(下)〈半次捕物控〉
佐藤雅美　命みょうが〈半次捕物控〉
佐藤雅美　疑惑〈半次捕物控〉
佐藤雅美　泣く子と小三郎〈半次捕物控〉
佐藤雅美　髻《もとどり》塚《づか》不首尾《ふしゅび》一件始末《いっけんしまつ》〈半次捕物控〉
佐藤雅美　天才絵師と幻の生首〈半次捕物控〉
佐藤雅美　御当家七代お祟り申す〈半次捕物控〉
佐藤雅美　一石二鳥の敵討ち〈半次捕物控〉
佐藤雅美　恵比寿屋喜兵衛手控え
佐藤雅美　物書同心居眠り紋蔵
佐藤雅美　隼小僧異聞〈物書同心居眠り紋蔵〉
佐藤雅美　密約〈物書同心居眠り紋蔵〉
佐藤雅美　お尋者〈物書同心居眠り紋蔵〉
佐藤雅美　老博奕打ち〈物書同心居眠り紋蔵〉
佐藤雅美　四両二分の女〈物書同心居眠り紋蔵〉
佐藤雅美　白い息〈物書同心居眠り紋蔵〉
佐藤雅美　向井帯刀の発心〈物書同心居眠り紋蔵〉
佐藤雅美　一心斎不覚の筆禍〈物書同心居眠り紋蔵〉
佐藤雅美　魔物が棲む町〈物書同心居眠り紋蔵〉
佐藤雅美　ちよの負けん気、実の父親〈物書同心居眠り紋蔵〉
佐藤雅美　へこたれない人〈物書同心居眠り紋蔵〉
佐藤雅美　わけあり師匠事《こと》の顚末〈物書同心居眠り紋蔵〉
佐藤雅美　江戸繁昌記〈寺門静軒無聊伝〉
佐藤雅美　青雲遙かに〈大内俊助の生涯〉
佐藤雅美　十五万両の代償〈十一代将軍家斉の生涯〉
佐藤雅美　千世と与一郎の関ヶ原
佐藤雅美　悪足掻《あが》きの跡始末 厄介弥三郎
佐々木譲　屈折率
酒井順子　結婚疲労宴
酒井順子　ホメるが勝ち！
酒井順子　負け犬の遠吠え
酒井順子　その人、独身？
酒井順子　駆け込み、セーフ？
酒井順子　いつから、中年？
酒井順子　女も、不況？
酒井順子　金閣寺の燃やし方
酒井順子　昔は、よかった？
酒井順子　もう、忘れたの？
酒井順子　そんなに、変わった？
酒井順子　泣いたの、バレた？
酒井順子　気付くのが遅すぎて、
佐野洋子　嘘ばっか〈新釈・世界おとぎ話〉
佐野洋子　コッコロから
佐川芳枝　寿司屋のかみさん うまいもの暦
佐川芳枝　寿司屋のかみさん 二代目入店
笹生陽子　ぼくらのサイテーの夏
笹生陽子　きのう、火星に行った。
笹生陽子　世界がぼくを笑っても
佐伯泰英　変《へん》化《げ》〈交代寄合伊那衆異聞〉
佐伯泰英　雷鳴〈交代寄合伊那衆異聞〉
佐伯泰英　風雲〈交代寄合伊那衆異聞〉
佐伯泰英　邪宗〈交代寄合伊那衆異聞〉
佐伯泰英　阿片〈交代寄合伊那衆異聞〉
佐伯泰英　攘夷〈交代寄合伊那衆異聞〉

佐伯泰英　上　海〈交代寄合伊那衆異聞〉
佐伯泰英　黙《もっ》契《けい》〈交代寄合伊那衆異聞〉
佐伯泰英　御《お》暇《いとま》〈交代寄合伊那衆異聞〉
佐伯泰英　難　航〈交代寄合伊那衆異聞〉
佐伯泰英　海　戦〈交代寄合伊那衆異聞〉
佐伯泰英　謁　見〈交代寄合伊那衆異聞〉
佐伯泰英　交　易〈交代寄合伊那衆異聞〉
佐伯泰英　朝　廷〈交代寄合伊那衆異聞〉
佐伯泰英　混《こん》沌《とん》〈交代寄合伊那衆異聞〉
佐伯泰英　断　絶〈交代寄合伊那衆異聞〉
佐伯泰英　散《ざん》斬《ぎり》〈交代寄合伊那衆異聞〉
佐伯泰英　再　会〈交代寄合伊那衆異聞〉
佐伯泰英　茶　葉〈交代寄合伊那衆異聞〉
佐伯泰英　開　港〈交代寄合伊那衆異聞〉
佐伯泰英　暗　殺〈交代寄合伊那衆異聞〉
佐伯泰英　血　脈〈交代寄合伊那衆異聞〉
佐伯泰英　飛　躍〈交代寄合伊那衆異聞〉
沢木耕太郎　一号線を北上せよ〈ヴェトナム街道編〉

佐藤友哉　エナメルを塗った魂の比重〈鏡稜子ときせかえ密室〉
佐藤友哉　水没ピアノ〈鏡創士がひきもどす犯罪〉
佐藤友哉　クリスマス・テロル〈invisible×inventor〉
櫻田大造　「優」をあげたくなる答案・レポートの作成術
佐川光晴　縮んだ愛
沢村　凜　タソガレ
佐野眞一　誰も書けなかった石原慎太郎
佐野眞一　津波と原発
佐藤多佳子　一瞬の風になれ　全三巻
笹本稜平　駐在刑事
笹本稜平　駐在刑事　尾根を渡る風
佐藤亜紀　ミノタウロス
佐藤亜紀　醜聞の作法
佐藤千歳　インターネットと中国共産党〈「人民網」体験記〉
斎樹真琴　地獄番　鬼蜘蛛日誌
桜庭一樹　ファミリーポートレイト
佐々木則夫　なでしこ力〈さあ、一緒に世界一になろう!〉
沢里裕二　淫　果　応　報
沢里裕二　淫具屋半兵衛

佐藤あつ子　昭《あき》　田中角栄と生きた女
西條奈加　世直し小町りんりん
西條奈加　まるまるの毬《いが》
佐伯チズ　改訂完全版　佐伯チズ式「完全美肌バイブル」〈123の肌悩みにズバリ回答!〉
斉藤　洋　ルドルフとイッパイアッテナ
斉藤　洋　ルドルフともだちひとりだち
佐々木裕一　若返り同心　如月源十郎〈不思議な飴玉〉
佐々木裕一　若返り同心　如月源十郎〈闇の顔〉
佐々木裕一　公家武者　信平《のぶひら》〈消えた狐丸〉
佐々木裕一　逃げた名馬〈公家武者　信平㈡〉
佐々木裕一　比叡山の鬼〈公家武者　信平㈢〉
佐々木裕一　公《く》卿《ぎょう》の罠《わな》〈公家武者　信平㈣〉
佐々木裕一　狙われた旗本〈公家武者　信平㈤〉
佐藤　究《きわむ》　Q　J　K　J　Q
司馬遼太郎　新装版　播磨灘物語　全四冊
司馬遼太郎　新装版　箱根の坂　(上)(中)(下)
司馬遼太郎　新装版　アームストロング砲
司馬遼太郎　新装版　歳　月　(上)(下)
司馬遼太郎　新装版　おれは権現

司馬遼太郎 新装版 大　坂　侍
司馬遼太郎 新装版 北斗の人 (上)(下)
司馬遼太郎 新装版 軍　師　二　人
司馬遼太郎 新装版 真説宮本武蔵
司馬遼太郎 新装版 最後の伊賀者
司馬遼太郎 新装版 俄 (上)(下)
司馬遼太郎 新装版 尻啖え孫市 (上)(下)
司馬遼太郎 新装版 王城の護衛者
司馬遼太郎 新装版 妖　怪 (上)(下)
司馬遼太郎 新装版 風の武士 (上)(下)
司馬遼太郎 戦　雲　の　夢 〈レジェンド歴史時代小説〉
司馬遼太郎・海音寺潮五郎 新装版 日本歴史を点検する
司馬遼太郎・井上ひさし 新装版 国家・宗教・日本人
司馬遼太郎・陳舜臣・金達寿 新装版 歴史の交差路にて 〈日本・中国・朝鮮〉
柴田錬三郎 お江戸日本橋 (上)(下)
柴田錬三郎 貧乏同心御用帳
柴田錬三郎 新装版 岡っ引どぶ 〈柴錬捕物帖〉
柴田錬三郎 新装版 顔十郎罷り通る (上)(下)
柴田錬三郎 江戸っ子侍 (上)(下) 〈レジェンド歴史時代小説〉

城山三郎 この命、何をあくせく
城山三郎 黄　金　峡
城山三郎・平岩外四 人生に二度読む本
城山三郎・高山文彦 日本人への遺言
白石一郎 庖丁ざむらい 〈レジェンド歴史時代小説〉〈十時半睡事件帖〉
志茂田景樹 南海の首領クニマツ
志水辰夫 負　け　犬
島田荘司 殺人ダイヤルを捜せ
島田荘司 火　刑　都　市
島田荘司 御手洗潔の挨拶
島田荘司 御手洗潔のダンス
島田荘司 暗闇坂の人喰いの木
島田荘司 水晶のピラミッド
島田荘司 眩　暈 (めまい)
島田荘司 ア　ト　ポ　ス
島田荘司 異　邦　の　騎　士 〈改訂完全版〉
島田荘司 御手洗潔のメロディ
島田荘司 P　の　密　室
島田荘司 ネジ式ザゼツキー

島田荘司 都市のトパーズ2007
島田荘司 21世紀本格宣言
島田荘司 帝都衛星軌道
島田荘司 UFO大通り
島田荘司 リベルタスの寓話
島田荘司 透明人間の納屋
島田荘司 占星術殺人事件 〈改訂完全版〉
島田荘司 斜め屋敷の犯罪 〈改訂完全版〉
島田荘司 星《せい》籠《ろ》の海 (上)(下)
島田荘司 屋　上
島田荘司 名探偵傑作短篇集 御手洗潔篇
清水義範 蕎麦《そば》ときしめん
清水義範 国語入試問題必勝法
清水義範 愛と日本語の惑乱
清水義範・西原理恵子・え 独断流「読書」必勝法
椎名　誠 にっぽん・海風魚旅 〈怪し火さすらい編〉
椎名　誠 小魚びゅんびゅん荒波編 〈にっぽん・海風魚旅3〉
椎名　誠 大漁旗ぶるぶる乱風編 〈にっぽん・海風魚旅4〉
椎名　誠 南シナ海ドラゴン編 〈にっぽん・海風魚旅5〉

2019年3月15日現在